漪微 ◎ 著

Exodus into
the great blue

朝華出版社

图书在版编目（CIP）数据

帝妃策/漪微著. —北京：朝华出版社,2010.12
ISBN 978 – 7 – 5054 – 2579 – 8

I.①帝… Ⅱ.①漪… Ⅲ.①长篇小说 – 中国 – 当代
Ⅳ.①I247.5

中国版本图书馆 CIP 数据核字（2010）第 245611 号

帝 妃 策

作　　者	漪　微
选题策划	杨　彬　王　磊
责任编辑	王　磊
特约编辑	刘长源
责任印制	张文东
封面设计	小徐书装

出版发行	朝华出版社		
社　　址	北京市西城区百万庄大街24号	**邮政编码**	100037
订购电话	(010)68413840　68996050		
传　　真	(010)88415258（发行部）		
联系版权	j-yn@163.com		
网　　址	www.mgpublishers.com		
印　　刷	北京外文印刷厂		
经　　销	全国新华书店		
开　　本	710mm×1000mm　1/16	**字　　数**	270千字
印　　张	16.5		
版　　次	2011年3月第1版　2011年3月第1次印刷		
装　　别	平		
书　　号	ISBN 978 – 7 – 5054 – 2579 – 8		
定　　价	25.00元		

版权所有　翻印必究・印装有误　负责调换

目录

第一卷 华年：当时明月今安在

序章　星与砂 / 003

第一章　桃花林·太子剑侠 / 019

第二章　祈仙阁·神女精灵 / 032

第三章　芳菲雨·执手天涯 / 052

第四章　瑶台月·瀛洲智者 / 062

第五章　行路难·辗转人心 / 078

第六章　众生殿·如梦未醒 / 090

第七章　水长东·此情可待 / 107

第八章　孤枝鹊·何人可依 / 118

第二卷　宫阙：懵懂不知摘星事

第九章　紫禁城·凤阙龙阁 / 125

第十章　君臣问·帝策若何 / 137

第十一章　静夜思·魂梦相连 / 144

第十二章　良辰尽·千山暮雪 / 154

第十三章　天亦老·相思无岸 / 178

第十四章　又逢君·落花时节 / 188

第十五章　落云天·汉宫风月 / 194

第十六章　帝妃对·妃策若何 / 212

第十七章　捕梦者·今夜未央 / 223

第十八章　云出岫·半世明君 / 253

番外·天纪 / 258

【第一卷】华年：当时明月今安在

我愿你是蝴蝶能飞过沧海,
我愿你是鸿鹄能翔集九天,
即便天与海都是我的,
我也要你自由自在地飞。

序章　星与砂

初夏微光韶好，盛京街头车水马龙，往来不息，如同一个温血之人时刻旺盛地呼吸吐纳，强健繁硕。画楼桂堂，行歌暖袖，依稀可见昨日星辰尚未远走的痕迹。来者与去者，一若每日川流。

若他们暂时止住忙碌的脚步，或许会注意到大道上缓缓走过的两个异装人士。

汉装简朴大气，这两个人衣着却繁复不已，层层叠叠不知裹了多少。

为首的是个身材颀长瘦削的男孩儿，着白袍，年约十一二，面如冠玉，细细眉梢挑着，有令女子亦生妒的俊美五官，形容沉静内敛。

在他身后，亦步亦趋地跟着个绯色衣裙的女孩儿，六七岁年华，同样尖翘的眉梢，眼神却含着暴戾的光，凶巴巴地瞪着身边每个人。

他们并不引人注目，因为盛京人大多不对异族人感到好奇。这座位于东洲之心的雄伟皇城，生为合纵东洲，融贯天下。

唯有一只狸猫，嗖地跳到女孩儿脚边，伸着脖子嗅她，浅黄的眼珠子眯成了一条隙缝。

"走开！"

女孩儿怒喝一声，小脚势大力沉地一踢，堪堪踢到它多毛的腰。它躲得甚快，丢下鄙夷的眼神，喵喵叫着消失不见。

"哥哥，我讨厌它。"女孩儿拉男孩儿的衣袖，樱唇嘟紧，"我讨厌这里的猫，这里的人，这里的一切。哥哥，我们回家好吗？不可以回家吗？"

她尖细的嗓音偏偏很响，引得路人纷纷侧目。

说的果不是汉话。听那黏软的语调，倒似是瀛语——东海那边，细小狭窄的弹丸之地瀛国。

男孩儿微皱了眉，出言低沉平静，"薰，我们不回家。"

被唤作"薰"的女孩儿依旧吵嚷,"为什么要来这里?我要回家,我讨厌命我们来朝拜的汉人!朝拜什么的,是低贱的人才做的事!父亲是瀛国的王,哥哥是瀛国的世子啊,如此高贵的你们,为何要朝拜别人呢?"

世子脚步忽滞,眉心紧蹙,那张好看的俊脸有些扭曲。妹妹的话,深刺入心。纵他再是平和,亦不能掩盖这无比大的落寞。十二年来他坐井观天,以为瀛国国都奈琅城子民富硕,文明昌盛,便是这世间最美好之地。

可自瀛国起航来汉土朝拜的前夕,父王听着他对妹妹说的话,却现了不屑之色。父王竟在不屑他自己的国,仰慕着海那一边的国。"与盛京相比,奈琅犹如骡子见了骏马,雀鸟见了凤凰。"

自奈琅城起航,子昭抱着与天朝一试高下的心,认定瀛国不会相形见绌。

然而奈琅输了,他亲眼所见,盛京的繁华旖旎胜过它千倍万倍。奈琅是东海之心,盛京却是苍天之昂。这里的琼楼玉宇,探天摘月,如壁立千仞;这里的商流集市,自清晨便开始喧嚣,生生不息;这里的子民百姓不仅富硕还谦和有礼,暖溢温笑,宽容与接纳俱俱写在面容之上,深刻内心之中。

小薰自然不会喜欢这里。她短短六年的生命,无时无刻不和他一样,认为瀛国是天下最美好之地,如今真如雀鸟见了凤凰,因嫉妒而恼羞成怒,叽喳不休。

可她何曾知道,不动声色的哥哥,却被刺痛得更深。

"哥哥,我们回家吧,求你……"她不依不饶地贴在哥哥身上撒娇,直到后者忍无可忍,将她如揭膏药一般撕开。

世子面色已铁青,"住口。"

小薰还没明白哥哥为何突然发怒,他便走得没影了。

"哥哥,等等我——"

他丢下吵闹的妹妹,兀自穿行在盛京的楼阁之间。为何房屋要建得如此高?瀛国多发地坼,人们已习惯住在低矮屋檐之下,仰望高远清空,知道一辈子不能到达。

所谓天生的高低有别,真的有这种事情吗?

他大步流星走着,一回身妹妹却没有紧跟着。

这才有些担心。沿路循音寻人,小薰尖叫的声音远高过她娇小的个头。

这次她趴在地上，朝着一个相同年纪的汉家女孩乱吼，大约是摔了一跤。

他无奈叹气——难道还有第二只猫有胆子招惹她？

他疾步走过去，却惊讶地见到那汉家女孩弯腰扶起了她，帮她拍干净膝盖上沾的泥土，"小妹妹，这路上人如此多，你该小心慢行才是啊。跑得这般快，难怪撞到人呢。"

小薰甩开女孩的手，想要斜眼瞧她。无奈女孩较她高些，仍是不得不仰视，"什么？你是说我没有见过人多的路吗？好大的胆子！"

这时他终于走近，隐约看得清她撞上的那女孩。

这是旱路，夏光却是如泓的泉水，柔软洒入凡尘，在空中奏出了叮咚的弦歌。那一刻，他只觉有一支青莲，清素爽约地立在了他的面前，临水娇花，玲珑叮咛。

她着了莲心色的襦裙，与小薰差不多年纪。

小薰能听懂几句汉话，她却显然听不懂瀛语，挠挠头转眼去看身后的随从。五大三粗的男人耸肩摇头，只觉这异族女孩大呼小叫的甚是不尊重，于是不想与她多废话，"二小姐，婕妤还在宫中等着呢，我们不要与这蛮子多言。"

蛮子？

他的心狠狠地难受。在这里，天与海都颠倒了吗？作为瀛国的世子，高高在上那么多年，方知自己是井底之蛙。

二小姐颦了娟眉，不快道："阿德，'蛮子'是难听的话，谁准你说的？"

阿德被呵斥得低了头，仍是嘟囔，"瞧这打扮，不是瀛国人吗？大人每每说，一众浪人蛮子，最是粗鄙下贱了，当年那西域屠杀可不就是他们做的，为了点子钱罢了，臭强盗！"

二小姐语塞，低了头思忖片刻，认真辩解，"可这是个瀛人小姑娘，我瞧不比我年岁大。十几年前的屠杀，与她又有何干呢？"

这时小薰瞧见哥哥过来，更是有恃无恐，蛮横地一推这碧裙女孩。女孩眼疾手快，将她挥开，刚才还平和柔润的脸刹那也融满了怒气。

阿德勃然大怒，"你这蛮子怎敢对我家小姐动手动脚！"

序章 星与砂

小薰又如雀鸟般叽喳起来,这时行人都驻了足,对异族女孩指指点点,半是讥笑半是蔑视。一个妇人扯着黄毛小儿,摇头生叹,指着女孩低头教训孩子道:"可不能长成蛮夷似的粗俗无礼,知道吗?"

他残存的一些骄傲,此刻消失殆尽。

汉家千金难耐尴尬,止住要动手惩戒的随从,娇声道:"阿德,你不是说姐姐等急了吗?我们快走吧,别管她便是。"

阿德领命罢手,护着小姐转身,四方大脸气得通红,"瀛人果都是没教养的!"

小姐夜明珠似的眸子滴溜溜转,觉得这话有错处,一时又找不出理由来反驳,甚是难受。"我知爹总说瀛人的血就是坏的,可我总觉不尽然,哪有一国人的血全是坏的呢?爹又何时见过了所有瀛人,才能下如此断言?"

忠心耿耿的家丁立时昂首,"大人说的话,一定不会是错的。"

小姐不服,"我就觉得是爹太固执呢。姐姐本不想入宫,他硬要逼了去。"想起无奈入了深宫的姐姐,她愤愤不平。皇帝八年前失了他最宠的妃子,为她将皇后之位空悬不说,整个后宫都被他冷落着。

方府小姐入宫,颇多传言道,正是因她眉眼间有几分先贤妃的影子。

"……姐姐又是性儿清高的人,也不知难过成什么样子了。若容我年岁快长几年,我真想替她。"

阿德哧哧笑了,对她道:"这可是戏言。以二小姐的年龄,配当今太子却是正好,哪能做圣上的妃子呢?说到这个,太子也该选妃了,我瞧着,大人倒真是有意让二小姐……"

"胡说!"小姐瞪了杏眼,大约因年小尚不知羞涩,只觉那是件违心的事,她不能做。"唉,我们本在讲瀛人,是怎么扯到太子身上了?"

阿德逗着小主人,嘻嘻哈哈不停,"听闻太子与圣上是一个模子刻出来的,容貌极好不说,小小年纪就文韬武略无不精通。二小姐不想谈太子想谈瀛人,是不想嫁太子却想嫁瀛人不成?"

她走近了。

他双足被冻在原地,满脑都是路人的嘲笑讽刺,屈辱压得他心口剧痛。汉家千金走出老远,小薰还在她背后高声叫骂。

他已经不想走近自己的妹妹，再沾染一丁点儿羞耻，都会让他已经千疮百孔的自尊心霎时决堤。

然而，她走近了。

小姐不留神差点又撞上眼前的男孩。

他已在那里站了很久。

京城向晚，夕阳流火般洒下赤橙样的霞光。枝头，夏色已参差吐碧。浮影犹然清凉，淡灰光雾笼住了她面前白衣轩举的俊秀少年。她只是一抬眼，对上他的眼神，便在那时那刻被吸住，移不动脚步。

待她看清了他，从他衣着辨识出是个瀛人，居然首先志得意满地拉拽阿德衣袖，指着他，沾沾自喜道："你瞧，这个瀛人男孩不是很好看吗？你见过汉人男孩如此好看吗？"

在初见时，他已经是她可以拿出来炫耀的人。

她的笑靥渐渐凝固，因为男孩有极深邃的瞳和极苦的神色。

呀……好像是说错话了，素昧平生，这样大大咧咧地评价人家相貌，大概是无礼之事。

她想道歉，然而刚要启唇，他却绕过她，走到妹妹面前喝令她住口，随即拉住她走到小姐面前，冷冷道："薰，向她道歉。"

小薰头摇得像拨浪鼓，刚要撒娇，头颈被哥哥狠狠一按，弯了下去。她双腿一软，可怜巴巴地摔倒在地，跪拜的姿势。

小姐愕然，在她反应过来之前，他已强迫妹妹磕了个结结实实的头，赔罪认错。她苦恼地用手按着额头，这事怎么闹大了？于是摆手说："不用不用，我没和她计较，你……"

话音未落地，他已将妹妹从地上扯了起来，再不发一言地离去。

小姐看着那一对兄妹的背影，深叹了口气。

从前在府中，姐姐总是数落她，"方飞雨啊方飞雨，你可懂何谓千金何谓闺秀？老是与那些不三不四的人纠结在一处，玩得一身是泥回家，谁能瞧出你是堂堂吏部方尚书的千金？从小到大，还没挨够爹的板子吗？"

飞雨却不以为然，依旧日日的由阿德领着出去闲逛，跟市井孩子追逐嬉戏，有时吵架打斗，也不因她是什么千金什么闺秀就畏手畏脚。

序章　星与砂

街头的平民孩子比官宦家的贵族孩子有趣得多。盛京有来自天南海北的人，或带西域气息，或操江南口音，性子亦各有不同，西域驾休国来客是侠骨清高，南都苏州子民则谦柔可亲。

跟不同的人来往，不是比跟自己一样的人来往有趣得多吗？

何况，她总是隐隐地害怕，若见天儿地在府中耗着，爹迟早会将她也送进宫去。女儿不该说父亲的不是，可若要她真心讲话，爹实是野心齐天的人，怕是连皇帝都没他想的这般多。

听了阿德的话，飞雨不免惴惴。皇太子？

她不曾见过，但想必是颐指气使的贵公子做派，会和她抢好吃的和好玩的，会定下规矩叫她遵守，会看不起她和穷孩子一起玩，会将她关在屋子里不准她出去——总之，只会让她心烦。

她不禁回眸去瞧方才那瀛人男孩走过的地方，他已经消失，走得无痕无迹。

可他真的很好看呢，脸孔白皙精致得像汉宫中最美的玉，那双瞳孔深邃得像大海。他说的话她听不懂，可那声音也好听，同样含蕴深沉得像大海。

方才他离去时，冰冷的目光如刃般割过她面容，似乎她犯下了何等大错。明明是他妹妹撞了她，倒像她上辈子欠了他。

女孩紧闭了眼，生平第一次，脸颊通红。

还会再见吗？如果还能再见，要问问他的名字，要告诉他，阿德叫他们"蛮子"是不对的。

要跟他道歉。

那日稍晚之时，便是瀛王朝拜汉皇的典礼。

汉宫璀璨夺目的凤阙龙阁是瀛宫再过一万年也比不上的，林立一派天然傲气，铮铮风骨。天朝皇帝的威武英才让见者屈服赞叹，堪为东洲所有人的主宰者。

他看着父亲卑微地伏在皇帝脚下，诚惶诚恐地回答皇帝有关贡产和海旅的盘问，以臣下自称。国宴时，汉皇身边打扇的宫婢不甚掉了帕子，父亲忙不迭地弯腰拾了起来，赔笑递还。宫婢赶忙接了过来，一回身却捂着嘴嘲笑瀛王奴颜媚骨的低贱样子。

他颜面尽失，如同见到汉家女孩将自己的妹妹完全比了下去。如今，他的父亲，瀛国的王，竟也萎靡到只配做汉皇的奴才。

他自小以来一直自矜清高的信念被彻底击碎了，从未尝过的苦涩味道开始在心头弥漫。然而他安慰自己，天朝皇帝已过而立，将至不惑。他比他年轻，他还可以潜心成长，终有一天会超过他，成为东洲的新主宰，让瀛国位居霸主，让汉皇伏在他的脚下，臣服于他。

许是他仇恨的眼神太犀利，汉皇竟注意到了立在瀛王身后的这个男孩子，于是唤他上前，问道："东方遥，这就是……你的儿子？"

"犬子不肖，让陛下见笑了。"瀛王东方遥的声音低如蝼蚁，恰似这地上密密麻麻跪着的所有瀛人。

"你便是东方子昭？"汉皇问世子，好像他早就知道他的名字。

"不错，我名叫东方子昭。"皇帝用汉话出问，他却用瀛语回答，语气并不急躁，平淡而坚定。

满座皆震，瞪视着这胆大包天的孩子。

朝拜仪式仿佛一团火焰忽被冷水浇灭，人人惊惧，生怕汉皇龙颜不悦。

东方遥惧怕得膝盖都打弯，磕头如捣蒜，"犬子年幼不懂事，求陛下饶恕他，求陛下……"眼角用冷怒的余光瞥着儿子，警告他不要再以下犯上。

汉皇却不理睬瀛王，依旧注视着眼前云淡风轻的男孩。东方子昭……这个名字对于他来说，实在很熟悉。但这孩子的样子，大大出乎了他的意料。

"好，东方子昭。"汉皇显然也听得懂瀛语，却用汉话重复了这个名字，眉宇间是从容不迫的王者气势，"朕方才与你父王商议东海盐运，你父王允诺将收成的十成之九上缴汉土。你，有何看法？"

朝臣们俱目瞪口呆地看着皇帝从容与十二岁的瀛国世子商议政事。

在所有人如凌迟般的虎视眈眈中，子昭自如回答，"陛下是竭泽而渔，瀛国也需资财来发展自身，不然如何兴海运，如何探索宇内、取得收成来进献陛下？依我所见，税制应为十一，如此方能长足发展，也算天朝给瀛国活路。"

说的仍是瀛语。

紫禁城头顶乌云翻滚，东方子昭一席话，将十之九成的上贡削至了十之一成，更明言讽刺天朝皇帝是不给瀛国活路。

汉皇似笑非笑，近旁侍卫已握紧了长剑，左右围着这反逆已极的孩子。

子昭却笑得温润，"陛下不需误解，盐运税制削为十一，瀛国仍有丝运，

序章　星与砂

粮运。若陛下答应我的提议，其余两运的税制还可商议，它们的油水可是不亚于盐运的，陛下必定也觊觎很久了，只等个开始盘剥的机会，不是吗？"

"混账！"

终于有人忍无可忍，却不是汉皇，而是瀛王。

东方遥大着胆子命随从将儿子拖下去，按着他的头向地上撞，强令他对汉皇赔罪。子昭誓死不从，于是被他恐慌已极的父王当众行刑。

汉皇英目微眯，不肯定也不制止，只瞧着这十二岁男孩在所有人面前头破血流。

东方遥惶恐地赔罪，"陛下息怒……是臣疏于管教，臣该死……"他咬牙切齿地看着闯祸的男孩，恨不得将他亲手扼死，"臣定会严惩这逆子！"

在场的汉臣、内监、侍女都啼笑皆非地看着这一幕闹剧，啧啧嘲笑。果是无人性的瀛国蛮子，无礼顶撞皇帝不说，这瀛王怎么对自己的儿子也下这样的狠手？

可见他们能在西域作出大屠杀的不义之举了，原来亲生儿子都可以当众毒打，何况外人乎？

这时，人群中却有个小女孩冲了出来，拦住了施暴的人，不许他们靠近子昭。

子昭头晕目眩，头被打破了，裂开了一条大口子，揪心剜肉的剧痛。粘稠的血流过了他双眼，让他看不清楚，疼痛伴着反胃的恶心侵袭他五脏六腑。

还有屈辱，这屈辱甚至胜过了体痛。

"二小姐——"

恍惚中他听到一个熟悉的声音，也感到那个熟悉的身影弯在他面前，用丝帕帮他包裹头上的伤口。原来是她，是那个笑容明媚如夏花的汉家千金。

她的急切溢于言表，"你流了好多血，不行，要去看大夫包扎才行。"她的声音远了些，似乎跑到皇帝面前去了，"陛下，别打他了，他还小呢。"

汉皇沉默，只看东方遥，用眼神拷问他的忠心。

那时的汉皇就看出了他即将成为东海崛起的少年英主？怕没有吧，若他看出了，应该任他死在当场，被他自己的父亲当众打死。

"你头低下去一点啊……"汉人女孩不知什么时候又跑回他身边,焦急的按着他的肩,因为他即便血流满面都还不低头,坚强地高昂脖颈。

"低头!"

他死活不从命,她没办法,只得踮起脚,双手略微用力,压着他又大又深的伤口,血才将将止住。她还威风凛凛地瞪着那些对他动手的人,活像一只小老虎,头一次伸直了还稚嫩柔软的爪子。

子昭眼前的血污被她擦净了,因此看得清楚她的身体,纤纤细细的水葱般的腰,好像稍微用力就可以掐断。那时他真的很想将那水葱般的腰肢勒在自己双臂间,勒断。

其实她与那些或哄笑或鄙夷着看他挨打的高高在上的汉人,没有分别。

这时瀛王在汉皇威严下完全屈服。他的手高高抬了起来,想要下令将逆子当众处死。

然而子昭毕竟活了下来,因了第二个汉人孩子的相救。

那是个与他年龄相仿的男孩子,忽然出声,英宏有力,"这典礼真是无稽,打人的事都有,看人打人还不若看野兽打野兽。我可瞧腻了,父皇自己愉悦吧。上官,我们走——"

明黄色的矫健身影,游龙般飞出一片光晕。

"玥儿,你……"汉皇石雕般棱角如刻的英俊面容这时才现出了明显的愠色。然而他没再说什么,几年来早被儿子顶撞惯了,根本无可奈何。

子昭视线勉强绕过面前跳上跳下为他止血的飞雨,只看到那着明黄衣衫的少年拂袖而去。他身后跟着个黑衣侍从,冷漠地回头瞥他一眼,嘴角抿成微妙的苦涩,随即跟着皇子走了。

之后,是他终生难忘的场景——见皇帝摇摇头任儿子离去,汉白玉宫阶上下的所有人都跪了下来,口中齐声喊着恭送太子,洪亮的声音可以撼动整座盛京城。

他们对着那孩子的背影谦恭跪拜,竟不亚于对汉皇。

没人再看子昭了,这场闹剧因着天朝皇太子漫不经心的一句"我瞧腻了",高调终结。

序章 星与砂

原来这就是皇太子,飞雨瞧着那金袍少年的背影,很是不满,然而毕竟担心子昭多过鄙视太子。他还在流血,那张俊美的脸如今甚是可怖。她忧心忡忡,"跟我回府去包扎一下……"

他在她眼中看到了自己的不堪和低贱。他忽然出手将她推开,街衢上她格开小薰的手那样灵巧迅速,对他,她却完全没有防备,猝不及防被他推倒在地,愣怔地瞪眼,不懂他为何突然发怒。

那名侍从马上迎了上来,轻蔑地踢了他一脚,正中他胸口,他弯倒在地,痛苦地咳喘。

"大胆蛮子,你活得不耐烦了?"

那时的他,懂了。

瀛国的世子对汉人来说就像刚才在大街上游荡的流浪野猫一般,任何人都可以随意踢打。他冷笑得心都发颤,人必自辱然后人辱之。是他的父亲告诉了所有人,他是该打的,然后汉人才能来践踏他。

女孩却恼火地回敬了侍从一脚,"你怎么也打他!他好可怜……"

"怜"字的音还没落在地上,他已忍痛爬起来迈开了步子。他不想要她的可怜,他宁愿她赶快忘掉自己血流满面的样子。他强忍疼痛走出几步,却被身后传来的声音吸住了脚步。

"太子想见方姑娘。"

飞雨俏生生的样子的确可爱,然而明眸中满是不平和气愤,双颊因了恼怒而涨着。"那太子怎么把人跟野兽比?好没心的人,我才不要见。"

阿德却欢颜成笑,太子召见当然是天大的荣宠,自家小姐哪里能错过这等好事。太子的生母路贤妃生前是皇帝最宠爱的女人,本马上就要封她为后,不料她牵扯进了六年前一桩宫谋之中,年纪轻轻便身死,终是不能享那母仪天下之福了。贤妃去后,皇帝为她六年空悬中宫,不肯立后,痴情如斯。

因着对她的愧疚,皇帝极宠太子,从刚才容忍他当众顶撞就可见一斑。

方府老早便想将二女儿塞到太子身边,如今是绝好的机会。

来传话的是个黑衣少年,正是方才太子唤的那个"上官"。他见飞雨完全误会,静静然对她道:"太子是想为那瀛人孩子解围才故意离去,为此不惜对陛下出言相激。姑娘连这都看不出?"

飞雨听闻这话有些犹豫，秀睫飘忽几番，还是下定决心不见。"不成，我要先帮他包扎伤口，叫你们太子等等吧。"

黑衣少年继续相劝，话中已带了深意。"方姑娘今儿个进宫是要探方婕妤的，是吗？是的话，请姑娘莫要再耽搁了。"

这不动声色的紧迫意味着何种凶险，当时的飞雨并不曾料到。她只是转眼去找子昭，却连影子也瞧不见了。

跑掉了？

她气得跺脚，真是个奇怪的男孩，让人干着急。

当时的飞雨不会想到，因为子昭，她没能见到姐姐的最后一面。

她眼中的父亲只是刚愎自大而已，朝野中的父亲却是个不折不扣的结党之人，固权自大，不能再为朝野所容。昨日朝堂，有臣子弹劾方尚书身为吏部之首，卖官鬻爵，亵渎天家官位。皇帝龙颜大怒。

三日之后，方家被查出克扣贡产、私藏兵器，连着那卖官鬻爵之实，坐罪遭诛，祸连九族。

一夜之间，她从千金小姐成了罪臣之女。

子昭走开后就没有再回头，这一天之内，他所骄傲过的一切都被击得粉碎。当街被称作蛮子，当众被父亲毒打，尊严二字已成粪土。小薰哭得眼睛带血，死死抱住他不松手，"哥哥，父王从没打过你……"

他没有答话。

小薰见哥哥没有反应，转身去质问父亲，"父王为何要这样对待哥哥？"

东方遥面堂乌青，心底闪过的恐惧无人能懂。世人皆言瀛王卑躬屈膝，是汉皇的奴仆。而他领着瀛国亦步亦趋行走的辛苦又何曾有人真正了解？

瀛王起身踱至儿子面前，冷冷视他，"子昭，今日你必须在父王面前起誓，有生之年绝不再违逆天朝，违逆汉皇。"

少年世子微扬了脸孔，月华在他面上镀了一层银霜，勾勒出瘦削棱角。肌肤下面，有些东西已死去，有些东西却逐渐坚韧。他目光辽远，仿佛看着那曾是他全部人生的瀛洲海岛。他用十二年的优渥梦幻，迎来了今天当面痛击的觉醒。

父亲等待着他起誓，要他一辈子做汉人的奴隶。可十余年的压迫已经够了。

序章　星与砂

子昭冷笑,"凭什么?"

气氛如初冬的冰层,寒冷脆硬,一触即破。

东方遥挺直了惯于弯曲的脊梁,双拳紧握,双目已然悲凉。

子昭勉强撑起身子,走离了父亲的逼视,对镜自忆今天的所有侮辱和践踏。出乎意料的是,他记得汉宫太子多过汉皇,或许因为那太子做了对他而言比蔑视更残酷的事——拯救;也或许,是因为在那女孩想为他包扎时,转过头去接受了太子的召见。

子昭默默走到小薰身边,伸臂揽过了妹妹细小双肩。小薰对他突然的亲昵极为不解,却向哥哥怀中依偎过去,头贴在他肩窝,在他胸前衣襟上抹干眼泪。

子昭的声音低沉却有力,"父王为何没能使我成为那样的孩子?"

"什么?"东方遥发觉他不认识自己的儿子了,他似乎在这短暂的血腥片段中,迅速长大成人。

"那样的孩子——可以让高贵的汉人也跪拜他的孩子。"他懂太子是出手相救,而正是这一点让他更加难受。他们该是一般大的年龄,汉宫太子却似天上的星,而他是海底的砂。

可他比他差吗?

"可以去拯救别人,而不是被拯救的孩子。那样的孩子,我也想做。"

小薰还在低声呜咽,胳膊紧紧攀在他身上。他思绪却渐渐抽离。让他感到难堪的人,也包括妹妹,于是松开了妹妹的身体,起身面对父亲,双目炯炯。"父王没能使我成为那样的孩子。而我要改变这一切,往后,让我的儿子不至于如我一般受辱。"

东方遥愕然。"子昭,你会后悔的!"

子昭没有再多说什么,推开门扉。月光牵出他颀长影子,孤寂而萧索。许多年后,他会记起那是他带领瀛国走向独立的第一步。那一步,他毅然决然地迈入黑夜,从此,再不回首。

再回首已百年身。

与此同时,距驿馆数百里之外。

汉宫金碧辉煌,与月争辉。

"方——飞——雨——"年方十二的少年太子翘着修长双腿坐在描金龙纹藤椅之中，念叨着这个名字，暗自觉得有趣。几天前的大殿之上，他亦被那瀛国世子虚惊一记，本十分赞赏他有反抗父皇的勇气，事后却渐渐觉得他未免太一根筋。

而若那东方子昭是一根筋，这位飞雨小姐就根本是愚勇了。

不过，她还真是自大得紧也有趣得紧。敢叫天朝皇太子世玒等的人，恐怕全天下也找不出第二个。他已等她三天了。想到这里，世玒拍手唤来了东宫的殿前侍卫、他自小的玩伴上官浩枫，很是不满，"上官，她一个女孩子家哪来如此大的架子？要本太子亲自去请不成？"

"臣罪该万死。"黑衣少年拱拳认罪，冷面一丝不苟，言外之意根本是敷衍。

世玒无奈成笑，"上官，好好儿的，我有说是你的错吗？"

"没有。"少年依旧冷面冷声，"臣罪该万死。"

"我这两日尽是差你去打听那小丫头，累着你了？"

"臣罪该万死。"

"得了得了，是本太子罪该万死。"世玒摆摆手，他很清楚上官浩枫的脾气，一笑置之，"我不找她就是了。有时真不知我们两个到底谁是主公谁是家将。走，回东宫。"

上官是他的侍剑护卫，亦是他自小玩大的兄弟，两人之间的默契情谊绝非一日短长。那个方飞雨，不等她也罢。然而，宫中的小姑娘没一个是那般爽利胆大的，放过亦是可惜。他便慢慢去查，总能找出她来，到时再治她对太子的不敬之罪。

世玒走出几步，回头却见上官没有跟随，狐疑道："我说上官，你不至于连东宫也不回了吧？真吃醋到这田地了？"

黑衣少年抽搐片刻，正言道："臣罪该万死。"

"你……"世玒忍不下去，正欲发作，却蓦地发觉他是认真的。

"到底怎么回事？"

"吏部尚书方仁辅卖官鬻爵，克扣贡产，私藏兵器。陛下已治了方家反逆大罪，祸连九族……今夜，抄检。"上官缓缓道，"方婕妤早前就曾对先贤妃不敬，如今陛下怕是不会对她留情。而方家二小姐……尚是年幼，已判入宫为婢。"

序章 星与砂

为婢？

太子一时怒发冲冠，那样不畏权贵又直率敢言的女孩子，怎能为婢？如何为婢？他望望窗外，天色还不十分晚。上官道，今夜抄检方府。她应该身在府中。

世玙心中火急火燎，无论方仁辅怎样，飞雨总是无辜。她还是个小女孩，若眼见这家破人亡，不知会吓成什么样子。

上官怎就没早一日找出她？

"拿好你的剑，我们现下去方府！"

真正的噩梦，从睡起睁眼的一刻才开始。

无人知晓火苗从何处燃起，亦无人知晓，火光从何时冲天。时光消融在这座残酷炼狱，化作黑烟，弥漫了她的全部视野。她不过想找个地方躲过那些无端闯入的恶面之人，醒来时，已身陷火海中央。

她想呼救，字句却变成一连串咳喘，让她吸进更多烧灼的气息。

谁来救救我——

女孩攥住心口，发出嘶哑的呼喊。火舌凶猛，一刹那，堪堪舔上了她娇嫩的脸颊——

"救救我——"

即将被火舌吞噬的一刻，飞雨感到腰间被一股强力拽住，整个身体安稳地栖在一双臂膀中，随即腾空而起。

面前划过六芒星形的一道金光。

仿佛跌入湿润湖水，她能呼吸了，大口吸着夜间东来的凉爽清风。

不久之后，因了骤然失索的恐惧，她会忘记那夜所有事情。记得的，唯有这六芒星和一双星辰般的眸子。她被交到另一双手中，茫茫黑暗中，启明星般的通天光华将她整个心灵照亮。

"别怕，你没事了。"

男孩的声音，沛然洪亮，如此熟悉。那对瞳孔有热烈却不刺目的光芒，将她团团包围。他用凉水擦拭她双颊，力道温和，怕她会痛。

他是谁？

带着这最后一个疑问，她失去了知觉。

"这又是怎么了？"世玛大动肝火。

方才上官浩枫救她出来，刚带到安全地方，她便一言不发地闭了眼睛。他眯眼盯住那张脏成花猫的小脸儿片刻，朝好友勾勾手指，"上官，过来！你看看她这是怎么了？方才不是睁着眼睛吗？方才还死命抓着我呢！"

上官浩枫不情愿地移驾靠近，查看几番，平声道："只是受了惊吓，不妨事。"

不远处，红彤焰光直接天际，如赤色云霞，却狰狞咆哮。放走了一只小小的猎物，不甘心了吗？世玛轻蔑仰头，垂眼瞧见飞雨的残相，叹了口气。

救她出来容易，保她平安却是难。

皇宫偌大，藏下一个女孩并非难事。然而若仍是将她充入宫婢之列，又何必大费周章地救她？

世玛修长手指轻捏下巴，除非……他跟父皇要了她，可她还小，实在太小。他对方婕妤有些印象，那可怜的少女，曾因对他生母——已故的路贤妃——言辞不敬而获罪。如今，大约已身首异处。他轻笑一声，心里忽有几分发堵。

他继续用衣袖擦干净她的脸，动作已僵硬，面色亦褪去了任何情绪，凝重不已。"上官，我们要为她找个去处。"

上官浩枫见太子将话题岔开，虽有怀疑，却知趣地没有多问。

"只要在京中，便不能万全，该是个离盛京越远越好的地方……"世玛沉思，仍然托抱着飞雨的手臂渐渐酸痛。

夜已深静。正元殿灯火通明，几日前瀛国朝拜时的闹剧，深深铭刻在汉白玉阶，在相当一段时间内不会被任何人遗忘。

世玛双目忽亮，"东方遥一行，不是明日要回瀛国了吗？"

上官浩枫一凛，他隐隐觉得这不是个好主意。诚然，眼前这昏迷的女孩曾救过瀛国世子，可那世子……会是知恩图报的人吗？

然而，黑衣少年选择了一贯的沉默。同为异族后裔，他竟能懂瀛国世子的执拗。汉人的恩泽，从来高高在上，不容置喙。他锁住飞雨紧闭的双瞳，以西域驾休国独有的剑礼为她祈福。

太子是少有的贤主益友，这女孩亦有为异族挺身仗义的勇气，他愿她平安一生。

"别愣着，过来帮忙！"世玛不耐烦地挥挥手。

序章　星与砂

东方吐白,天将蒙蒙。可惜的是,他还没能好好认识她,就要将她送走了。

再相见已不相识。

子昭绝不会想到,飞雨便以这种方式回到了他的身边。

可以去拯救别人,而不是被拯救的孩子。那样的孩子,他也想做。当她那般突然地出现在驿馆门外,他滞在原地,不敢相信自己的眼睛。瞧那脏乱的衣衫与娇颜,她该是遭受了一场劫难,却安稳地睡着,蜷着小小的身子,等着谁的拯救。

他踮着脚走近,生怕吵醒她。

这是如何的恩赐啊——

他贪婪地看她,她落魄而可怜。是的,如今落魄而可怜的人是她了。一瞬之间,离开那叫他丢人的父亲和妹妹的念头无影无踪,他唤人将她带进驿馆,自己亦紧跟着走了回去。

几尺之外的屋顶之上,两个矫捷伶俐的少年,功成身退。

而若世玛细心留意子昭的神情,他会为那攫取的冷光和残酷的冷笑感到不寒而栗。

生来便拥有天赋荣耀的天朝皇太子,十几年来习惯在云端俯瞰苍生。十二岁的世玛还不曾练就十年后敏锐的识人慧眼,他不懂一个男孩在尊严被摧毁后会成为如何的恶魔。

为星的人,不懂为砂的人有多煎熬。

只是,与飞雨那个始终未完成的相识,在世玛心中存了那样久。连着最初的叛逆,连着初为救世主的兴奋,久到多年后蓦然回首,他肯付出任何代价,只要那一刻没有放她离开。

多年后重逢,这是三个人的天下,是他们三个人之间的追逐与守望。大航海纪的波澜壮阔都只为了这追逐和守望而存在,故事的开端,却隐匿在了少女丧失的记忆之中,空让两个天之骄子嗟叹而永世不能再舍。

天边,海线,交融共晖。

星与砂,其实并无太多差别。

第一章　桃花林·太子剑侠

十年后。

西南边陲一处空谷，绿树繁茂，落英缤纷，细雨如弦歌，微风起仙韵。天边韶光聚散，山中清波潋滟。

南国的冬日无霜无雪，温暖如春，氤氲分许湿稠的热度，徐徐入心。草长莺飞，繁花似锦，天籁是静默却动人的撩拨。

这一片寂静被两个兀然落入的身影打破。两个年青男子，一个明黄衣袍，灿如星辰，年约二十出头，通身王者之风，睥睨纵横，敏捷俊逸；另一个黑衫若夜，年纪稍长，眉眼疏离，身手凌厉，自有一种冷冽希俊。

四下观望无人，金衣少年对黑衣少年笑道："这般轻易就解决掉了他们，这许多年的剑术可是白练了。还以为宫外有什么高手，原来都是草包。上官，你承不承认我剑术强过你？"

黑衣少年抱臂冷哼，眼中无分毫敬畏，上扬的嘴角显出一分嘲讽。"臣自然不敢不承认。太子殿下的剑术生来就注定强过臣的剑术。"

世玧哈哈一笑，拍拍好友的肩，对他的讽刺见怪不怪。

"上官啊上官，你这个气人的德性，多少年也改不了。"

与五十个高手在丛林中搏斗许久，两人身上都有伤。幸好无大碍，于是继续前行，终于突入了这个世外仙境一般的南陲谷。世玧无心欣赏美景，指指不远处青山上的空中楼阁，示意朝那里进发。

两个矫健的身影上下翻飞，间或交谈几句。

"上官，你可看清了？方才那五十个草包，都是苏州众生殿的部下？"

"不会错。我与他们交手多次，每招每式都认得。"

"众生殿……"世玧轻念，"他们也在找她。我倒想知道，是受了何人的指使？"

上官浩枫禀报道:"途径苏州时,我暗中了解过,众生殿的真正主人是圣上十一年前封的异姓王——成王。"

世玥纵身越过一道沟壑,轻巧落地,抚平衣上的褶皱,拍去尘土。

"成王……这人什么来头?众生殿的势力在江南一带几乎可以只手遮天,父皇竟也容忍他。"

上官浩枫黑眸一闪,又是讽刺。"太子殿下不是不关心权利争斗吗?莫非怕未来的江山不入您手?"

世玥笑笑,拔剑一点,触到上官浩枫的喉心又顷刻收回,只以弧光晃得他眼晕一瞬。

"上官,你给我听着,江山不会是别人的……若我想要!"

上官浩枫转目去看自己的好友,却见他英目散去了光辉。

若我想要?

上官浩枫一诧,言外之意,是这位皇太子殿下根本不想要吗?

世人皆道天朝皇太子天赋惊人,性子桀骜且叛逆张扬,是为一代雄主,当超越其父其祖。可他心底却丝毫不爱皇权,不愿受那龙椅的捆绑牵绊。

世玥只黯然了片刻,转而打趣起上官浩枫,笑吟吟道:"众生殿真正的主人是成王,如今管事儿的却是个妙龄女子,冷艳聪慧。上官啊上官,你这石头人也有动情的时候,定是和她有古怪!"

上官浩枫笑笑,脚底生风,剑锋格的一声削断手旁参天古树。那环抱粗的大树断成整齐两截,倒塌的声音震耳欲聋。

"臣不知何为古怪。"

世玥不动声色地问:"我们在苏州住的客栈叫什么名字?"

"不记得。"

"众生殿共有几层?"

"没数过。"

"刚才在密林中,众生殿的部下着何色衣衫?"

"谁留意。"

"众生殿的掌门叫什么名字?"

"殷令雪。"

上官浩枫脱口而出,才发现自己被世玥套话了,一阵烦躁,肃杀眼神又浓几分，赌气跃出数尺，不加理睬。

世玿不费吹灰之力再次超在他前面，一脸"你看吧"的志得意满神情，啧啧拍着黑衣少年的肩，叹道："这就是'古怪'啊——话说回来，众生殿可更古怪，我有些想法，稍后再与你细说。"

两人没再说话，走到山脚，看似短短的距离竟走了足足一个时辰。

一处浓密桃林现于眼前，花瓣纷飞，如一团洁粉云雾，让上山的路隐隐绰绰，看不分明。举首望去，青峰隐天蔽日，峭壁如刀削出，渡鸟难越，猿啼悲鸣，略微看一眼便知地形繁杂。

山层从下到上机关密布，显然小屋的主人不愿任何陌生人打扰。

上官浩枫稍稍观察一下，道："安全起见，我们得在这里耗个三两时辰，将所有机关都摸透再上去。"

世玿心中焦急，瞧着那处小屋，一刻也不想等，立即跃入桃林之中。

上官浩枫大惊，跟着跃进，手起剑舞，杀气如霜。叮叮几声，击落几枚险些刺入世玿喉咙的银针。

桃树仿佛都是通灵的活物，察觉到有人闯入，散开花瓣枝叶，阻挡着他们前行的路。

两人几番突进，都进不去。

世玿心道，众生殿的人还在后面穷追不舍，可不能耽搁啊。他恼怒地盯着这片桃林，对上官浩枫道："上官，你身上还带着'云中灯'不曾？给本太子放火烧掉这片歪脖子树！"

上官浩枫接了命令，取出怀中一个小小的圆球，向着桃林最浓密处用力一抛。云中灯爆响在翠绿灰黄中央，火舌转眼便舔遍了绕山的一圈树木。

两人刚要舒心微笑，却眉头一紧——有另一阵爆响声从远空传来，桃林陷落的同时，触动了深埋地底的引线，引得远处山脉的巨石群纷纷落地，响如雷鸣。

水声接踵而至，如潮涌来。

上官浩枫侧耳聆听，面色一暗，"不好，是山洪！"

住在南垂谷中的这人真是厉害，居然为了提防有人火烧桃林而引石贮水，要让山洪吞噬硬闯的人。听这山洪的来势，足可以淹没他们所在的这一处低地，让他们命丧湍流。

世玧也大惊，对着上官苦笑道："你这家伙刚才干嘛负气砍断那棵古树？这下可好了，剩下的树都这么细，我们连个避水的高处都没有，我可把这笔账算在你家殷姑娘头上了。"

"她不是我家……"

上官浩枫最后这句话被淹没在势不可挡的隆隆水声之中。

不远外的楼阁之上，一个紫衣女子遥遥望着那两个少年，素颜含郁，一双秋水瞳维持了数年的宁静无虞被打扰。洪水翻涌之声拍打着她几乎已无感的心神，这时耳边响起哎呦一声痛叫，竟盖过了水声。

她不悦地侧头看去，见那人从悬在石柱之间的渔网上摔了下来，趴在地上气恼地揉着腰。

"真真是时光不饶人，这把年纪了再摔一下可是不容易好！"这男子正当壮年，清眉朗目，器宇轩昂，精致唇角带着永远的玩世不恭，青蓝衣袍如洗碧空。

他见女子皱眉，赔笑着走上前来，与她比肩而立注视着外面的热闹。双肘撑在窗台上，嘲笑道："这些个硬闯南垂谷的无能之人、闲散之辈，到底要骚扰到什么时候才明白本王是如何的天才？"

女子淡如云烟的眉宇舒展开。她犹豫片刻，用力拢回了那个险些被逗出的笑，冷冷道："叫雨儿去救他们。"

蓝衣男子惊诧。"婉依，你要救他们？前年仲夏来的那一行人，一百零八个，全部淹死在谷底；去年暮冬，五十六个，不是淹死竟是冻死；这几月不知来了多少，我连数都懒得数。而这两个，看上去都是二十出头的少年，居然有本事入得南垂谷，留着就是祸害……要救？"

婉依闻言，无声冷笑，转身离去，飘落一句轻轻的话语。

"一个是你嫡亲侄儿，一个是你远房外甥，你想遭天打雷劈，就别去救。"

蓝衣男子一怔，赶快跟上婉依，惊喜道："你当真？"

婉依兀自走下木梯，不予理睬。他当她是默许，拊掌大笑，"我亲自去救！"

婉依顿住脚步，瞥他一眼，"不必了，只叫雨儿去便可。"雨儿会将他们送出谷，而若是这位四殿下平江王去，保不准就要请那两个孩子上来做客，甚至小住几日——自从隐居南垂谷，他可有十年没见过亲人了。

其中一个，竟是路贤妃的儿子。贤妃未死的秘密，十六年间应该已经被很多人知道，而她的亲生儿子——天朝皇太子——来得竟算晚的。她与皇帝的约定并非如此，然而毕竟已过了十六年，那辛苦等在盛京的帝王，终究捱不过这催人老的相思了吗？

若太子真的千里迢迢来寻母……

婉依咬住唇，不行，还不是时候。

那棵细瘦的高树即将撑不住两个男人的重量，世玡急切地四下放眼，这谷底竟被修剪得十分干净，再无其他高树。

刚才被上官劈断的老树呢？那棵树内里已被虫蛀空，若浮起在水面，跳上去抓住应该也可撑个一时半刻。

水声飒飒，如有蛟龙在其中翻腾。

水势渐强，凶残地摇晃着这棵细树，仿佛调皮孩童想摇下树上两个鲜美多汁的果子。

世玡情急，向着楼阁叫了一声："娘——"

若是娘亲设了障碍，竟害死自己的亲生儿子，她一定后悔得痛不欲生。

这一声呼唤在山谷间回荡，落寞无助。

世玡刚要痛苦地合上双眼等死，却听到风浪渐渐平息，一个银铃般的娇俏声音从水面上传来，咯咯笑得分外开怀。

"唉，看上去你还比我年长些呢，怎么竟叫起娘了？不过本姑娘喜欢得很，就认你这个儿子了！"

一个碧衣女孩划着竹筏慢悠悠朝他们驶来，笑得前俯后仰，连带着竹筏也飘摇起来。

待世玡和上官浩枫在竹筏上坐定，碧衣女孩仍止不住哈哈的笑。近看起来，她一对鸳鸯眉弯弯如月，黑珍珠似的眼眸澄澈若雨，红唇映日，笑起来是个诱人的心形。她看上去十五六，柔俏伶俐，有着不食人间烟火的纯净与天真。

不过容貌亦只是山野丫头罢了，比不得盛京佳丽的仪态万方。

世玡拧着衣衫中的水，怒气冲冲地打断她的笑声。"别笑了！那不是

叫你!"

女孩故意瞪大珠瞳,"哪个不是叫我?"

"娘啊……"话出口他立刻后悔了。

"哎——"女孩拖长了声音,心满意足地挥挥手,"叫一次就好,叫多了本姑娘嫌啰嗦。有你这么个长得俊的儿子固然好,要是话多就讨人厌了。"

世玥恨不得掐死这个乘人之危的小丫头,无奈竹筏不十分稳当,他不敢乱动。

他气得说不出话,想他堂堂的天朝皇太子,在宫中是万人捧着,出了宫在江湖也无人能敌无人敢欺,今日却被一个山野丫头轻薄。

上官浩枫却依旧冷脸,丝毫不介意全身都是湿的,只沉默抱着他那把乌黑的剑静然打座,完全无视好友被女人欺负。

世玥一忍再忍,勉强微笑,看在这女孩说不定与贤妃共住的份上,不跟她一般见识。

他有些黯然,举目重又去望那空中楼阁,心道贤妃必是有男人同住的,不然这力拔山兮气盖世的天然屏障,一个女子如何设得出?

半晌儿,世玥回过神来,忽觉不对——这竹筏分明是越飘越远了。他抓住女孩的手臂严声问道:"怎么不是朝着山腰去的?"

女孩甩了几下,他手劲极大竟甩不开,纤臂被捏得生疼,着恼地叫:"你要去山腰做什么?好容易保住了命,还不赶快滚!去找姑姑领死不成?"

世玥冷哼一声,他历尽千辛万苦才到了这距他生母仅一步之遥的地方,岂能在这时前功尽弃?即使有万分之一的机会他也不会放过。"少废话,转回去。"

女孩不理睬他,闭了眼睛不出声,锁骨处却一寒——世玥的剑锋正在她脖颈旁架着。举眸看去,他俊朗面容是冷冷的愤怒。刚才还那般轻松明快的人,发怒时居然有这样的威严。

他出言警告,"我说最后一次,转回去。"

女孩显然是个吃软不吃硬的倔强性子,杏眼一翻,现出本不怕死的样子,反唇相讥,"你以为南垂谷只有区区桃林雨阵撑台面不成?杀我,你们到了山上也活不长久!"

这时竹筏已飘至他们入关的那道丛林,世玥剑眉一凛,顷刻下定决心。

如果这时回去，就是前功尽弃。他一定要上山，即使拼死也要一试。他眯了一双俊眸，突施冷剑。

眼看着女孩要血溅当场，世玙的剑锋却被撞开，清泠声起，回荡在此时宁静死寂的南垂谷中，如幽灵般可怖。女孩呀的一声瘫软在竹筏上。

世玙转头，怒目瞪向上官浩枫。

"上官，你找死？"

上官浩枫单膝下跪，神色依旧平静，"臣职责所在。"

"你的职责就是协助我。"

"臣的职责是保护太子殿下的性命安全。"

上官浩枫毫不愧疚，如果这女孩命丧剑下，竹筏到了太子手中，他定会不惜一切的攻上青山。桃林与山洪已经足够厉害，再有其他艰险，他们又一无所知，仅凭两人之力恐怕真会性命不保。

上官浩枫从一开始就看出女孩想送走他们，故意不加阻拦，目的还是要保世玙安全。

何况……她本也无辜，没必要平白送命。

世玙怒不可遏。"我们克服万难才走到这里，离贤妃仅一步之遥，你要我放弃？"

上官浩枫寒眉以对，不再多加辩解，沉默是最好的坚持。

但这一次世玙显然不会让步。最糟的是，他心知自己功夫实则不及上官，更不想跟好友拔剑相向。竹筏之上，那女孩已从惊吓中缓过神来，屏息瞧着这一主一仆的对峙。太子目光轻动，微紧唇角，收了迫着少女的剑，对臣子威严出声。

"上官，这一路上我们也算出生入死，我的决心你心知肚明。我命令你杀了她，现在。"铮铮玉声，世玙收剑入鞘，原地坐下，"抗旨的话，你自我了断吧。"

眼角收到女孩越发急促的呼吸，他舒出无人瞧见的笑容。

上官浩枫平静得瞧不出刚领受了生死之令。他僵立在原地，思忖许久，握剑的手已在颤抖。银光一闪，剑锋横上了他自己的脖颈。

"好了，我带你们上山！"女孩跳了起来。

世玙悠闲地伸了个懒腰，上官与他实在默契，而这女孩也实在是太好骗

了。此时正眼打量她,却见她泪水盈满了翘睫,脉脉地凝视上官,唇瓣轻嚅。方才上官救她一命,她自然不愿看救命恩人因为她而自刎。

"快些划船!"世玚从容下令。

女孩还以鄙夷目光,不紧不慢道:"带你们上山可以,我有个条件。"

"说。"

女孩纤指一扬,指向上官浩枫,"那位……上官哥哥的剑,我想要。"她瞧出这两人中是世玚说了算,因此眼神瞧向上官浩枫,话却是对世玚说的。她凝视上官的眼神些许迷茫些许仰慕,几近朝他扑了过去。

世玚笑笑——若她只想讨把剑的话,好办得紧。"他怕是不会给你。不如你拿我的,镶金带玉的,比他的好看多了。"

"不行,我就要他的!"女孩分毫不让,声音都高得变了调。

世玚笑笑,转向上官浩枫,"上官,人家姑娘瞧上你了,还不快拿个锦囊玉佩的,给人家做定情信物。放心,若你家殷姑娘问起来,我什么也不知道。"

上官浩枫愁眉苦脸,"她不是我家的……"

女孩转过身去,在那方寸见许的小舟上踱起步来,樱唇紧咬,苦苦回忆。再看几眼,她越发肯定了。

"上官哥哥,我、我见过你的剑。是的,没错,那六芒星我曾见过!"

沙鸥翔过,在这瞬息生成的明湖上高低飞梭。咕咕几声,直衬得三人之间突然的安静分外怪异。

世玚怪笑一声,清了清喉咙,绕有兴味地看向自己的殿前护卫。"上官啊上官,瞧不出你这石头人竟到处造这种孽。老实交代罢,还有几个是本太子不知道的?"

女孩兀自沉在追思中,半晌儿抬起娇首,伸出小手。"至少……让我看看这柄剑,之后我就送你们上山,成不成?"

上官浩枫此刻已被盯得分外不自在,冷面锁眉,对她的要求不加理睬。

世玚却收敛了调笑的神色,正颜命令道:"给她。"

上官浩枫无奈,委屈地将剑递到了对面那只小手中。

世玚瞧着女孩得意洋洋的样子,莫名心中有些痒痒,不忘义正言辞地警告她,"别与我耍滑头。"一把剑罢了,他迟早帮上官要回来,要不回来也抢回来,到时她可莫怪他不客气。

然而，这胆大包天的丫头让他没来由地心悸。

一瞬之间，思绪被带到了极远的地方。昨日种种只浮不现的暗流无声翻滚，叫他几个月来头一次忘却了寻母的事，只一心一意地注视起她来。

三人下了竹筏时，天色已漆黑如墨。他们立在青山半腰一处隐蔽的暗门前。山峰高耸入云，繁星流连在它四周，闪烁苍穹之顶。身处这伸手不见五指的如幕寂黑，静息渺远，却丝毫不感压抑。山涧中灵气盎然，让人吐纳畅快，如饮甘泉。

女孩敲敲暗门，一个宽敞的山洞赫然眼前。水已淹到半山腰，光秃秃的山壁连只鸟也挂不住，怪不得先前来找过的人无一生还，他们一定不知道这里有处暗门可以通向一个山洞。

女孩站了一会儿，对他们道："我们得在这洞里过一夜。"

世玛哪里能准？他巴不得生出双翼飞上小楼。

"不行，现在就上去。"

女孩盛怒跺脚，大声道："多星之夜没有月光，黑咕隆咚的如何上山？硬要上去，一个看不清就有性命之危！"

世玛无法，只得耐着性子点头同意。近日潮湿，山洞中亦泥泞不堪。上官浩枫简单巡视一遍确保没有危险，之后脱下外衫铺于地面，随即退去了一边，倚墙而立。想那衣衫是为他的主上遮寒挡湿的，女孩轻叹上官哥哥的好心，自然进一步将鄙视留给了那狠心的主子。

女孩只是轻叹，世玛却仰天长叹起来，俯身拾起外衫丢还给上官，"穿上。若你着了凉，我没办法跟你家殷姑娘交代。"

黑暗中，上官浩枫闷闷的声音传来。"她不是我家的。"

"继续说，"世玛连讯带讽，"多说几回，兴许你自己就相信了。还有你，"他斜眼去瞧那矮自己一头的女孩，"再瞪我，别怪我不客气。"

她被他冷酷的眼神吓住，亦讪讪退到一边，鼓着腮帮子看上官浩枫奉命重又穿上衣衫，"狠心主子"这才缓了脸，随和起来。

看来他也不是坏人，只是没心了些，不会说好听的话。

女孩抱着上官浩枫的剑坐在洞口，痴痴凝视那个六芒星标记。山谷中云渐浓厚，连繁星亦隐去了光芒，天与地在晦色间交合，什么都看不清晰。她

用衣袖擦擦六芒星,希望那上面能映出她丢失的过往。

肋间一痛,头顶不可一世的声音轰隆响起,"朝那边坐些。"

她气呼呼揉着肋骨,若不是实在太黑,她怕自己一脚踩偏,真想将这人踢到水中去淹死。

她不挪地方,世玙索性钳着她双肩将她提远了些,留出个将将容人的空当,挤在她身边落座。

她气不打一处来,也颇诧异,"这么黑,你怎么看得见我?"

世玙轻笑,"无论多黑的天,我都看得见,从小就如此。"

她侧头瞧他,心似被狠狠撞击,一时间耳鸣起来。今日是怎么了?她按住心口,亦笑,"那你真是有双很亮的眼呢。"

话落,再次陷入苦苦沉思。夜晚霜重,她胡乱抹了把脸,便有泥土似的脏东西沾上了那娇嫩的颊。

世玙凝视她侧颜半响儿,猛地扳过她双肩,瞪大眼睛对住她脏兮兮的小脸儿,"死丫头,你该不会是——"

他的激动被兀然打断。

寂静之中水声忽然又起,排山倒海之势依然不减。如同一个巨大的泵被开启,原本镜面般平静的深湖向山谷两侧分流,惊涛拍打山壁,水面逐渐降低,几棵稍高一些的树冒出尖来,在晚风之中从容晃去枝叶中的积水,重又顶天立地起来。

水面再降,低矮灌木亦露头,石层随之。

最终,最后一泓水流走,镜湖变盆地。

这奇妙的空谷,在半个时辰之间回复了外人闯入之前的模样。

"雨儿——"

冥暗中兀然升起这声呼叫,让洞口的少年与少女同时站起了身。

女孩不知世玙的小字"玙儿"与她同音,见他亦起身,不客气地瞪他,"他是叫我,你凑什么热闹?"

世玙没有答话,警醒地望向外面。洞外之人是个男子,依声音可判,年龄与他父皇相差不多。想他是下山来放水并寻人的,寻的,自然就是他抓着的这女孩。他抑制住狂喜,对她平静道:"既然叫的是你,就应一声。"

她撇嘴,"不要。"不仅不想顺他的意,亦有些心虚会被父王责备私自带人上山。

世玶竟将她心思读得一清二楚，"你犯了错，他们早晚会知道。照我说的做，我可为你求求情。我的话，他们必是听的。"

她扑哧一笑，"好胆大的人。我父王可是天不怕地不怕，你是谁，他会听你的？"

父王？世玶一惊。

黑暗中，那男子似乎越走越远，向着那道丛林去了。世玶一时拿不准他找不到人会不会就回去了，心道不能放过这提早上山的机会，暗暗起急。而手中的少女，还在不怕死地拼命挣扎，他彻底恼了。

飞雨眼前仍是暗如迷雾的黑境，自打她有记忆开始，黑暗便是恐惧而无索的，伴着浓烟翻滚。今天的这个人却说，他无论多黑都看得见。

腰间被他兀地拢住，下一刻他的唇已压将过来，夺走了她齿间最后一丝气息。

她刹地懵了，用力推开。

"呀——"

世玶松了一口气，她尖叫的声音足够大了。他仍箍着她的纤腰，低头细看那张恐惧到几近昏厥的小脸，不免失笑。本是寻母，却给了他意外的收获。虽不知她为何会出现在这里，依旧为这故人重逢而满心喜悦。

大殿上一摆手便放了他鸽子的小女孩，他凭自己和上官之力从火海中救出的小女孩，踏过数年烟雨，居然已娉婷如莲。

正细细瞧着她因绯红而更娇艳的脸颊，耳边风声忽起，掌风扑面袭来。

他右手闪电般将她细手腕格在耳边，将将擦过脸际。他放开了她的身体，大怒失色，"死丫头，你做什么？"

飞雨将牙咬得格格直响，见这一巴掌没打成，皓腕忽收，重重击在他胸膛上。如此纤细的手竟有习武者的力道。

然而毕竟不到家。

世玶是有底子的人，受了一掌岿然不动，她却被弹飞开去，跌出了山洞。

那一瞬他心提到了嗓子眼，刚要跃出，身边黑影擦过，上官浩枫硬是将他推了回来，自己身子完全探出洞口，铁索般的手臂紧提住坠落的飞雨。

无奈他全身悬空，一时使不上力气，提了几番，两人依旧千钧一发地挂

第一章 桃花林·太子剑侠

在山壁上。他额头青筋暴起,身体寸寸下滑,却死命抓住女孩不放,眼看着就要和她一起下坠。

脚下数十丈,是干涸坚硬的谷底。

"呀——"

少女的尖叫声,第二次响彻这处宁静了许久的仙境。

敏锐如上官浩枫都未曾感到那人的逼近,只觉一股强大之力涌起,将他与手中紧攥的女孩兜起,抛回了洞中。

"哎呦……"

她落在他身上,惊魂未定。而他已然瞧见了太子涨成猪肝色的脸,暗道不妙,赶快把怀中少女拎起来推到一边,自觉后退到数尺之外,观察起那将他们二人抛回山洞的蓝衣男子来。

这男子年约四十,不若一般天朝成年男子那般束发,长发肆意飘洒,面容俊朗不羁,英采飞扬,自有通身桀骜侠气,难掩一世倜傥风流。刚才这女孩言语间不经意提到了"父王"二字,自然被上官浩枫敏锐的耳朵捕捉到。

既然是个"王"……民间盛传当今圣上的四弟平江王不爱江山爱美人,甘愿为一女子不问政事,隐居世外十余年。

看来,便是这人了。

平江王龙篪脚板刚点洞底,便被一小人儿猛地扑住。回过神来,飞雨正手脚并用,蜘蛛一般攀在他身上,尖叫不已。

"雨儿!"他亦跟着吼叫,想压过她的叫声,"别叫了!"

飞雨卡住,猛烈地咳嗽起来,只不依不饶地继续向养父身边黏,眼角恶狠狠瞥着世玙。世玙瞪回她,心中又酥痒得很,这嚣张的丫头果然像十年前一样欠管教。

他暂时将目光从她脸上移开,凝神注视那方才救了她和上官两命的高人。

半响儿,太子笑道:"四叔,许久不见,分毫未变。"他亦猜到了这男子的真实身份。

语气一如在皇宫中偶然撞见长辈,闲散话着家常。

龙篪听这一声"四叔",初是愣怔,立刻眉开眼笑了。他第二次将飞雨揭掉,点燃洞中的火把,走到侄儿面前直勾勾瞪大眼睛,上下左右看了个够,试探着叫:"玙儿?"足像饿了半月的野人瞧见一只肥美的野兔,惊喜得恨不得扑上来按住大快朵颐。

他可有十年没见过亲人了,忽然来了个油光水滑的侄儿,这就叫做久旱逢甘霖。见世玙在这微暗灯火下长身玉立,衣衫有些脏乱,却掩不住那俊朗丰神与高贵气度,当下认定是自己侄儿无疑,不然哪能这么标致。

世玙含笑点头。

飞雨却又巴巴地凑了过来,以为是在叫她。见父王对这人亲热,她十分不解,自己刚才差点落下山壁死掉,如今他一些也不宽慰的,怎么倒围着恶人嬉笑起来?她翘了樱唇,扯扯龙篪衣袖,"父王,都是他,我……"

"雨儿,快叫表哥!"

即便叫飞雨认一只蛤蟆做兄长,她也不会更惊愕了,小嘴张着,骇然得像见了鬼。

龙篪挠着头,半天才捋顺辈分,似乎仍是捋错了。见飞雨要逃,他长臂一勾将她拉了回来,送到世玙面前,笑眯眯道:"这便是我皇兄与贤妃的儿子,当今皇太子,大着你几岁。你既是我女儿,可不该叫声表哥吗?"

世玙心中诧异,若这女孩真的是十年前对他的召见不理不睬的方飞雨,为何竟不在瀛国而在南垂谷?又为何,成了他四皇叔的女儿?

飞雨比他还要更加惊讶,叫不出表哥,却随着龙篪一同打量起世玙来。

他是皇帝和贤妃的儿子,当今皇太子。

沉睡在祈仙阁冰室中十六年的路贤妃,她一直唤为"神仙姐姐"的倾城佳人,竟是他的母亲?

第二章　祈仙阁·神女精灵

　　南垂谷如同一个天然屏障，将红尘紫陌尽数隔绝在丛林那边，悠悠往事轻易成空，所留者唯有宁静与淡泊。然而真正的记忆并不会随清风吹散，状似遗忘的过往不过暂时锁住，待时光蹉跎了它的棱角，刺痛渐轻，伤痕渐合，所谓刻骨铭心却分毫未改。

　　父王，婉依姑姑，甚至那几年来从未睁过眼说过话的神仙姐姐，他们都是有过往的人。

　　曾居高高的云端，曾享人间之巅的荣华，如今却在这与世隔绝的地方度过余生。甘愿或不甘，都已经十余年流过。

　　飞雨不记得六岁之前的事，仿佛有人用一把火将它烧了，灰烬亦不留。她只记得炼狱般的烈焰浓烟，之后有人救了她。她从未看清那人的面孔，除去六芒星的印迹，她只记得他的手和怀抱都是温暖宽慰的。

　　似曾相识，却远隔千万里。

　　十年前，当她睁眼，真真看到了那人，却冷得全身都蜷缩起来，仿佛堕入冰河，被冷水啃咬。

　　那人与温暖或宽慰绝无关，他面容俊美无双，却苍白孤僻。他的阴沉可以让最和煦的阳光熄灭。他身边有个眼露凶光的小女孩，盯视她的样子仿佛她是菜板上的一块排骨，想将她啃尽吃光，骨头都不吐。

　　她颤抖着问："……你是谁？"

　　那时，子昭为这三个字而战栗，头上的伤口抽痛。晨曦已明，他不知她为何出现在驿馆门阶之上，只认定她是来找他的，她还记得为他包扎伤口。可此刻她眼神茫然而躲闪，空空如也。

　　他有不祥的预感，许久开口问道："你又是谁？"

飞雨憷然，她脑中是荒原般的一片，好像有人将它挖空了。她惊骇，惶然四顾。她不认得这地方，不记得自己是谁。她拼命摇头，眼泪止不住地涌出。

"……我是谁？"

小薰向后跳上床榻，荡秋千似的晃着脚，轻蔑笑笑，"哥哥，她成了傻子呢。"

预感成真，子昭只觉天旋地转。他冷冷对小薰道："出去。"妹妹悻然离去后，他站起身，缓缓走至她面前，攥住她细窄双肩，逼迫她看着他。

"真的……不记得自己是谁吗？"

飞雨被他摇晃着更加发慌，却无论如何挣脱不开。

子昭安静。在这天洲汉土，他两次当众受辱都曾被她目睹，她曾含笑相对小薰的乖戾，也曾无畏地为他向汉皇请命。

"那么，记得些什么？"

飞雨喉头发涩，被烟火熏烤的痛觉没法在短短几个时辰内消退干净。只记得这个。她惴惴，"我记得……火。然后……被什么人救了出来。救我的人，是你吗？"

子昭听着这断续的残句，心绪翻涌。

不被别人拯救，而能去拯救别人的孩子。那样的孩子，我也想做。

是的，这是恩典。

他盯着那双渴望的水眸，点了头，试图微笑。他双手因激动而渐渐加力，捏得她生疼。

"对，是我。"

在那之后，子昭渐渐得知了方府遭诛之事，而飞雨究竟如何逃离此劫到了他的身边，又是未曾可知的了。他告诉自己不去在乎，只使她以为自己是她的救命恩人，又以告知她的身世作饵，享受她一股脑的殷勤。

他以救命恩人自居，像使唤丫鬟一样使唤飞雨做这做那。飞雨从来不对他产生怀疑，只一门心思地为了报恩而百依百顺，他说东，她不会往西；他不开心时拿她撒气，她也大多忍受。他们相处久了稍微相熟，她便壮起胆子，想问他自己究竟是谁，父母是谁，从何而来。

而只要他一个不快的脸色，她便不敢再问。

于是他继续享受随意摆布她的快感。

离开盛京，因了商旅的缘故绕道西南，他一路带着她，日里随父亲与汉商交游互通，闲下来便与她共处。小薰多有不满，得空便想折磨她。她并不软弱，绝不容忍小薰的无理取闹，两个女孩动不动为了些鸡毛蒜皮的事吵闹起来，甚至动了手，只等他回来解决纠纷。

他自然不会亏待了自己的妹妹，多是苛责飞雨的。

飞雨对着他时才会垂下双眸，然而细颈仍然不肯低，只对他道："子昭……真的是她先动手的。"

只不过是小薰个子比她矮，才会轻易被她打败，只能灰头土脸地等着哥哥回来告状。

子昭凝视着她，没有说话。

小薰很是慌张，就让飞雨这样逃过惩罚，她不甘心。她连忙踮起脚尖，对子昭附耳说道："哥哥，她今天说，你们瀛人怎样怎样……"

这"怎样怎样"，总归是些不堪入耳的辱骂之词——浪人，倭寇，蛮子。小薰初时只说这些，后来渐渐学会不少汉话的成语——狼心狗肺，鼠目寸光，猪狗不如。她将这些词语尽数栽赃给飞雨，因为知道哥哥最在乎这个，会重重罚她。

只要想起在大街上被哥哥按着头跪在飞雨面前，她就恨得心都停住了跳动。

小薰的谗言回回奏效，屡试不爽，子昭不再可怜飞雨。

飞雨不服，还要辩解。

小薰便狐假虎威起来，"你的命可是我哥哥救的！救命恩人的话，你怎么敢不听？"

子昭冷冷看着飞雨，后者终是没有办法了，只得将委屈吞下，乖乖受罚。

他一言不发地转身离开，丢她一个人孤零零跪在院心，咬着嘴唇掉眼泪。

在汉人面前失掉的尊严，在她身上全部得回来了。

可就在这时，他却赫然软弱。小薰命令飞雨跪一整晚，他独自坐在室内，却连一炷香的工夫都忍不过，心里面全是那个挺直了脊梁受罚的她。那样大胆地跑到汉皇面前为他求情的她，威武得像只小老虎。

他发了誓要报复汉人,可她……跟其余汉人终究是不同的。

于是他拉开滑门,大步走了出去,拉着手将她从地上拎起来,牵着她回到阁内,微提起裙脚,便看到那双膝都跪的青紫。他不显心疼,只将自己平素跪坐的那方软垫丢给了她,转身离开。

子昭随后叫来了小薰,小薰正愤愤不平。"哥哥,怎能这样就饶过汉女?她只跪了一个时辰,我要她跪断了腿才开心!"她想了想,打算重新激起哥哥的怒火,"她今天还说,瀛人……"

"住口。"子昭平静打断,对住妹妹双眼说出了如下的话,"薰,如果你想惩罚她,就自己去打赢她。如果你打不赢她,不要指望我帮你。只有亲自战胜敌人,敌人的命才是你的。"

有朝一日,他要堂堂正正地战胜汉皇,那时再来羞辱他们所有人。

从那天后,子昭再不会拿飞雨当撒气桶,他将自己经商的成就讲给她听,将自己读的诗书讲给她听。他要她伴着他长大,要她见证着他一点点变强。

这样,就有充足的理由留下她、爱护她了。

走至西南边境时,一日午后,提早回驿馆的子昭又听到了小薰盛气凌人的声音。

"你不可以再讲汉话,要讲我们的话!"

"怪是怪得紧,"飞雨嘀咕,显然没有示弱,"你懂我的意思,我懂你的意思,不就好了吗?讲的是何种话,不都是为此吗?何必要分得如此清楚?"

小薰还在叫嚣,"不行不行!我要你讲我们的话,总有一天,你们都要讲我们的话!"

子昭听到扑通一声,接着是妹妹更加歇斯里地的咆哮。他耳鸣起来,疾步走过去拉开门。小薰果然歪在地上,飞雨站在一边,攥着双拳,杏眼含怒。看起来是小薰先动了手,结果没打到她,自己倒摔了一跤。

见哥哥回来,女孩有了倚仗,又开始说那句几个月来说了无数遍的话。"汉女,是我哥哥救了你的命,你欠他的。就算我叫你砍掉一只手来道谢,你也要乖乖地照做,何况只是讲瀛语?我问你,你讲不讲我们的话?"

子昭静默,他不能不被小薰方才的话触动。

总有一天,你们都要讲我们的话。

难道他不曾狠狠地发过这个誓？

于是他不出言制止小薰，只冷酷地打量飞雨。

飞雨咬着唇，见子昭没有意思叫停，目光登时充满了愤怒，火焰噌噌地向上冒。接下来发生的事，子昭一生都不会忘记。从前那些鸡毛蒜皮的小事，她都听从他的判决，事后也不十分对小薰记仇。

可今天，小薰硬逼她不说汉话说瀛语，她竟抵抗到了这个地步。

她跑去膳房取来了一把刀，直直朝自己左手劈去——

尽管他拦得及时，刀锋仍削到了她拇指，皮破血流。

小薰惊得捂住了嘴，什么也说不出了。

东方迟薰对方飞雨一辈子的仇恨，从那时才真正开始。她终于明白，这个汉人女孩身上存在的东西是她永生永世不会有的。那一种风骨，让飞雨对"救命恩人"知恩图报，却握持骄傲，心中的底限不容别人踏过。

而于东方子昭，那一刻的心疼亦蔓延到了他的全部人生。多年之后，回首身后种种，也无风雨也无晴。尘埃满眼，伤痕满心，在她面前，他所有关于尊严的努力都是徒劳。

都是徒劳。

小薰默默离开，房中只剩子昭和飞雨两人，他仍握着她的小手，猩红刺眼。举眸视她，她唇角因为疼痛而抽动，纯净而勇敢的笑靥却飞扬开来。

子昭还未反应过来，女孩已经搂住了他的脖子，傻子似的呵呵轻笑，"不疼不疼，我就知道你会阻止我的呀！"既然他不忍心罚她跪，也就不忍心看她自伤。

自心疼她了。

自从他开始对她好，她很是开心，渐渐地得寸进尺起来，像婴孩般要抱，挂在他脖子上就不肯下去，即便他冷脸相对也不放弃。宁愿砍掉自己的手也不讲瀛语的她，居然对瀛国世子不屈不挠，热情一早超越了对"救命恩人"的感谢。

他曾试图说服自己，她是为了从他口中诱出身世之谜才刻意讨好，然而她后来竟再也没有问过。她对他的好不为任何目的，只因为她"想要"对他好。

子昭冷冷甩开飞雨，凝眉相对片刻拂袖而去。"把地上的血擦干净。"

这样只为自己的心而活得纯净的她，每次都让他相形见绌。于是宁愿硬装冷漠，也不甘柔软。

可这还不算完，女孩赶上几步，硬是又抱住了男孩，小脑袋努力搭在他肩上，气哼哼的，"别走！你好冷的，我抱抱你，你就会温暖些了！"

午后曦光，洒满他脸庞，钻入他双眼。她软软小小的身体趴在他背上，的确温暖很多。

只差那么一点点，他便不会再假装了。国之尊严，不要也罢，若有个人想让你温暖些，还不足够吗？

然而，差一步，便是差永世。

白砖红瓦的那头，有人缓缓走来，深褐色十二单和衣几十年不曾换过，色泽晦暗，一如他低微的小国之主身份。

东方遥怒目圆睁，"你们在做什么？"

飞雨本是喜滋滋地闭着眼睛，被瀛王一吼吓得赶忙睁眼松手。定睛看去，缓了神。

瀛王东方遥对这个兀然出现的汉人女孩并没有问太多，对她也不坏，算是以礼宾相待。为此飞雨总听小薰抱怨说，他做惯了汉人的狗，见个汉人便是主子，便要供着。

然而，瀛王从来不许子昭与她相处太久。尽管小男孩与小女孩只是玩伴一般的相处，尽管如此幼小的年龄实在不会发生什么，他仍对儿子与汉女的关系极为紧张。

就像此时，东方遥像盯住祸害一般盯住飞雨。少顷，他对儿子道："子昭，随我来。"

飞雨有点怕，拉着子昭衣角硬是不放。"别去。"

男孩冷着脸要挣脱她，她眼见拉不住了，眼珠子一转商量道，"不如我们做个游戏，你赢了，就去；我赢了，你就不准丢下我。"

子昭一愣，飞雨已将左手攥成了小小的拳头，笑嘻嘻伸到他面前。"掰开我的手！掰不开你就输了。"

她左手方才受了伤，他一定不忍弄痛她，所以一定是她赢。

子昭静静看她，被那个输字刺痛了心神。他毫不犹豫地伸手过去，重重

第二章　祈仙阁·神女精灵

· 037 ·

按在她伤口上,不费吹灰之力掰开。女孩痛得叫了一声,难以置信地看他毫不怜惜的背影。

他头亦不回,只硬声道:"你记住,我不会输。"

永远,永远不要用"输"来挑战他。

手好痛啊……

飞雨一屁股坐在门前石阶上,委屈地揉着小手。回头看看躺在地上的刀,其实并无血迹,要她擦什么呢?

是不想她跑去偷听他们父子的对话吧。

飞雨哼了一声,站起身沿着墙围一溜小碎步,蹑手蹑脚地朝着他们消失的方向前进。黄褐色的枯矮围墙,一点点接近转角。女孩放低身子,迅速转弯。

一抹白色下摆挡住了她的去路。

头脑跟着一片空白。

男孩冷酷的目光,严厉得不留情面。可他站在这里等什么?料定她会跟来偷听?

"子昭……"飞雨扶墙起身,贴墙站好,捧出一个讨好的笑脸。

"我说过,我不会输!"

"嗯?"飞雨心生不妙,他为什么这么生气?"好啦好啦,你不会输,我记得的啊。"

"你记得,可你不信。"子昭此刻褪去了伪装的冷酷,只剩急切。他一辈子不承认自己心虚过,但这就是那样的时刻——他心虚了。父亲要说的话他再清楚不过,但他不会放弃飞雨,不会将她送回天朝皇廷,她是东海航运和贡产的报偿,她是他受辱于汉人的报偿。

她是他的人。

"拯救你的人,我才是!"在大殿上与汉皇从容论政的少年英才,现在却是真正的孩子。子昭死死盯着飞雨,盯得她瑟缩起来。"不管他说什么,我都不会放弃你。你不信我能做到吗?不然跟来做什么?"

就这样莫名其妙地发了脾气。

飞雨被一连串训斥打得摸不着头脑,只听懂了第一句,无奈笑道:"子昭,你本就是我的救命恩人啊。你……怎么了?"

子昭紧闭薄唇，眼神依旧吓人。

其实他从没救过她，是有人将她丢在了他的门口，仅此而已。

相反，是她救了他，她已不记得，他也深深祈祷她永远不会想起。

午后，蜂儿聒噪地飞过，女孩目光呆滞地想，若那是只蝶该多美好。蝶之翼很安静，不会打破此刻的平静。

因为子昭竟会主动地抱了她。他轻柔的声音贴在她耳翼上，"你记住，我……"

"我知道，知道。"女孩开心地左右摇动，既然被他抱着，就要多享受些他的臂膀，"你不会输的。"

"再记一次。"男孩叮嘱。

西南边隅的这处驿馆已走脱了盛京干燥闷热的夏天，温润潮湿。与瀛国，已经很像了。子昭平静地与父亲同行，等待他讲话。说来奇怪，如此崇敬膜拜着汉人的父亲，竟不许他有个汉人女孩在身边照料。

"子昭……"东方遥终于开口，"你可知，那女孩是钦犯之女，本该为奴婢的？"

原来如此。

子昭不出声地冷笑，"被汉皇践踏的人，她不是唯一一个。"

东方遥停住脚步，"凭她自己之力，不可能逃脱族诛。你可知，是何人救了她？"

"与我无关。"子昭不经意地回头瞧瞧，她没有跟来。经了刚才的安慰，她喜滋滋走掉了。若她知道真相，知道所谓救命恩人根本是他冒充，一定会厌弃他的。

瀛王话语渐转苦涩，可惜无人体会。"子昭，你可以鄙夷为父，可以不再信任为父，但你未来的王妃绝不可以是汉女，你听懂了吗？"

子昭嗤之以鼻，"可笑！"他不想再与父亲浪费时间了，如果她不记得为他包扎伤口，他可以去为她包扎伤口。

东方遥无奈，只得朝着儿子的背影疾呼。

"子昭，你会后悔的——"

又是这一句，总是说他会后悔，他听也听腻了。然而，接下去的那一

句，彻底打到了他的软处，让他再也不能心安理得的享受飞雨相伴。

"子昭，救那女孩的人，是天朝皇太子！"东方遥再也不能隐瞒，子昭对她的心已经太深，他不能看她绝了瀛国的后路，"若不信，去问小薰。她出现的那日，小薰拿了她身上一块玉佩、一封书信。那次她们打架，就是她想叫小薰将那些东西还给她，她看了好能知道身世。皇太子将她托付给我们，叫我们带她远走高飞。"

他不惜再次打碎儿子的自尊，也要让他远离飞雨。

"子昭，你自以为成为了可以拯救别人的孩子，却不会想到，她不过是汉宫太子施舍给你的。你有多骄傲多高贵呢？竟接受那个天朝皇太子信手施舍给你的女孩。"

瀛国不可以有汉女王妃，那隐藏的缘由，子昭到许多年后才懂得，却晚矣。

或许，从认识飞雨的那日开始，一切就都是晚了。

飞雨很听话地回到原处等子昭，左手捧腮注视门旁，希望他快些回来。

很久之后，夜浓。她等得不耐烦，蹦跳过门槛想去寻，却发现他就站在门外，玉雕一般失了神采，又成了"初见"时那个阴沉到让光都熄灭的他。他在这里等了很久么？怎么不进去？

"子昭？"

飞雨笑着想搂他，他却厌恶地后退了几步，冷酷相视。他手中攥着揉成一团的纸，不知是什么东西。

"子昭，怎么了？"

"滚出去。"

飞雨耳中嗡的一声，子昭却丝毫没有玩笑的神色。他是认真的，那恨意不知从何而生，却厚重得让她透不过气。"子昭……"

"若你不讲我们的话，就别再叫我看到你。滚出去！"

离开世玛时是赤光漫天的火霞，尽管她从始至终不知救她的其实另有其人。

离开子昭时，却是寒冰刺骨的冷雨夜。他，终于让光都熄灭了。她的身世，他始终没有告诉她，她却倔强地先离开了他。那样硬撑着跑出驿馆，之后大雨滂沱，她全身湿透，找不到回去的路。

她怎么也不懂，为何他突然就厌恶她了。女孩用了一夜的时间恸哭祈祷，若神仙显明，叫她不要被抛弃。

在大雨中枯坐一夜，她次日晨起已经冻得不省人事。之后被出南垂谷添置什物的平江王龙篾发现，见她孤零零地坐着，染了风寒发着高烧，问她家在何处、父母是谁又一概不知，只得带回了谷中照顾。

神仙真的显明了，而当飞雨来到南垂谷的祈仙阁，她才发现这世上是真真有仙女的。

仙女，就沉睡在南垂谷祈仙阁的冰室中。

龙篾要女孩在祈仙阁的外堂中等候，他稍后就回来。

然而飞雨等了好久，从夕阳西下到月上柳梢，身边仍那般安静。她抱着自己瘦小双肩，冷得发抖。外堂很黑，当月弯换了一个天际，她不由自主地追着那并不很明亮的光华去了。

哪里有光？哪里有光？

七拐八拐，飞雨不知上了多少节木梯，推过多少扇竹门，只如在迷宫中打转一般，摸不清方向。似乎走了很远的路，眼前才出现了明于月色的银莹光辉。

门只是虚掩，该是有人只出去片刻，稍后还要回来，于是留门开着。

飞雨毫不犹豫地跨了进去，却觉周身更加冰冷。这间纯白的屋子，墙壁上还泛着似乎是雾的白气，寒冷彻骨。她光脚踩在纯白地上，脚趾蜷缩起来，真的好冷！

冰？这是间冰屋？

飞雨跳着脚向里面走，走向内室。

回想初见神仙姐姐，飞雨可问心无愧地说，在那空中楼阁中忽然瞧见一个绝美女子闭目躺在一张冰床之上，她却丝毫不害怕。

她很肯定这是个仙女，因此才住在这不食人间烟火的仙境中。

飞雨第一眼瞧见神仙姐姐，就认定她是这世上最美的女子。六岁的她并未见过许多女子，却那样下了论断。后来，十年过去，因了命缘牵扯走遍庙堂之高，江湖之远，东海之遥，南谷之巅，见过了无数佳人，这最初的念头却从未变过。

神仙姐姐并不是那种孤高清傲的美。

看得愈多,飞雨愈是觉得,她的美温柔而圆润,怡情而可亲。尽管闭着眼,却可想象那紧闭眼帘背后的一双眸子,该是清澈甘暖如清泉,时时娴雅微笑的。她该是济世之仙,再多磨难也不能泯灭她的善良高洁。

飞雨忽然想去触摸那白皙如凝脂的脸颊,脏脏的小手随即抚上那稍有温热的肌肤——

"谁?"

飞雨被这厉声惊得回头,一个紫衣女子立在身后,也貌美,还有一双绛色的深眸,但与神仙姐姐比只说得上一般般。

见女孩被吓呆在原地,紫衣女子咬紧淡唇,提着衣领将她带出了冰室。

"婉依,别杀她!"

飞雨正哭叫,却听到了龙篌急切的声音,见到那高大挺拔身影出现,于是惊惧地扑到他宽广怀中,死死抓住他前胸衣襟不放。

她听着他低沉的声音,心咚咚跳得厉害。

"婉依,刚才我满山地寻你,就是想对你说,这孩子是我在市集上撞见的,全身湿透,冻得发抖,怕是染了风寒,因此带回来叫你瞧病的。"

婉依冷眉相对。"市集上连大夫都没有?"

龙篌一时语塞,支吾起来,最终说了真话。"她左手上有伤,我瞧得出是刀伤。我瞧她哭得伤心,一直发抖。问她父母是谁也不知,只道名字是飞雨。我是想……怕是个孤女,无家可归,被其他孩子欺负了。"

婉依依旧不为所动。

"与你何干?与我何干?"

龙篌被反驳得沉默片刻,正颜道:"婉依,医者父母心。你是医,可以耗毕生心力来救治路贤妃,许多年不改,却容不下一个无亲无故的孤女?"

飞雨脖颈上一阵灼痛,她知那双紫瞳又在瞪视自己。

"才头次来,就不知生地四处游荡,竟进入冰室。"婉依冷笑,"四殿下,若那冰室中的人有半分差池,你就要提我的首级去向你皇兄请罪了。"

飞雨感到他紧护她的手臂略有颤抖。她抬头去瞧他的脸,他直直看向婉依,痛苦不堪,仿佛她刚用剑戳入了他的心坎。

婉依的话,飞雨听不懂太多,只知是很严重很可怕的事。

"婉依,只要我在,这世上就无人能伤你,即便皇兄也不可以。"龙篌故作轻松地对紫衣女子说出这句话，又低下头，宠溺地在飞雨黑黑的小脸上用力擦擦，那双大手磨得她生疼，她也去摸他的脸，擦干那上面未干的泪。

龙篪露出欣慰的笑容。

婉依怔怔看着，发现他们竟如父女一般亲密。她忽然懂他了。这许多年，他陪她在这与世隔绝的地方苦熬，每年两次出谷去添置什物，会为她带回一枚珠钗，如民间夫妇一般，为她戴上，痴痴笑看，赞她美丽。

他是平江王龙篪，当今圣上的四弟，是一人之下万人之下的四殿下，却为她而委身这与世隔绝的深谷中，甘愿等待，甘受寂寞。他只想有个小孩儿陪陪，她也不许吗？

龙篪见她不语，便知她懂自己的心思了，将飞雨重又托起，让女孩在自己臂上坐着，缓缓道："婉依……有这么个女孩儿，偶尔我便会做个美梦，以为我们是一家三口在这世外桃源共享天伦……"

"够了！"婉依倏然转身，唇角微抖，似乎不能面对他。"往后她若再这样乱跑乱动，就别怪我无情。"

飞雨回到了天朝皇室的庇护之中，依旧不自知，只在被龙篪牵着去瞧她寝房时，偷偷回头看了那沉睡的神仙姐姐一眼。

天上的仙女果真听到了她的祈愿，给了她一个家和关心她的人。

如果子昭寻她，是定不会寻到这世外之境来的。

飞雨气鼓鼓地想，这样最好。她不是给他呼之即来挥之即去的人，又不是求着他和她一起。应该叫他后悔死，居然对她那样坏。

可是，为何她不开心呢？

此后的时光弹指即过，从六岁到十六岁，她从女孩成为少女。她真心爱戴自己的养父与养母，他们也对她很好。

龙篪是个不理世俗的闲散王爷，一辈子率性而为，对养女便也宠得厉害，从不用礼教俗法委屈她，总是说女孩子家也要顶天立地的才好。婉依固然严苛，却外刚内柔，那藏在冷面之下的柔情，值得龙篪守她十余年，亦值得飞雨敬她若母。

因了南垂谷中的武学圣殿兵工堂，龙篪早已成为武学大家。说来讽刺，兵工堂还是座不折不扣的贼窟，俱是瀛人的罪证。龙篪通身高超武艺，却安心于世外，仅用来保护婉依。

　　毕竟，有太多人想要侵入南垂谷，一些人为兵工堂宝藏，更多人却是为沉睡的贤妃。贤妃是汉皇的心，谁得到她，就不啻将绳索套上了汉皇的脖颈，会让这位东洲的主宰者予取予求。

　　在南垂谷中长到十六岁，飞雨又无数次去冰室偷偷探访过神仙姐姐。她有时会留心听龙箎和婉依的交谈，有时他们叫姐姐"贤妃"，有时会叫她"凝云"，哪个才是姐姐的名字？飞雨绞尽脑汁，终于有天忍不住去问了龙箎。

　　"那个神仙姐姐……到底是'贤妃'还是'凝云'？"

　　四王对这个简单的问题却思考了很久，道："雨儿，这世上有个等得最辛苦的男人，他亦自问过这个问题——她到底是贤妃还是凝云，等到想清楚答案，却已晚了。他迟了一步，便要付出这十几年的相思煎熬，也不知能否等到一个赎罪的机会。"

　　飞雨撅嘴，不懂这是什么意思。

　　四王却瞪眼，想起什么似的，用力拍了拍她的小脑袋。

　　"哎，死丫头，你怎么叫她姐姐？你是我女儿，也就该叫她……婶娘。"四王在脑中算了半天辈分，终觉得"二嫂"这个名号，凝云当之无愧。尽管他的二哥是皇帝，曾有无数妃嫔。

　　飞雨却吐舌头，扮个鬼脸，黑珍珠似的眸子透着一股纯致。

　　"不要！神仙姐姐那么年轻！"

　　龙箎挠挠头，"她容颜不劳是婉依用药所致。须知，逆着生老病死的规律并不是件好事。这许多年，皇兄大概也苍老不少。瞧瞧我……"他对镜自照，苦笑。曾经风流倜傥的平江王龙箎最在意的便是自己那张俊脸，如今的平江王龙箎却只愿在这深谷中与婉依一同老去。

　　飞雨此时便不敢再问更多，因为龙箎眉宇间少见的惆怅悲戚，如此凄苦。

　　父王与姑姑之间的故事，亦有很多无奈与牺牲吧。

　　可此刻能够相守，已经是莫大的福分。

　　这是父王亲口对她说的话，"相守，即是最大的福分。"

　　说这话时，他满面尽是知足的神色，低头呷一口酒，遥望山谷夕阳迟暮，笑声回荡在山谷之间。犹如一只卧着的老虎，慵懒伸伸爪，打着闲适的呼噜。

只是她依然想起子昭,如果还能相见,她想问他为什么要赶她走。

想着想着,竟过了十年。

十年间,她跟父王学了武功,跟姑姑学了医术,也偷偷在兵工堂中翻阅了一切有关瀛国的典籍,背得滚瓜烂熟。如果还能相见,她要跟他说几句瀛语。现在她大了,已经懂了,说瀛语并不会使她变成坏人,她只是不喜欢被人逼迫。

如果还能相见,她要跟他说这些。

最后一次去照料神仙姐姐时,飞雨瞧见她手指有些微的动,欣喜若狂地跑去告诉姑姑。十年了,她第一次看见姑姑笑。姑姑说,神仙姐姐大概快要醒来了。

那夜飞雨趴在神仙姐姐跟前,凝视那张美得不似人间的佳颜,止不住内心渴望,许下了一个愿望。"神仙姐姐,上次你保佑我不被抛弃,给了我一个家。这次,可不可以给我一个人?只要见他一面就好,只要说几句话就好。我没有很贪心,对吗?"

少女闭眸,合上双手,默默地念了一遍又一遍。

天际流星划过,正如华年匆匆,不为任何人而停留。混沌之中,少女的叮咛散成天籁微声,归于静默。然而,命缘定数,正合到一个重叠的位置。

——"他,来了。"

飞雨猛地抬头,神仙姐姐依旧紧闭双目,唇色如玉。

那么是谁在说话?

他来了?谁来了?

就在这时,父王洪亮的声音轰隆隆响起,"雨儿——外面有两个草包,你去救他们!"

神仙姐姐似乎与她开了个玩笑,来的不是"他",而是"他们"。上官哥哥的佩剑镶着六芒星,太子世玛有双无论多黑都看得见的星辰之目,不知为何这一切都让她熟悉。

神仙姐姐一定不会开毫无意义的玩笑。

飞雨带着疑问上了竹筏,救了世玛和上官浩枫。宿命的轮回,自此

开启。

原来是神仙姐姐的儿子来寻母了。可这个颐指气使的怪物,为什么要突然咬她一口?

不知"吻"为何物的飞雨,又被龙箎强迫着叫世玛"表哥",漫不经心叫了之后,躲到一边气呼呼地郁闷着。

龙箎想着婉依的嘱咐,对世玛道:"玛儿,你暂且出谷去,再等些个时日。我瞧着……总也该差不多了,但一个月内是如何也不能见你娘的。"

世玛急躁,按剑起身,"为何不行?无论贤妃是生是死,我只想见见她。"

龙箎蹙眉,"见她之后如何呢?你是否想将她带回京城,送到你父皇身边?"

世玛原地踱开几步,不置可否。他沉思片刻,喜道:"四叔如此说,就是说,贤妃真的……复活了?"

龙箎挥挥手,故作高深地念念有词道:"她本就没死,何来'复活'之说?十六年前她的确自伤甚重,不能吐息,形状若死,但脑运仍在;脉念未断,吐纳可还;如草木之存,待药石之效,不能作'死'。"

世玛不解,"这是何意?"

龙箎双手一摊,"我怎么知道?都是婉依说的。"

世玛险些扑通一声摔倒在地,气得脸色煞白,又去瞄飞雨——这死丫头还真是像四叔,两人加一起也没一句实话。"到底我为什么不能见她?"

龙箎皱眉,"你娘她虽然活着,但身体虚弱已极。婉依治了十几年,也不过勉强维系她性命,不能让她苏醒。听婉依的意思最近大有进展。眼下是个着紧的时刻,你别去打扰。"

"那么我要见一见这位婉依姑娘,与她确认贤妃的安好。"

龙箎懒洋洋地伸展了双臂,前后扭着腰,好像方才上跳下窜地开闸放水让他腰酸背痛。

在世玛的威胁注视下,龙箎对飞雨道一声,该回家休息了,话还未落地就拽着女孩闪电般转身,蓝影一道,直扑洞口。

然而洞口有个人结结实实地堵着,黑衣少年冷目冷面,左挡右截,防守得滴水不漏。

世玙哼了一声，讽刺道："四叔，人不服老可不成。再顽抗下去，莫怪本太子不给长辈面子！"

龙篦被他一激，怒而拔剑。上官浩枫手无寸铁竟面无惧色，赤手空拳依旧游刃有余。

飞雨却急了，倩影忽移，挡在上官浩枫面前，瞪着两眼高声对龙篦叫道："你欺负人！你欺负他没武器！"

转念一想，人家武器不是在自己手上吗？

飞雨赶忙将剑塞还给上官，闪身躲开。上官稳稳持剑，与龙篦对攻。

龙篦见飞雨帮着他，微是一愣，转念竟眉开眼笑，过招之间忍不住细看这冷峻的少年侠客，遂生欣喜的猜测。女大不中留，雨儿长在这世外空谷本是寂寞，如今二八年华，已到了婚配的年龄。不等他这做父王的着手张罗，便有这两个俊朗孩子送上门来供他挑选，不免越想越喜。他刚才见这少年舍身去救飞雨，她亦有心帮他，就以为他们不一般。

婉依只说另一个是他的远房外甥……龙篦默念，却不知是谁家的外甥，如果门当户对，就许了这门亲，定是桩好姻缘。

世玙亦暗暗观察，看清了四叔的大致水平，佩服不已。果然，守着兵工堂十数年，四叔是不世出的高手，一朝出谷大概无人能敌。

黑蓝两道光影，激起洪涛潮汐般的数百回合，上官浩枫最终占了上风，逼得四王退回山洞深处。但世玙瞧得出，这是四王故意相让。

世玙绷紧俊面，道："上官，够了。"

上官浩枫马上收手，对龙篦拱拳施礼，以示冒犯。

"死丫头，胳膊肘往外拐！"龙篦转头斥责飞雨，佯装发怒的他心里却很欣慰。这一番交手，他故意试少年的功夫底子，一试惊叹——年纪轻轻就有这般造诣，剑术精湛，内力深厚，不辱他的雨儿了。

"小子，报上名来！"

上官浩枫闭口不语，适时变回石头。

世玙悠然接话道："他是上官家的后裔，我自幼的侍剑护卫，前几年父皇曾想封他为驾休侯，这家伙却视之如草芥粪土，死也不受。"他笑瞥好友两眼，"'区区'汉土的一州之主，可不是辱没了我们上官石头吗？"话是嘲讽，他却由衷高兴，不仅因为敬重好友是淡泊名利之人，亦因为从此事中看

出了两人骨子里都是叛逆的秉性。

上官浩枫唇角牵动几下，眼睛看向旁边，双瞳死水般沉静。

龙箢却是个比世玙更没心的，只顾着盘问，"上官家的？可是天煊帝上官皇后一脉？"

世玙点头。

龙箢抚着下巴——如此说来，这上官浩枫是宗室子弟，家里有权有势，不会让雨儿受苦。世玙这般信任他，想来人品也忠厚，不会欺负雨儿。他笑吟吟问女儿道："雨儿，你喜欢这上官小子吗？我瞧着不错。"

龙箢瞥瞥世玙，也喜欢得直流口水。其实若雨儿跟了世玙，岂不是亲上加亲，更完美了吗？转念一想，他撇嘴，显出不满样子，瞪住世玙道："不行不行，还是不能跟你，你小子以后是要有三宫六院的，后宫那吃人的地方，定然委屈了我的雨儿……"

两个少年闻言同时怔住，互相对视一眼，往事顿现。

世玙心里不知为何很不是滋味。若当初一些事不曾发生，或许飞雨已经是他的太子妃了。然而过往总是不能改变，多说无益，如今与她重逢，她还是那个不知礼数的野丫头，他不知自己平白失落的是什么。

世玙蹙眉不语，飞雨却不满起来，斜眼瞧他，显出看他不上的样子，更回身狠狠擂了父王一拳。"我几时说过要嫁人了？"

甫垂眉，一张苍白冷峻的脸浮上少女心头，左手拇指留的疤，十年不曾痊愈。

十年未见，那人会变成了什么样子呢？

这时，她瞳孔被强烈的白光圈一晃，随即整座山洞地动天摇起来。

"是玉澜焰！糟了，姑姑出事了！"

龙箢与飞雨在山洞里被耽搁不过两个时辰，祈仙阁中落单的婉依竟就放出了这最危急的求救信号。

玉澜焰霎时点亮天际，利光刺目如昼，震落满夜繁星，响声直冲九霄云外。

上官浩枫此刻离洞口最近，探出身子朝外张望，漫天的白光之下，他看到一个熟悉的素雪魅影，剪空而过，长长银绫流泻若月华，如一只白凤翱翔九霄。然而她身着的白羽衣上有一片片的殷红血迹，顺着流苏淌下。

· 048 ·

他头脑霎时一片空白,脚底用力,从洞口跃出。

白光驻足的功夫不过半柱香就熄灭。龙篪和飞雨这才明白受骗——玉澜焰的光辉不会只持续这么短的一阵子。

那雪衣女子定是个刺客,是她放的灯火。然而,哪有故意大张旗鼓地告诉所有人她来到的刺客?这女子目的何在?

飞雨眼睁睁瞧着上官浩枫消失在夜空中,如果他跟着她攀上了山岩,可真是性命堪忧。

世玙急着问龙篪道:"四叔,如果一个人硬闯桃林,有无可能全身而出?"

龙篪答:"不要她一条命也要她多半条命——花蕾中藏设的银针都淬了剧毒,那女子即便中了针还有力气上山,最多两个时辰也要毙命。"

世玙心焦似火,上官就那样不管不顾地出去了。

他肯定那是众生殿的凌波仙子殷令雪无疑,放出假的玉澜焰不为引他们注意,而为引上官浩枫注意。丛林中众生殿的部下被他们击退后一定灰溜溜地去找殷令雪复命了,她心知上官在山中,刻意华丽现身,引他入套。

上官是深藏不露的人,对殷令雪的惦念却那般明显。这两人定是有旧情的。

殷令雪是聪明人,知道如果她火烧桃林引发山洪就一定殒命无疑,而如果舍命硬闯,反而能留得半条命过去。

世玙咬牙切齿——这女人真是狠毒,只剩半条命了,于是利用上官为她做人肉盾牌,用自己的一条命护着她上山。

"有无办法从这里关闭山壁上的暗器机关?上官有危险!"

龙篪关闭暗器机关,携世玙和飞雨奔上山来,目中收到一弧黑影弯在前面地上。他身前数码的距离,雪衣女子背影已希微,显然听到他们脚步声便逃开了。

上官浩枫失血过多,体力不支,身上还绕着层层素绫,看来那女子也曾想为他止血,却在暗器波停下之后抓紧时间上山,将他弃在原地不理。飞雨细细看去,上官浩枫的伤全在肩背上,胸腹却完好,可见是一直紧抱着那女子,为她遮挡如雨的刀剑。

她心中不忍,抬头瞪着远空的雪衣素影,"真是个无情无义的女人!"

龙篪抚剑起身,大叫不妙,"那可是众生殿的人?糟了……"

世玙一惊,不错,既然殿令雪亲自上阵,一定是冲着贤妃来的。但对十九年未曾谋面的亲娘感情毕竟及不上朝夕相处的朋友,他更担心上官浩枫。

龙篪更担心的显然是独身在阁中无人可保护的婉依。他弓下身,将上官浩枫轻巧托起,甩在肩上。就这样扛着他的身体,指挥世玙和飞雨向祈仙阁进发。

那烟波浩渺的空中楼阁,风雨飘摇。

龙篪踢开祈仙阁的大门时,阁内死寂,静谧无声。

"婉依!"

龙篪失神地大叫,将上官浩枫放在地上,开始疯狂地搜找每个居室、亭楼、回廊。世玙想要跟上,却颇怕殿令雪会转过头来劫持上官,于是留在原地,只对龙篪喊道:"四叔,去贤妃所居之处找便是!"

龙篪闻言,恍然大悟。

"冰室!"

冰室内只有昏厥的婉依,那张用于疗病的冰床空空如也,贤妃果然已被劫走。龙篪将婉依抱起带到温暖之处,心疼地揉捏她双手,低声呼唤着她。婉依却仍不能苏醒。

世玙呆立原地——她不在了。

历尽千辛万苦,赶在众生殿之前入了南垂谷,却依旧不能见到她。而且,谁知道那个成王想要她做什么?他握紧了双拳,若那人敢动她一根汗毛,他掀了整座众生殿!

飞雨一见姑姑人事不省,咬紧樱唇,忽然心生一计,对世玙道:"你快去把上官哥哥搬过来!"

世玙回过神,想起好友还危在旦夕,马上回到门口去将上官浩枫挪到了婉依寝房。

飞雨道:"只要身边有要救治的病人,姑姑就会醒。从前时,即便她在寝房中睡着觉,只要神仙姐姐在冰室中略微动动,她就会睁开眼。"

上官浩枫呻吟着,吐出几个含糊不清的字,依旧是雪、雪……黑衣看不出血迹,那厚厚的袍子却已被粘稠液体浸透,他周身从上到下都粘糊糊的。

床榻上的婉依蓦然睁眼,紫瞳射出利刃般的光芒。

她翻身下床,龙篪在她身后无力地喊着:"你先休息,那小子还死不了——"

婉依俯身为上官浩枫把脉,娴熟地指挥飞雨剪开他衣衫,烧水打水,磨药换药,运功疗伤,用药解毒……

一切打理停当后,婉依才颓然倒在藤椅中,双手掩面,深褐色发丝沿着她面庞滑下,憔悴疲累。

上官浩枫在床榻上平卧,气息渐匀,看来无大碍了。

世玙这才来到婉依身边,逼问:"贤妃呢?"

龙篪拍桌怒骂:"臭小子,一边凉快去!"

惊魂甫定,婉依盯着世玙和上官浩枫,辨不清是怒是悲。

龙篪以为她气他将他们带上祈仙阁,马上点头哈腰地为她递上一杯水,轻轻抚着她的背,"别气别气,"他不好意思地挠头,硬找了个借口,"你看这两个孩子生得水嫩光滑、细致好看,嗯……薄皮大馅,秀色可餐,我想带来给你逗趣解闷的……"

婉依冷漠,想来这十年间语无伦次的话听了不少,已经麻木到不觉好笑了。

龙篪见她依旧锁颜,道是安慰得不对,又道:"……贤妃的事,你也莫急,我定将她救回来的。"

婉依睫间忽着泪光,紫瞳悲然看向这十余年相伴的男人,手紧握了他的,心底的凄苦深涩难言。

飞雨咬着唇不敢出声,依然将上官的剑攥在手中。世玙忽然气闷,劈手将剑夺了下来。她去抢,奈何他身量高过她不少,抢也抢不到。他逗得她在自己身边溜溜转,竟有几分很受用的满足感,稍微冲淡了弄丢贤妃的难受。

如果父皇知道贤妃被劫,不知会急到何种程度。

第三章　芳菲雨·执手天涯

　　世玛急着去寻母，但上官浩枫的伤一天不好，他们就一天不能离开祈仙阁。上官伤势不轻，幸而体魄强健不会致命，然也痛苦难熬了。他不啻帮着殷令雪劫走了贤妃，世玛亦未加苛责，体惜之心不减往日。

　　婉依悉心为上官疗伤，飞雨从旁佐助，亦难受非常。对那个"雪、雪"，上官哥哥定是用了很深的情。他亦是个守望的男人，如皇帝守望神仙姐姐，如父王守望姑姑。他剑柄上的六芒星，她仍记不起在哪里见过，耐不住了问他，他却三缄其口，只道："请姑娘去问太子。"

　　可她又委实不愿与那怪物讲话。

　　上官受伤，贤妃遭劫，世玛的烦躁时时如火山般一触即发，对龙篪和婉依发泄不得，他只能折磨折磨她。只要飞雨在眼前，他必要挑她的不是；飞雨不在眼前，他就必要叫到眼前来，不虐不欢。

　　她咬着牙跟父王告状，父王便叫她随姑姑上山采药，对那太子殿下惹不起总躲得起。何况姑姑由愁生疾，身体一日日地见弱，他越发不放心她独自外出。飞雨对世玛恼火之余，也对她颇是担心。

　　自从神仙姐姐消失，姑姑的沉默寡言更胜往日了，好像隐瞒了什么事情，不敢言说。

　　就在飞雨下定决心这次要问个明白的时候，世玛却蛮横地跟着她们一起入山了。

　　南垂谷中山脉起伏，雾气氤氲，目穷之处是道道云烟，隐蔽了外界一切纷扰。山谷之中，山峰之巅，奇树异草参差共生，飞禽走兽层出不穷，半卷烟霞漫铺天际，如梦似幻的光晕青空折射出一片瑰伟雄浑的浩大天地。

　　医治神仙姐姐的药种，飞雨倒背如流，医治上官浩枫的药她却还不十分熟悉，于是只得看婉依采摘，帮不上忙。她不情愿地被世玛盯着，浑身不自在。"儿子，你若有眼疾，本姑娘就委屈一下给你上药。"

"谁是你儿子？"世玛说这话分外熟练，他点着她眉心，"叫表哥。"

飞雨哧哧笑，"什么表哥，我可管你娘叫姐姐，你该叫我姨娘才是！"她迟疑一下，心中难过，"到底是谁劫走了神仙姐姐？姑姑本来说她很快会苏醒的，我还想对她说谢谢呢，她实现了我一个愿望。"

世玛不以为然，贤妃只是凡人，哪里是神仙？容颜不老是药物所致，实现飞雨的愿望又是从何说起？

"你有什么愿望？"

飞雨白他一眼，"为什么要告诉你？我认得你是谁？"

世玛恼火，她放他鸽子放了十年有余，命也是他救回来的，如今竟说不认得他。想了想，他试探道："雨儿，你是否记得被我四叔捡回之前的事？"

飞雨古怪地扫了他两眼，他现在也和龙簏一起唤她"雨儿"了。他说，他也叫玛儿，不过音同字不同。王与为"玛"，贵潢之美玉。

其实细细看上去，他比上官哥哥还要好看一些，气度不凡，镇定从容，心情好时也很会让人愉悦。但他颐指气使，目中无人，上次在山洞中还莫名其妙咬她一口，她就不喜欢了。

被父王捡回之前的事……

她晃晃脑袋，很想忘记，但如何能忘记？"有个人救了我的命，他本是很好的。可后来……莫名其妙地便不要我了。"

世玛咳嗽几声，有些汗颜。原来她都记得，原来她一直记得。

当初将她送走是权宜之计，如今想来，却百般后悔。

然而他不知自己错过了多少，她心中记得的那个人，其实不是他。

"那……你怪他吗？"

飞雨兀地抬头，"当然怪他！我若哪里不好，总是可以改变的。为何机会也不给，便要我走？"她轻抚左手拇指的伤疤，怄了这么多年的难过，经年沉淀，成了些许她辨不清的情愫，"不过我想他。"

世玛一时无言。两人并肩坐在山坡上。婉依的身影很远，肯定看不到这边。他又一次凑近看她，微风轻撩起她的发丝，拂在他脸上，那酥痒直达心底。拯救飞雨是他最初的叛逆，这俏颜如花的美丽少女，真是当初那个痴傻狼狈的小女孩吗？

世玙伸手抬起飞雨的下颔,唇慢慢贴过去。

她怒不可遏,打掉他的手跳开老远。"你这人怎么回事?没见过咬人也上瘾的!你被狗咬过,有疯狗病?"

咬人?疯狗病?

世玙看着她如避瘟神地急匆匆跑掉,哭笑不得。

药香弥漫山野,少年与少女在或甜或苦的追忆中,走岔了路。

上官浩枫伤势恢复很快,抑或,他装作很快。事不宜迟,他们必须马上赶去众生殿救出贤妃。

启程前夜,飞雨居然大驾光临世玙房间,趾高气昂地塞给他几个净玉瓷瓶。世玙放下书卷,打趣她:"呦——难得啊,我还以为你把自己种在上官石头的房间里了。"

飞雨面红气躁,告诉自己不跟儿子一般见识,讪讪道:"姑姑在为上官哥哥换药。"她逐个瓷瓶点过,教训世玙道,"疯狗病不能拖,姑姑说发作了很是危险,于是挑几味药给你路上带着,趁早服了。本姨娘可是为你好,别不知好歹。"

她倒还真不愿这家伙发病死掉,神仙姐姐一定会心疼的,毕竟是亲儿子。

世玙懒得跟她废话疯狗病或姨娘的问题,漫不经心道:"我们是要赶路的,这堆瓶子重得要死,你舍得叫你上官哥哥背着?"

飞雨大怒,"你简直没人性!他有伤在身,你还叫他做苦力?"

世玙舒心地笑笑,站起身走近她几步。"这样的话,你替他背可好?"

飞雨愣了半晌儿才明白,他是要她与他们同行。"不行,你会咬人!"

世玙忍无可忍了。即便再怎么恨他当年把她送走,也不至于用疯狗病来抹黑他吧,看来这事得好好解释清楚。

"四叔没咬过你姑姑?"

飞雨眼神惶然,"你烧糊涂了吧,父王那么爱姑姑,怎么会咬她?"

虽然嘴硬,但她隐隐觉出世玙在生气,很认真地生气。斗嘴还好,但若他真的愤怒起来,她一定得退避三舍,因为他愤怒时是要动剑杀人的,实在可怕。

飞雨扬起下巴,送药完毕后昂首阔步出了世玙的房间,却听到他在身后气势汹汹地尾随。她叫苦不迭，想了片刻，还是躲进上官浩枫的房间。

黑衣少侠正闭目休息，不再有杀气，像婴孩一样安静可爱。

世玥气急败坏地闯进来，看见飞雨在床边，没好气地拽着她手腕想拖出去。飞雨甩开他，向后缩着。

上官板着脸咳嗽一声，翻了个身，示意他已经被他们吵醒了。

飞雨垂首，不好意思地低声道歉，就出了门。

世玥回复正颜，"你随我出谷，带着你的药，也便日后照顾我娘。"言外之意，龙篌和婉依他都使唤不得，只使唤得她。

见她不十分愿意，他轻声道："雨儿，你不能一辈子活在这与世隔绝的地方。有些事，我要带你去看，教你明白。"

她的身世注定成为秘密，他却可以将她带回盛京，让她以平江王之女的身份过上幸福的生活。

这样，可不可以算作他从未送走她？

世玥的心思飞雨毫无察觉，再次的走岔只因她又想起了那人。那人在谷外，不知哪里，不知与何人在一起，不知做着何事。昨夜她向神仙姐姐许愿，想要见他一面，姐姐说"他，来了"。

可他没来，他依然在谷外。

想要见他，只得她出谷。可她怎能这样自私？"不成，我要留在父王和姑姑身边，照顾他们。"

世玥听了这理由，双眉一紧。贤妃既出了南垂谷，他们三个都不需再在此地逗留。若他开口，四叔不会不放她。而至于他和婉依姑娘，想回皇宫享福抑或继续隐居恬淡，都是他们的自由，父皇不会逼迫，他就更不会。

可这分明是托辞，她拒绝跟他走是因为她存着芥蒂。

他眼神层层环起面前的少女，竟不想放她出去。他仍不能相信，那个在朝拜仪式上冲到他父皇面前为人求情的小女孩，如今已长大到婷婷玉立。

十年前她将他堂堂皇太子晾在一边等她，现在她仍拒绝走向他。

等了第一次，还要等第二次？

他是昏了头。

飞雨诧异地瞧着世玥面色越发阴沉凝重，不知所措，"喂，你……"

"想留便留，本太子是没时间等你的。"世玥丢下这句硬邦邦的话，拂袖

第三章 芳菲雨·执手天涯

转向上官浩枫,"收拾东西,我们走。"

飞雨忍不住插嘴,"他伤还没十分好……"

"上官,听不到我的话嘛!"世玙瞧也不瞧她一眼,瞪眼对侍卫怒吼。

上官浩枫僵坐在床上,无奈地发觉自己被迁怒了,只得自行运功活络四肢,下地走动。

飞雨不知世玙为何忽然发如此大的火,可怜兮兮地缩脖子噤声,转头逃开时心里竟有戚戚,对他十分过意不去。

可她分明没做错什么。

她做错了什么吗?

飞雨再三对自己确认什么都没做错,走回寝房将头埋在锦被中,却无来由地掉了眼泪。哭了不知多久,房门轻轻开了,她知道是父王和姑姑,赌气地不肯起身,哭个不停。屁股一痛,她绷坐起来,娟眉倒立瞪着龙篪,怎么打她?

龙篪耍威风似的睥睨着女孩,"本王的女儿怎可是这样的胆小鬼?"他眼巴巴盯着养育了十年的小姑娘。真要放她去飞,他哪里不挂念,不心疼?但他已经不能再将她禁锢在这空谷之中,她长大了,该去闯荡。

"你要我走?"飞雨诧异地打断他,"可……我若走了,谁照顾你们?"

龙篪呵呵笑,却有些愧疚,"贤妃丢了,若皇兄怪罪下来,我这条老命可是担不起,所以逼着雨儿去为我找人哪!若你真想照顾我们,就为我们找回贤妃。"

婉依走近他们,用力克制唇角的抽动,睫毛频闪,似乎想把眼泪倒流回去。她将一柄剑横至飞雨面前,紫锋犀利,烁然生辉。飞雨凝视着这柄跟随姑姑半生的宝剑,目光骤然收紧,难以置信。

十日之内,她看到了第二个六芒星标记。

姑姑是个谜团重重的女子,她通身的异域气息,她那双绛紫的瞳孔,她对父王本已深种却从不言表的情思,都让她费解。

婉依静静盯住女孩,许久缓道:"雨儿,你或许早已看出我是西域驾休国人。那姓上官的孩子,他也有驾休血脉。不以驾休男子的血统,如此年少怎可能有那般高超的身手?受了重伤,怎可能恢复这样快?"

不错，紫瞳是驾休国人的与众不同之处。

可上官哥哥分明是一双墨瞳。飞雨心生狐疑。

婉依继续道："西域驾休国以侠为道，先祖曾铸三元神器，即三柄圣剑。上官浩枫的绝巅圣剑，玄锋，先前为驾休侯聂潇所有，后来……"她眼角若有若无地瞄着龙篦，后者低头不言。"而我这一柄，名为以眺圣剑，紫锋，与其并列。"

飞雨点点头。

三柄圣剑，那么除去上官哥哥的、姑姑的，那第三柄在何处呢？

婉依眸光深邃几分，"那第三柄——众生圣剑，赤锋，为圣剑之主。如今就在那劫走贤妃的人手中。众生殿的势力极难对付，你与上官浩枫要小心应对，多听太子的话，懂了吗？而若不成，也……莫要勉强，凡事自有它的定数，人是不能强求的。"

当姑姑将眼神避开，飞雨心中的疑问还远远未解。

那日，当她和父王耽搁在山洞中，殷令雪杀上山来时，祈仙阁中究竟发生了什么？

飞雨的思绪被龙篦打断。

他声音有些沙哑，"婉依，你再啰嗦，雨儿要追不上他们了。"

话说的是婉依，眼睛瞧的却是飞雨。他严肃视她，不许她再逼问姑姑任何问题。

平生第一次，婉依顺从地垂下头，攥他的手格外紧。

飞雨微启了唇，以她亲眼所见，姑姑十年倾尽心血救治神仙姐姐，从未倦怠，亦不曾有半句怨言。姑姑与上官哥哥都是不多言的人，只那眼底偶有淡淡哀伤划过，再深的痛苦也不与人说。

她没有问任何，只狠狠抱了姑姑一下。

十年的养育恩情，她早已视她为母。

淡香过鬓，她听到姑姑低柔嗓音，凝泪成殇。"雨儿，待到救出贤妃，一定要回家……我，是怎么也不能爱他的……"

祈仙阁外，两个少年一前一后走着，悬索下山，密道过桃林，各自心中都觉茫然失所。世玙冷不丁开口，"上官，你若不舒服就张嘴说话，我们就地歇歇。"

上官浩枫面不改色,"臣不敢。"

世玙叹气,"你给我坐下,休息片刻再走。"

走过大半个上午光景,祈仙阁已远在千山之外,雾气缭绕,神秘幽索。上官浩枫在一块青石上闭目打坐,神色安详。

"上官,纵是四叔护着,我仍然觉得那纳兰婉依甚是可疑。"

上官浩枫缓缓睁眼,"因为她是紫瞳褐发的驾休女子?"

世玙微怔,没有理睬。他原地踱开几步,极目远眺,"那夜你家殷姑娘已经身负重伤,还要带着贤妃,如何能那般快地下山逃走?四叔说,桃林中的银针都淬剧毒,若无解药很快会毙命,这解药亦只可能出自一人之手。"

上官浩枫不置可否。

世玙却不停止,他需要将这些话道出才能理清思路。"最后便是——雨儿。六岁之前的事,那死丫头记得多少忘了多少,如今我们不可能知道。我们知道的是,她本该身在瀛国,却无端出现在南垂谷,背负着必须隐匿一辈子的身世。如果她是被瀛人故意安插在这谷中,四叔不知,纳兰婉依却不可能不知,驾休女子能读人心而知身世,锁在雨儿心中的任何事她都可以看个一清二楚。"

"原来,仍是驾休二字。"

世玙再不能绕过话题,凝神直视他双眼,"上官,你知我并非持那种偏见的人。"

上官浩枫用了片刻的工夫消解这不快,忆及飞雨,淡然道:"臣以为,飞雨姑娘不是有机心之人。"

世玙心中宽慰,他也认为不是。

然而他这兄弟在女人身上从来少只慧眼,不然也不会被殷令雪那蛇蝎美人算到这步田地。

当年他们亲手将飞雨托付给瀛王,后来又发生过什么,尚未可知。

唯一肯定的却是,那死丫头不但半点不感激他救她,还恨着他将她送走。

"有件事臣要提醒太子殿下,"上官浩枫缓缓开口,"当年,我们亲眼所见的收留飞雨姑娘的人,不是东方遥……而是东方子昭。"

不错,驿馆门外,发现女孩的人并非瀛王,而是瀛国世子。

世玙想起这一折,干笑几声,"东方子昭?油腔滑调的酸腐家伙,套上鞍就当自己是骏马的呆头驴。六年前又见一面，真是越长越不肖，装傻充愣也无他那般蹩脚的，明明野心大过天还假充闲散清高，骗谁呢？"

上官忍俊不禁，太子的愤怒似乎有些过分，还有些酸。

毕竟他们谁也不曾忘记，她就是为着东方子昭才拒绝了太子的召见。

世玙修眉紧锁，攥了拳头，"东方遥是个老实人，东方子昭却不老实。瀛国成为天朝属国，他不甘心久矣。"

如今人人皆知，得贤妃便得天下。

无论众生殿劫妃一事是否真有高人黄雀在后，只要贤妃出了南垂谷，都必然让群雄心痒觊觎，这天下就必然危机四伏。

瀛国近几年在东南沿海的活动极多，与众生殿亦有不在少数的交集。

而瀛国世子的野心和意志，也早早得过了证实。十年前，东方子昭在大殿之上满头鲜血仍不低头，有这等可怕心志的人或民族，实在不能小觑。

"上官……休息够了的话，我们还是尽早启程为好。"世玙捏着下巴，轻声道。

黑衣剑侠方要起身，不远处忽传来一阵银铃般的呼喊，让他们两人都钉在了原地。

"喂——你们等等我——"

世玙猛地回头，一侧目发现上官浩枫回头竟不比他慢，不免阴郁。

飞雨气喘吁吁地跑来，看着世玙冷冽眉宇，心中忐忑。她觉得这人很奇怪，一会儿想带她同行，一会儿就翻脸不认人。跑这一路，她一直在想怎么说服他带着自己，勉强凑出个借口。好在她此刻是真的别离心伤，做戏十分逼真，娇俏双颊上还挂着泪痕，一对星眸湿答答的，痛苦得无以名状。

"姑姑不要我了。"飞雨说出这一句带着哭腔的话，白皙手背抹着眼睛，泪珠无助地落下。

世玙不解，"什么？"

"姑姑说，我居然想偷偷带你们上山，于是留不得我了，再也不想看到我……"飞雨扯着世玙的衣袖，哭状很惨，鼻涕眼泪齐齐往他那价值不菲的衣袍上擦，"她只说我就罢了，还说父王，说他带来路不明的野丫头回来，不知安的什么心……"

她越想越伤心，扬起满是泪水的小脸。

上官浩枫显然不忍心了，抱臂垂头。

世玙却只是沉默地听着她哭诉，唇边不时勾起冷笑。

飞雨刚要再说，被他打断，"够了，方才给过你机会，你不愿。如今你编得再可怜，我也不会带着你同行。"

飞雨的哭声截然而止，迅速如雷电。若不是山谷中有"哇哇"的回音，他们都要怀疑刚才是在做梦。她见装不下去，索性赌气问："你怎么瞧出的？"

世玙甩开她的手，继续向前迈步。

飞雨这才慌了，紧追几步，又拽住他，巴巴地哀求，"我六岁被父王捡回来，在这谷中憋了这许多年，只是出去逛逛。你们出城前，我必然要回来的。"

世玙倒是任她拽着，走得头也不回，"继续编。"

飞雨慌得声音都颤，语无伦次地胡说，"儿子，你好歹也叫过我两声娘，一日为娘，终生为娘，你不能不要我啊！"

世玙顾长身形微微一顿，仍未停足，走得越来越快。飞雨攀在他臂上，被他牵着走得一路跌撞，仍不敢放手。

若不是实在生气，世玙简直想笑，"你这丫头，编个谎话也如此不靠谱。"他停步转身，她猝不及防撞到他怀中，被他温柔揽住，凝然对视，俊眸含笑。

"可我却是……拿你没办法了。"

他本就俊朗英气，如今温声细语起来更是十足迷人。飞雨一时红了脸，呆呆看他。

未几，世玙爆发出一阵大笑，松开她纤腰，转头走开。"这才是靠谱的谎话！你学着些，往后再去骗骗其他男子，或许能得逞。"

飞雨愣住。

上官浩枫留在原地，同情地瞧着她。

她挤出一个难看的微笑，"没关系的，上官哥哥，我知道你不能违抗他的意思。"想起什么，方从腰间取下他的剑递还给他，"这个还你。你不想对我说，我也不能勉强你。"

于是上官跟着世玙走了。

飞雨心里霎时空落。

想问明白的事，还都没有明白。

正恨着自己傻，她面前投下一片阴影，脸颊被那双温暖的大手捧了起来，拂去眼泪。刚才被他牵着走得那么快，身边擦过许多一人高的小树，她细滑肌肤被树枝划出几道浅浅伤痕。

世玙细心看了许久，还好，没有破相，只是脏得像只小花猫。

他温柔地安慰道："别哭了。"

上官浩枫的一袭黑衣也出现在眼前，眉间透着无奈。

飞雨抬头瞧他俩，慌得不知该说什么。"你们……怎么回来了？"

世玙揉揉她的头，"傻孩子，回来就是答应带着你同行了。"他笑得颇有些诡计得逞的意味，"方才我一直拒绝，你却没去求上官，还是求我。本太子对你的诚心很满意。"

飞雨不知死活地答道："他都听你的嘛，我不想他为难，自然只能求你啊……"

世玙原本晴空万里的脸霎时乌云大作。

飞雨灵眸一转，赶快补救，"其实……真正原因是，我觉得你是个好人，定不会见死不救的！"

世玙满足地点头，将她从地上拉起来，昂首的样子活像得胜的公鸡。

飞雨在背后丢他两个白眼，这人装得好生精明，也不过如此罢了。

第四章　瑶台月·瀛洲智者

　　从西南边陲到江南水乡，飞雨朦朦胧胧地对这一路的奔波很熟悉，因为曾走过如此的一段，肌肤体会过这从清热到湿热的变迁。本以为十年处于那冬暖夏凉的南垂谷仙境，定会对中原汉地水土不服的，没想到却十分适应。

　　唯一不适应的，是那疯狗病怪物的颐指气使。

　　世玙在南垂谷中的几日没尝够飞雨的上佳厨艺，于是日日地吃饱肚子还要逼着她去为他做些饭后小点，权当磨牙。

　　飞雨表面不动声色，只把她最拿手的几味菜肴悄悄端到上官浩枫房中去，早晨几样药膳大补的，伴药疗伤；晚上几样清新解味的，搭着时令果蔬，去除他嘴里服药的苦涩。

　　跟随姑姑多年，她最懂如何照顾病人伤者。

　　至于那怪物，吃剩的就行，反正他还像捡了宝一样志得意满。

　　飞雨解气，上官浩枫却不愿这般，又摆起石头般的硬面孔，谢也不道一句。途经两广时，奇珍果品众多。飞雨绞尽脑汁配进菜中烧给他吃，去收盘子时却发现他动也没动过。

　　"上官哥哥，路途疲累，我弄了些牛乳给你，有助睡眠。"

　　飞雨越殷勤，上官越不领情，那一盅西米牛乳羹，放到冷掉他也不碰。不知何故，他打定主意离她远远的，避之不及。她耐着性子劝，上官石头终于开口，依旧是冰冷的拒绝，"我睡了，谁保护太子和飞雨姑娘？"

　　飞雨想起，姑姑说过上官哥哥有驾休血脉，体力远强于一般汉人男子。

　　但有伤在身，总不能一直这么熬着。

　　她学着他冷冷的语调，"不吃就算了。大不了，你不睡我也不睡。"

　　飞雨在他房中坐着，小脸阴沉，托着腮恶狠狠地瞪他。上官浩枫也不理睬，兀自在窗畔持剑而立，眼神遥遥坠向东南，似有相思挂在那轮弯月上。

两人沉默相对片刻，飞雨不禁去看他的绝巅圣剑，摸着自己腰间的以眺圣剑，忍不住问道："你杀过许多人吗？"

她知道他不会回答，于是说下去，"一定有很多。父王常说，剑者，非辜勿伤，但为了保护自己重要的人，有时什么也顾不得。上官哥哥，你最重要的人，是那只怪物还是'雪、雪'？"

她不知自己触及了一段隐匿至深的真情，亦触及了这冷面剑客心底最深的伤痕。最重要的人究竟是哪一个，终究是另一桩故事了，锁在他的沉默中。

飞雨听到木头碎裂的声音，抬眼看去，窗棂已被上官浩枫发力捏碎，粉末随风扬洒。

上官浩枫最终控制住了怒意，丢给女孩一个黑洞洞的背影，"这世上，并非人人都愿意被谁照顾，我这般的人，欠过谁也是转念就忘。等到寻回贤妃，我们不过寻常路人罢了。请姑娘离我远些。"

世玛本独自思索着闯关众生殿的法子，忽听得窗外有嘤嘤的哭声，心中一紧，推门步下石阶，果然瞧见那个碧色身影，可怜兮兮地端着一盏瓷盅坐在月下，背对他的纤肩不停抽动。

那瓷盅飘着香，远远都能闻到，甚是诱人。飞雨的手艺放在皇宫中也不差御厨几分。

他走到她身边坐下，毫不客气地拿过瓷盅，一勺勺吃得津津有味。不等她开口，他笑道："这个比我前几日吃得好吃多了，原来你还藏着一手。往后做的，不如这个可不行。"

飞雨抹着眼泪，没心情跟他斗嘴。怪物，前几日吃她做剩的东西都夸得天花乱坠，西米牛乳羹当然好了！

世玛用肩膀碰碰她，言归正传，"你哭什么？"

"我、我想家了。"飞雨忙乱编个理由。话出口，却不全然是假。明明一片好心，却被上官浩枫冷漠拒绝，若是家人，断不能如此的。

一时想起父王和姑姑，只是几日的分别，已经如隔三秋。

世玛刚想嘲笑她从不懂说谎，却发现她是真的很伤心，这丫头通常是如示威般的嚎啕大哭，今儿个却抽噎似的，难过不已还不敢大声哭，一定是真的伤到了心里面。

第四章 瑶台月·瀛洲智者

他眼角瞥见西阁闪过一个玄黑身影。他偏头去看,那身影又马上消失,他懂了。

"这是做给上官吃的?"

飞雨惊觉露馅,赶快弥补,怪物发起火来很可怕。"以后我给你也做一份便是了。"

世玙甩手将瓷盅丢在一边,起身走回客栈,果然发火了。

飞雨唉声叹气——西阁是块冷漠的石头,东阁是个易怒的怪物,她是哪根筋不对,居然离开温暖的家来受他们的气?

在她身后,世玙板着脸入了西阁,某人向来的不识好歹他不干涉,但让她伤心就是罪过。

从那晚后,飞雨惊喜地发现,上官哥哥肯接受她的好意了,不但她做什么就吃什么,偶尔还极不情愿地夸奖几句。

七八日后,三个人到了东南沿海距苏州的最后一驿,暂时安顿下来。

接近这天朝皇土最繁华的东南沿海之地,飞雨莫名发现他们受到了礼遇,吃好的住好的还不需花钱。世玙最是狐疑,问起来,那些商家却都点头哈腰道:"有人嘱咐过,若是上官公子到了苏州周边,我们该当有求必应。"

世玙跟上官浩枫交换了一个眼色,彼此都猜到了个人。上官浩枫错开眼去,不加理睬。

世玙冷笑,"上官啊上官,你家殷姑娘果然会持家,招待宾客真真周到!"

"她不是我家的。"

放话的是殷令雪,背后靠的一定是成王了。世玙心底颇气闷——果然,那江南霸主在向他们示威,扣着母亲还好吃好喝地招待儿子,以示风度。再次不解,父皇究竟为何容忍这成王到如此地步?

飞雨对成王不甚了解,只知他劫走神仙姐姐,便对他失了好感。想想自己受着"雪、雪"的恩惠,也不十分痛快。

然而她渐渐觉出不对,若是冲着上官哥哥来的,为何竟也对她了解很深?

她客房中有崭新衣裙,名贵的锦绣与薄纱是绣坊中有钱也买不到的舶来品。那尺码她穿着竟十分合适,颜色样子也颇合衬她。

难道"雪、雪"对上官哥哥如此上心,连他身边的女人都摸得知根知底?

说起来,上官哥哥与世玛怪物都是武功顶尖的高手,她呢,几乎是半个兵工堂加半个神医,剑术轻功了得,偶尔让上官哥哥也赞叹她是他们可出奇制胜的法宝。而成王竟一点不怕,容他们安安全全地一路走到苏州,还好生招待,可见他的厉害。

阴谋暗杀是低等招数,这不露利爪的虎、不屑吠叫的狗才真真高段,叫人生惧。

在向苏州进发的前夕,飞雨佯装冷静,心中隐隐紧张。

世玛却真的平和安稳,见不得她闲慌难忍,决定为她找些事做,遂吩咐她去楼下为他弄点吃的。

正午,日头粘稠,飞雨漫无目的在街衢中游荡,不知不觉已走出很远。

水乡以河为街,舟舸随流,少女身后一只乌木雕银的小舟静静漂跟。两侧快舟擦划过身,小舟却持着细心而熟稔的姿态,不许靠近,不愿远离,只将她收在视野之内,默默伴随。

寂静之中,有什么东西叮咚响动,如初夏微风中摇曳的风铃。

少女停步,低头凝视左手。拇指上浅淡伤痕,正隐隐作痛。

后颈被什么东西刺痛,回首寻觅。满眼舟子,又何曾有一只是相识?空悠悠河道罢了,并无她心念之人。

飞雨摇摇头,她该回去了。

瞧着那飘然远去的倩影,乌木雕银舟微微靠了岸,薄帘掀起,男子嗓音低沉。

"——我说的是莲青色。与湖青色,难道是同一种东西吗?"冰冷的声音,加入多少温暖日光也不曾融化。

"这……小的该死,今夜全部换新。"

"不必了。"

飞雨回到瑶台月客栈,心神恍恍的难过,却不知是为了什么。店小二凑过来道,"姑娘的小点已做好了,这就给端上来。"

如今飞雨只亲手给上官浩枫下厨,因为客栈小厨难免不知重伤之人的忌

第四章 瑶台月·瀛洲智者

口,须她亲自打理。至于给世玙的吃食,她则是连敷衍做做也省了,只吩咐小二准备了事。反正只要经她手端去的东西,他不问四六一概说美味。

可是……

少女咬了唇,心下过意不去。他有双星辰般的眼睛啊,他应是什么都看得清清楚楚的,为何连她这等小把戏都看不出呢?

回过神来,小二木头似的杵在面前,掌中磁盘上是甚好看的四样茶点。

"好漂亮!"飞雨脱口赞道。

葱黄、素白、翠绿、樱红四式精致小点摆上红漆玉蝠奉寿桌,本是面团样的物事,却分有精致细心的雕花,秀色可餐,直叫她被这美食吸去了心。这些年每次出谷她都要学几样小菜,回去做给父王和姑姑吃。这茶点好看一定也好吃,她却不曾见过。

"今儿个换了大厨不成?"她满心欢喜。其实只有这样的点心才配得起那死怪物的身份气度,不是给他委屈受。

小二却摇头,"是位公子给的,说是只给姑娘一个,旁人不懂吃。"

"笑话!只有不懂做的,哪有不懂吃的?"飞雨笑道,"那公子可曾留了名?我倒想讨教这东西如何做呢。"

小二挠着脖子,背书一般念叨那人教好他的话。"公子只道,这四味糕点是有名字的。"他依次点着葱黄、素白、翠绿与樱红,"分别叫做——日携星,云出岫,雨如潇,倾天下。"重重舒一口气,应是没背错。

飞雨一愣,咂摸着这四个词,隐约间有冷风过脊,细细打量起四碟点心来。

葱黄的名曰"日携星",是玉米面裹鸭卷,中央点缀朝暾状的一粒蛋黄,刀工精细,切削浑圆,一小口咬下去,最里则是如金晶般的酥糖霜,形如星,透亮亦如星,酥脆可口,甜咸相宜,味浓且持久,过口不忘。

素白的名曰"云出岫",和田玉碟上置着一层紫黑薄物,正如南垂谷中的滕峰,碧紫奇树铺成。这薄片是紫菜,上置双层无色粉皮,悬空一般托出香软的两团莹玉糯米,形若流云,食之不十分甜,却润滑清柔,沁人心脾,回味良久。

翠绿的名曰"雨如潇",以荷叶托着,只是平凡荞麦面揉成椭圆,外层裹了浅碧玫瑰糖霜,是取了那最精的花油,配以露水黏米调和而成,用木槌敲打多次,直至糖霜粘稠筋道。翠绿糕点洒上糖水成的冰珠,盈盈动人。这夏日消暑的佳品，入口便清新爽利，冰珠有些刺凉，转瞬被唇舌融化，犹如甘泉止渴。

可那最后一味，名曰"倾天下"的，却显得逊色许多，色状稍显平常，看不出深意。

"那位公子还道，若姑娘想见他，只需在朝南的方向立一盏烛火，他便会现身。"

话落，如释重负的小二盯着飞雨左手瞧了片刻，啧啧，"果真是个疤，若非那公子说，我还当是个难看的戒子哪！"

飞雨心滞，端盘子的手一抖，哐当坠地。

心中五味交杂，眼前红白黄绿摔成黏糊的一团，早已辨不清形状。

世上有谁，会叫别人以这印记来识别她？

一时失了神，出南垂谷以来心念的往日，终于现了踪迹。可为何竟来得如此快？

她甚至从未费力寻找。

那夜子时，飞雨久久不能入眠，吹熄烛火后，忐忑不已。

朝南的方向……

她朝着南窗外的乌黑庭院张望几番，一片林立房阁全是漆黑，想必有二三十间，谁知东方子昭在哪间中？她问过小二，上房共有五间，东阁与西阁相邻而立，南阁分上上、中上、次上三间，一夜也要费上百面云纹币。

想他定是住最好的一间。南阁的上上间恰好窗向东阁与西阁中间，是完美的窥视角落，视线不受阻挡。他如在其中，可以清楚看到他们的动静。

是否要点那盏烛灯？

飞雨闭了眼，双手在袖中攥得紧紧，心跳愈加汹涌，直至颠覆了这十年中所有思念与猜想。

他变成了什么样子呢？

片刻后，睁开双眸的她做了决定。

西阁之上，黑衣剑侠惊诧盯住女孩蹑手蹑脚的身影。这些日子以来，上官浩枫一直有意无意地指点飞雨剑术。纳兰婉依果将以眺圣剑传给了她。

"绝巅以眺众生"——三元神器若要碰撞，便将是凌驾所有凡人之上的

大决战。想要战胜圣剑之主"众生",唯有她的功力足以与他合璧才有可能。

飞雨底子极好,上官浩枫又是高手中的高手,两人的默契亦随友谊一日日加深。

然而大战在即,怕的不是明枪而是暗箭。如此深夜,她背着他们去做什么?

他紧持绝巅圣剑,立定原地,继续观望。

南阁的上上间只秉一盏紫铜雕青鸾翔飞云烛台,河阳花烛静立其上,光焰不甚明亮,恰好与这夜色融为一体,隐身暗处。螺钿铜镜中映出碧衣女孩透过门缝小心翼翼查看的身影,桌几前的公子扬袖轻拂,木门缓缓开启。

那里面只有一人,却是她十年以来梦离的彼岸。彼岸之花,从未凋谢。

飞雨停滞在门口。并非不想走进去,她只是移不动脚步。

"是、是你吗?"

她声音沙哑得不成形状,泪不管不顾地涌出眼眶。

她让嚎啕的声音刺破了整整十年的隔断,她冲过去,狠狠地抱住了那个人。

仍是俊美却苍白的面容,仍是深邃似海洋的瞳孔,可那侧脸何时有了山峦般坚毅的棱角?可那不为任何胁迫而低头的刚硬,何时成了能屈能伸的圆滑从容?

一炷香的工夫,两人都不言语。

"能否从我身上下去?"子昭冷冷道。为挣脱这挂在他脖子上的小人儿,站起了身,她却依然挂着。

飞雨费劲攀着他,忽然瞪眼,难以置信地举眸打量他,"哎,你何时比我高了这么多?"

"我甚至还没承认是你说的那个'你'。"子昭不耐烦地硬将她掀开推去一边。已经如此习惯栖身于寒冷中,因这些许的温暖战栗不已。

飞雨快乐地大叫,"你当然是你!你疯了不成?"她用力看他,怎么也看不够。

一袭白衣的他,修身颀长,眉目清致。窗棂微开,软风轻入,他临风玉立一如谪仙于世。他着了汉服,简洁纹理更显轩举。

"这身装扮,比瀛装好看得多呢。"话出口她便后悔了,他应是不喜欢听的。

他却只是略微皱眉，未置一词，平白转了话头。"为何不守约？"

飞雨一怔，半晌儿才明白他在说什么，不快地嘟囔，"我不想等你来找我，怕等不到，于是索性先来找你。"她转颜成笑，抚着碧色的衣袖，"这衣裳真漂亮！一路照料我们的人，原来是你？"

子昭依旧不接她话头，平静问道："那些糕点，好好吃了？"

飞雨见他不谈自己，亦不问她这十年间经历了什么，有些泄气。他仍是个冷淡稀松之人，她偏连等都不愿等，如此热忱地来寻了。她学着他不冷不热的语气，"没吃到，打了。不过，该谢你对我们的关心才是。"

子昭睫毛都不曾动分毫，"关心的不是你们，是你。"他坐回原先的位子，面对米黄色小几，伸手请她落座对面。"还真是糟蹋东西，不过你必须吃才行。"

子昭命人再去做那四味糕点，飞雨满怀期待地等候。两人之间甫一静下来，她便开始胸闷，那十年来想过无数次的问题，一道道地晃将出来。刚瞧见他，就全是开心了。可怎么就开心到忘了，十年前他是赶走她的？

眼见子昭静得像副画，飞雨忽觉对面之人如此陌生。

她知他多少？

赶走她，不道理由；回来找她，亦不道理由。

当那葱黄、素白、翠绿、樱红四式精致小点摆上小几，她已经无心赞赏。日携星，云出岫，雨如潇，倾天下，连这些名字都不像是随意取的。

烛烟微袅，子昭轻声道："尝尝看。"看着她吃东西，他只品着一盏茶，不停不问。

飞雨将前三个逐个尝了一些，果然各有不同滋味。那最后一味，名曰"倾天下"的，她只盯住看着，莫名地不敢去碰。

在经过浓重、柔和与清新的三种美味之后，"倾天下"该是何等滋味呢？

于是她问："你倒讲讲，为何叫'倾天下'？看是看不出呢。"

子昭忽蹙长眉，捏持着还余半杯的茗茶，哗一声浇在樱红点心上，飞雨呀的惊叫出来。浅若无色的茶水，融了红糖成了红汁，流淌在玉碟中，如血水成河，漫山遍野。

倾天下，必以血为代价。

"内馅没什么名贵，只是将方才那三味各取一点，揉合在一起，晓以浓

盐水，包入面皮，不断捏、拌、挤、压，再在滚烫水中煮至沸腾。最后，滚一层同样煮沸的红糖，正如，人人有热血，天下遂倾。入口是五味翻杂，糖烈如火。"

子昭俊眸中有了一丝笑意，使人生寒。

"不尝，真是可惜了。"

飞雨腾地起身，被他眼中话中凌厉的恨意击得后退几步，声音颤抖，"子昭？"

子昭亦随着起身，话语回复滴水不漏的平静，"路贤妃的救命良药——凝血霜，就快服用尽了，也好你们终是到了苏州。"

窗外忽而月黑风急，不多时过，雷电交加，利光割划天际，骤雨猛于海啸。

飞雨不敢相信她听到的话，更不敢相信她猜到的真相。子昭之仇恨汉人，她知道得清清楚楚。南垂谷中十年，她也常听父王道，贤妃是汉皇的心，谁得到她，谁就将绳索套上了汉皇的脖颈，他将予取予求。

让汉皇予取予求，是子昭想要的吗？

"劫走贤妃的是众生殿。"飞雨咬住唇，与他对视。

子昭摇头，"错。"

"难道是你？"

子昭仍是摇头，雷声震耳，他的轻声越发飘渺，"还是错。"

"你到底想说什么？"飞雨耐不住，跺脚发火。

子昭静静看她，攫取的意味渐露刀锋。他再次坐回原位，"你还没吃完。别糟蹋东西。"

飞雨走近他，抑不住心狂跳，"你把话说清楚。"他即便未曾直接劫人，也一定有份参与。劫走贤妃，想以鲜血倾了天下。他兀然重现于她的面前，居然携着这样的心。他邀她品尝四味点心，亦在邀她共倾天下吗？

"我已说得足够清楚了。"子昭垂了眼，似乎并不在乎她的急怒，"这点心，我为你留着，明晚再说。另外，关于卑贱之人的事，不足对高贵的太子道也。回去吧。"

飞雨一路奔回北厢，双耳仍是隆隆的雷声，难以断绝。

带得心亦整晚不能平静。

子昭言，他已说得足够清楚了。而他说了什么呢？凝血霜，凝血霜……知道神仙姐姐十六年来赖以生存的药名之人，只有三个。除去她自己外，另外两个都是她至亲，都在南垂谷。

不可能是父王，若说瞧不起瀛人的汉人，四殿下平江王当仁不让，他绝不会与瀛人为伍。

飞雨缩在床榻上，听着外面一阵强似一阵的雷声，如那夜玉澜焰爆响九天。

她将脸埋入臂弯。

姑姑……告别那日，姑姑的欲言又止她还记忆犹新。世玙也是怀疑姑姑的，不过碍于父王回护，终究没有过责。

百余年前，驾休国亡于世玙的祖父——天煊帝之手。

可姑姑分明花了十六年救治贤妃，呕心沥血。驾休国与瀛国虽无直接仇恨，但瀛国是屠戮抢劫西域的强盗，她怎可能将贤妃拱手献给瀛人？

子昭道，这点心我为你留着，明晚再说。

他怀揣的秘密，还有很多。

飞雨次日晨起后照常为世玙做饭，他见她困倦只叫她回去睡觉，同时宽慰她道，龙簌与婉依前日飞鸽传书给他，似乎放心不下她，也动了不再隐居重新入世的念头。

总之，父王和姑姑已从南垂谷出发，前往苏州与他们汇合。

然而飞雨依旧无睡意，一整天与上官浩枫练剑。如今他已似她半个师傅，绝巅圣剑与以眺圣剑的默契逐渐炼成，大约能与众生圣剑一拼。黑衣剑侠从不多言，此次却破天荒主动向她讲话了。

"不必太勉强自己，无论何种危险，自会有我在，保护你和太子。"

飞雨为这一句软语感动许久，哭过的双眼却无异提醒上官浩枫，她昨晚一夜未曾合眼。哭过后，那红彤彤的小脸衬得瞳孔更亮，"上官哥哥，你保护那死怪物就好，我……可以照顾自己。"

收剑回阁，她打定主意今夜再去找子昭。她不愿相信姑姑会出卖他们，但若真相如此，逃避也没用。若真相如此，也一定是因为姑姑有苦衷。只要她将神仙姐姐救回，便可装作什么事也不曾有过。

少女背后，上官浩枫皱紧了眉，利剑入鞘，轻叹出声。飞雨的憔悴焦躁

他看在眼里,她练剑时的频频走神直是叫人担忧。但南阁中那人藏得太深,他必须更有耐心,引蛇出洞。

若说世玝是腾龙,上官就是雪狼,矫捷迅速,虽然曾习惯着独来独往的孤僻,可一朝对什么人忠诚便终生不移。

雪狼固然善于捕猎,但若对手是只狡猾的白狐,胜负已然明摆。

那夜,飞雨出现在南阁中。子昭这次有美人在伴,两名侍女分着浅紫衣裙,不若婢女,风鬟雾鬓、光艳逼人不说,谈吐举止更是温婉尔雅、淑逸闲华,竟比名门闺秀还要矜贵。

飞雨愕然一忽,又酸又怒,毫不避讳地瞪走美人,瞪着公子。子昭依旧着汉装,见她来了将笑意硬生生收回,平声道:"不穿我送至你阁中的衣裳?"

飞雨嘟嘴不语。

子昭笑笑,"也罢,现在换,更好。"

"东方子昭,你可否少说些废话?"

她越急,他越不急,唤回两名侍女为她换装。隔着屏风,依旧是他奇怪的声音,那么低却那么清晰,"你可想出那人是谁了?"

"……姑姑不会那么做的!"

一张小笺轻飘落入屏风,字迹清秀,写明了凝血霜的用料、火候。

正是姑姑的笔迹。

飞雨懵在原地,屏风外那人却适时发声,十分不悦,"初桃,只是换衣,你要换到地老天荒吗?"

侍女之一登时垂首弯腰,以瀛语道了句什么,形容恭谨惶恐。飞雨被挪送出来,按在妆台小镜之前,点墨弯眉,兰腮胭脂。这次他在背后瞧着,渐转温柔的面色却分毫未映入镜面,只被他咽回心中。

世玝总会不经意流露出俊朗微笑,揉揉飞雨的头,想着,死丫头,你是怎么长成这般美人的啊?

子昭却看着她每一点变化,熟悉得理所应当。

事实上,从不曾离开。

飞雨一张俏脸光彩尽失,她死死盯着铺满纸面的墨字。这一张,定是祈仙阁那夜姑姑写给殷令雪的,叫她和她身后的人知道如何为神仙姐姐保命。

她喃喃，"可……为什么？"

"高超的神医纳兰婉依，也不过是低贱的异族罢了。驾休亡国时，天煊帝用了汉人最常用的方式来示威——纳亡国公主为妾。而那亡国公主不知对汉皇的恩宠感恩戴德，却妄自记住了亡国的仇恨，直至行刺不成，经人求情才勉强保命，贬为庶人而已。"

飞雨听着这故事，与头脑中读过的天纪史书相映射。

不错，天煊帝是有一名驾休国妃子的，她也的确因反逆而坐罪。煊帝本欲诛之，却因当时上官皇后求情，只将妃子贬为庶人。

"……妃子带着无人知晓的身孕离开皇宫，诞下的女婴流落民间，被姓纳兰的人家收养，就此长大，之后纠葛无数，爱上了她绝不能爱的人。"

飞雨周身一震，正被初桃绾起的长发生生扯掉一撮。

然而她没有痛觉，只觉脑海被子昭一丝丝抽空，连呼吸都不敢用力。

他在说什么？

子昭手中持着一把玉骨折扇，轻敲面前小几。如此的故事，该配上好节奏才是，若有丝竹，该是更好。"晚樱，在说下去之前，为我们做些乐曲罢。"

尺八与三味线，俱是从中原传到瀛国的器乐，叮咚作响，硬是钻进飞雨已经震惊的无以复加的心。

"你可能会说，我是胡乱编造。然而……"子昭将折扇置于小几之上，起身踱步，"汉宫律例，被贬谪的妃子依然是囚徒，有人看守——她生下孩子不可能无人知道。可那女婴不但活得好好，还在'流落民间'后被富有的官家养大，实在是太过凑巧了。彼时的天煊帝只未曾想到她日后会与异母的兄长相恋罢了。"

飞雨又动，秀发登时再落。

子昭声色忽厉，"初桃，你的手，是不想要了吗？"

初桃跪下求饶，飞雨起身绕过她，直直走到子昭面前，逼视他气定神闲的逸眸。

子昭笑得冰冷，"那身负天朝和驾休双重皇族血脉的女子，与自己的兄长相爱。她想抽身而退，兄长却痴情不改。她不忍告诉他真相，一拖便是十数年。秘密之类的事，当时不说以后就再也不可能说了，直至被人当做筹码来胁迫，她自然束手就擒。"

飞雨咬紧了牙根。

"混蛋!"

他的话无懈可击,可她不能相信。

离开南垂谷那日,姑姑的话再次萦绕她耳际。

我,是怎么也不能爱他的……

还由得她不信吗?

再看子昭,那俊美脸庞如鬼魅般可怖,他凝视她靓妆模样,终露满意微笑。"因此,若我以此来胁迫你,你也必须束手就擒。平江王会否哀莫大于心死,只看你是否乖乖听话。"

五雷轰顶。

飞雨踉跄着后退几步,"他不会信你的!"

"他信不信我,试试便知。"

"不!"她脱口而出,几近哀求,"不能试……"父王为保护姑姑甘愿隐居空谷十余年,这该是如何的晴天霹雳。

子昭一时无言,微启薄唇,那名为攫取的企图已然不加掩饰。

得来全不费工夫。

夜已浓,今晚他只是依自己的心意将她打扮起来,看了数眼,深深刻在心中。她十六岁了,每日都会不同一些,而他留心记下每日的样子,永不忘记。今日他终于如愿以偿,为她穿了莲碧色的衣裙。

十年前,他在大殿上头破血流时,她便是这样的她,如风中摇曳的临水娇莲,高高在上地拯救他;又或者驿馆之中,她不愿讲瀛语,被逼到想要自断其手,那凛然的尊严依旧让他自惭形秽,卑贱如尘土;本以为他救了她,终于博得一点尊严,却得知她不过是天朝太子施舍给他的人。

这些,亦是永不忘记。

"点心,你还没吃完。"

飞雨咽下染血似的"倾天下",剧烈的咸辣让她咳出了眼泪。泪水中的子昭是彻底的陌生人,他是谁?

子昭唇角纹丝不动,待她食罢,悠然出言,"回去睡个觉。若眼睛是这般肿的,怕很难掩盖秘密。我放出的话是款待'上官公子',才使他们不致怀疑你。别浪费了我的心意。"

不忘叮嘱她明晚还要来陪他。

飞雨并不是很能忍的女子，那一瞬，她的以眺圣剑已经出鞘，将要抵在他喉头。他一点也不怕，剑锋衬的他脸孔竟有暖色，"过个几日，我兴许会带你去众生殿见路贤妃。"他看着少女苦苦思索，最后百般不愿地收回宝剑，拂袖离去。

威逼加利诱，她终究屈服。

只是，回眸那一处，她的失望和悲伤，让他心跟着震颤，进而疼痛彻骨。

他轻轻闭了目。

飞雨很快发现，子昭竟是个无所不知的人。汉宫皇廷的最深秘密，江湖势力的轶闻传言，他不但全部知悉洞察，并凭借绝顶聪明的头脑一一辨别真伪，糅合在一处，得到较先人或旁人都更加确切的真相。之后，为己所用。

他至今不承认与劫走神仙姐姐有关，但姑姑的手迹会被他拿到，已经说明一切。

"你是怎么知道这么多事的？"次夜，飞雨仍被初桃摆弄成子昭想要的样子，而她也不只是如枯木般坐着，时不时出言试探。

十年中，发生过什么？

经过昨夜的滔天大雨，今夜无云遮眼，光色韶好，子昭隐隐觉得这是某种征兆。"瀛国富甲天下，而最富有的人，都以买卖信息为生。"

"听不懂。"飞雨低头嘟囔，想要套他的话是她不自量力。"……小薰去哪里了？许久不见她。"

那个骄横刁蛮的女孩子，印象中是一直贴在子昭身边的，两晚相处却都只是两名侍女陪伴左右。

子昭闻言微怔，她探到了往事的软处。"想她吗？"心中的犹豫，面上丝毫看不出，他选择据实相告，"世间已无小薰。"

飞雨一凛，回头看他，他双眼却似两洞空井。世间已无……小薰年龄小她一些，世间怎会已无？

子昭眉间只是轻微到几乎看不出的忧思，其实并无悲伤，彼时飞雨却不曾深想。

"……发生了什么？"

第四章 瑶台月·瀛洲智者

· 075 ·

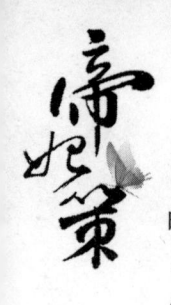

"一言难尽。"他避开她的追问，将话引向别方，"别管她。我们正在做的事，才是重要。"

妆容已整。不需妩媚，不需清高，她是第一眼便一尘不染、纯洁无暇的纯美。

可这般纯致的容貌，却罩着一层阴霾。

飞雨苦笑，"你说重要，可我却根本不知是在做什么呢。"

"你很快便可见到路贤妃。"子昭从容答道，"十年祈仙阁，你一直照料她。她虽然未醒，却不是无知觉。她会认得你，会信任你。"

哐当——

子昭蓦地抬头，却见飞雨杏眼圆睁，妆台上什物尽数掀翻在地，初桃满面惊恐地避至一边。

她积了许久的迷惑和愤怒，一瞬爆发，"然后呢？你叫我骗神仙姐姐跟你走，你有了她，就可以威胁汉皇了？"

"即便再傻的人……"他很快回复镇定，哂笑，"也早该猜到了。你真的一点也没变聪明。"

这两天三夜，她明知他站在世玙和上官哥哥的敌对面，仍然瞒着他们与他见面，已经很是愧疚。从一开始便知道他的目的，也骗自己是为了父王才勉强服从他，可内心的思盼竟越发清晰。

错，错，错。

他说，十年祈仙阁，你一直照料她。

这说明了什么？自她出走，他明明知道她身在南垂谷，却放了如此长的线，直到贤妃出谷，她成了可利用的棋子。她思念的子昭，竟是这样利用她的。

无论对面这人是不是十年前的子昭，他都是仇恨天朝皇廷的瀛人，她怎么可能将天朝的皇妃、世玙的生母交到瀛人的手中，让他以这出岫之云倾了天下？

飞雨不想再与他共处一室，大步走至门边，刚要伸手去拉门，门框却被疾步走近的子昭啪一声按上。她长发只绾一半，如今散落下来，遮了半面佳颜。"东方子昭，我不会让你得逞的！"

子昭颀长的身材遮将过来，将她逼得无处躲藏。"可惜，这并非你的选择。"

飞雨左手冷不防被他擒住,小手攥成紧紧的拳头,拇指的疤痕越发清晰。那时,小薰一句"救命恩人"迫得她自断其手。若这次他再用计逼迫她听话,她会再断一次吗?

　　手抚上她脸颊,心房顷刻满溢。他低低在她耳边道:"平江王和纳兰婉依已经快来了,不是吗?想要揭破某些秘密,可真是越发方便了。"

　　飞雨被他抚着一阵战栗,只觉肌肤都刺痛无比,狠狠甩开他的手,"你真叫我恶心!"

　　左颊上着了他重重一耳光。她被打得猝不及防,跌坐在地上怒不可遏。以眺圣剑在她腰间闪着荧荧紫澜,叫嚣着要主人惩罚这胆大包天的魔鬼。

　　她刚要拔剑,门忽然被撞开。

　　金璧衣角一闪,后面跟着如影随形的黑袍。

　　世玙吩咐道:"上官,带她回去。"

　　瑶台月中一片漆黑,风飒飒灌入了飞雨衣袂,冷得刺骨。

第四章　瑶台月·瀛洲智者

· 077 ·

第五章　行路难·辗转人心

眼角看到飞雨离开，世玛毫不客气地走上南阁主坐席，方才东方子昭坐的地方，举手相邀道："但坐无妨。"

子昭脸孔微微扭曲，仍施一礼，"臣参见太子殿下。"

尽管他是一国世子，但瀛国仍是天朝属国，他必须以臣自称，朝拜汉宫。不久之后，就会不再需要了。

"省省吧，对着别人装去。"世玛挥手示意他免礼，再次请他落座。"东方子昭，你的确会谋人，然而，只靠谋人成事便是小家子气的下作功夫。这一点，你父王懂得都比你多些。"

两人一般的年纪，相形之下气度却高低顿显。

东方子昭并不恼怒，从容道："臣的父王自是有史以来最听话的瀛王，唯帝命是从。臣记得，当今圣上曾道过一句至理名言——'弱帝养兵，强帝扶王'。瀛王为傀儡，东海遂平静。如此来看，圣上也不过是谋人成事罢了。"

世玛笑笑，道："你说得对。不过，不怕人下作，只怕人愚蠢。"

他在衣袖下握拳，"你与众生殿合作，便是愚蠢。贤妃只有一个，不可能给两方平分。若瀛国要先拼一个众生殿，必然大耗元气，试问……你还拿什么去与天朝皇廷对垒？"

子昭遂反问，"说到'瀛国之独立'，殿下会允许吗？"

世玛冷笑几声，目光凌人，"瀛国只想独立而已？东方子昭，说出这种话，你自己都不信。你要的，是东洲霸主！"

称霸，成为东洲的主宰。

这才是海岛想要自天洲手中抢走的东西。

天与海，同样的广博浩大，同样的可容万物。唯一容不下的，便是对方。

世玬威然逼视着对面云淡风轻的瀛国世子,这只有野心有手腕的白毛狐狸居然可以沉寂这许多年,时至今日才开始发力,已然出乎他的意料。

子昭被一言戳穿,心中浪潮即将汹涌。

他要的,是东洲霸主。不错,自十二岁时在朝拜时受辱起,他人生便只为复仇。她歇斯底里地说——他让她恶心。可她又怎能知道这十年间汉宫又对瀛国做下了何等镇压?

"太子殿下,若日后真的发生了什么血腥的事,请回忆'焚书'那日。从那日起,瀛国的历史全被烧掉,于是,我们只余可以期许可以拼搏的未来。"

焚书?

世玬一愣,随时忆起了那次事件。的确,若说十二岁的东方子昭是身体受辱,那么十六岁时的瀛国世子,是被焚烧了灵魂,让他曾经的雄心彻底枯萎腐烂,而在那摊腐烂的肉上,他涅槃新生,怀抱着更大的仇恨,重新启程。

然而,事情的起始又是何人过错?

东方子昭无疑比东方遥聪明得多,年幼的他想要振兴海岛,却深知天朝绝不会容忍海运上的任何纰漏。东方遥不过偶尔做些瞒报贡品、藏匿资财的小偷小摸,子昭却想以另一种方式为瀛国的独立之路铺好基石。

十六岁那年,尚是少年的瀛国世子做出了一件震惊东洲的事——

自行编纂国史,称为"国纪"。

在东方子昭一手主持的新瀛史中,汉人作为瀛人祖先的事实被全盘否认,只字不提。他实在是个才华横溢的编造者,竟凭空捏造出了瀛国根本不存在的数百年上古史,事后汉皇读了,竟不禁为他的文采风流与巧妙构思而拍案叫绝。

那是篇精彩绝伦的故事书,除了全是虚假,没有一点缺点。

他不否认,亦不承认汉皇的统治,只将官号由完全仿制天朝的"仁义礼智信",改为其实并无过多差别的"仁礼信义智"。

以新史为基,他又把国都奈琅城中所有秉承汉风的物事剔除殆尽,一点不留。

有了"国纪",他又立"国法"。

至此,天朝作为东洲之宗的地位,在瀛国名存实亡。

而东方子昭的聪明还不仅在于此,几年间,他不但不疏远天朝,反而越发殷勤地进贡、朝拜、建交,意在麻痹敌手,谋求发展。他亲自主导在汉土各地置地,瑶台月便是最疯狂敛财的基业之一,几年之间已经遍及汉土东南,沿岸商埠难望其项背。

完成这一切创举,瀛国世子不过尚且十六七的年纪,少年头脑中究竟还有怎样的机心与野心,他究竟有多少能耐,无人知晓。

然而,比起一生戎马历练的汉皇,十六岁的瀛国世子毕竟稚嫩。海岛上翻天覆地的革新被叛徒传至汉宫,汉皇震怒。

之后,便是载入东洲史册的那一日——"焚书"。

汉军立时压境,受了汉皇指令不伤害任何人,无论王族抑或平民。他们要做的事,只是烧光所有伪纪,并将瀛王与世子押回盛京受审。

浓烟翻滚,火舌吞噬。

装满三间宫室的史籍文册,他的所有心血,在烈焰中尽数化为乌有。

他任命的史官苏我氏撞柱而死,瀛宫朝野上下泣声震天。而子民们,眼见世子叫他们相信并吟咏的东西付之一炬,懵懂中仿佛看到了国之奄奄。

"可,那其中所写的东西,难道不是事实吗?"

夕阳似血的天际,他几乎辨不清何处是岸。被带往盛京的一程,天朝武官一直和颜悦色、善待有加。

好像这样,就能改变他们身为囚徒的事实。

当十六岁的子昭再一次站上大殿,他知自己将有去无回。汉皇若再次放过他,就不配做那曾征服四海、使八方来朝的天帝。尽管有着强烈的反逆之心,他心底却是佩服汉皇龙胤的。

强者,终究相惜。

东方遥不再抢着惩罚儿子,他的宁静如同死寂。

本已等着被处死的子昭,却再一次逃离生天。这一次,没有飞雨为他求情,也没有世玙看似无视实则相救。这一次,他保住了性命,却从此万劫不复。

汉皇与瀛王密谈了三个时辰,无人知道他们商谈的内容。然而,就是那场密谈保住了子昭的性命。

念其年幼，罪不当死。然终生不得返瀛。

他便这样被强制留在了天洲汉土，从十六岁到二十二岁，至今六年。他的家园一海之隔，却再也回不去了。

凭借瑶台月的基业，他继续过富可敌国的生活。可锦衣香车又如何？玉盘珍馐又如何？他依旧是囚徒，就如瀛洲屈居天洲之下，近百年不能伸直弯曲的脖颈。

十二岁朝拜之后，他的人生为复仇而活。

十六岁焚书之后，他的人生为独立而活。

回到今时今日的瑶台月，两个少年王者对面而坐。

许久，世玽平声道："东方子昭，你的确是聪明人。想要团结子民，想要众志成城，最紧要的是历史。自豪来自历史。你凭空为一国之民造出了根本不存在的自豪，今日，瀛人的意志如毒般可怖，可以征服一切。"

瀛国世子被迫远离国土，却依旧是所有瀛人的领袖。

子昭不置可否地笑笑，"路无起点，便无终点。"

世玽不想再多言，此人已经丧心病狂。"你想带雨儿去见贤妃，我没有反对的理由。我断然不是你朋友，但也奉劝你一句——你擅长谋人，却不了解她。若那死丫头刚才一剑结果了你，千算万算就都是废话了。"

或是被那一声"雨儿"刺痛，子昭谈及国耻时还静无波澜的面容，此刻阴沉晦暗。

他手指上还残留她的胭脂。

世玽转身要走，背后戳来了子昭冷冷的话语。"汉家的千金只能爱上汉宫的太子，殿下是这样认为的吧？"

穿堂风在两人之间割出惊涛骇浪，正如同此后数年，东海之上两人的决世之争，风起云涌。

世玽抱臂视他，睥睨中却无任何狭隘的轻视。"东方子昭，我来告诉你汉宫的天子是如何认为的——十年前她在朝拜典礼上救下了你，十年前我召见她，她依然要先去找你，叫我等着。而我有没有因为这个把她抓来砍头呢？"

大国风骨就是世玽不言而喻的光华。

太子英眸中闪起与生俱来的贵气。"我从不认为汉家的千金只能爱上汉宫的太子。汉家的千金,可以爱任何她想爱的人。而我认为,那个人不是你。"

子昭一时间不知如何作答,兀然道:"臣该感谢太子殿下当年将她托付给我。"

世玙回头,"我也感谢你,放她去照顾贤妃。"

"不,太子殿下该感谢的是,臣至今不曾忍下心来对她道明她的身世。"子昭起身施礼,以示相送,"若她知道父母姐姐都是被天家所诛,不知还会否全心全意为太子尽力。"

世玙脸色骤变。

他出声警告,"离她远些。"

世玙走出很远了,子昭仍在原地静坐,闭目沉思。许久,他对着东阁冷笑,不错,他的弱点或许在权欲先于理智,然而,天朝皇太子的弱点与他父皇竟是一模一样——女人。

子昭合上双目,留恋着将她的拳头握在手心的感受。

无论他和世玙谁是东洲的未来主宰,有一点是连世玙都承认的——十年前她已经做出一个选择。

十年后,这选择不会变。

此时飞雨在东阁中脚步凌乱地踱来踱去,怒火难以平息。她险些被东方子昭的疲惫、可怜骗了,早知道真该杀了他……然而,她知道自己是下不去手的,不仅因为这个人是她与自己身世的唯一联系,杀了他或许再无人知道她的身世。

也因为她终究思念了他那么久。

正自思忖,门框咣一声撞在墙上,世玙衣角掀起一阵寒风。飞雨自知理亏,不想听他发脾气,于是站到一边背对着他。

脑后传来冷冷一句,"跪下。"

飞雨大怒,蓦地回头,刚要反唇相讥,却惊诧见到上官浩枫跪在了世玙面前。这怪物在对上官哥哥发脾气?

"喂,你干嘛怪上官哥哥?"

世玙看也不看她一眼，只盯住上官，"知道多久了？"

"自昨晚开始。"

飞雨一阵愧疚，没想到连累了上官哥哥。

世玙厉声，"为何不阻止她？凭你，救不了她？"

"臣罪该万死。"

世玙却不怪上官浩枫没有禀报，只怪他不曾阻止。他从不怀疑上官的忠心，隐隐猜测原因有二，不禀报，是怕他对飞雨起疑；不阻止，是想借飞雨去试探东方子昭的图谋。

不禀报就算了，可竟不阻止……世玙抬眼去看那狼狈一身的女孩，长发散乱，脸颊上不知是红肿是胭脂是血迹的混了一大片，被掌掴过的指痕却清晰。

他狠狠攥拳，东方子昭下手真够狠的，要是他们晚来一步……

"出去领罚。"

上官浩枫沉默起身，刚要走出门去却被飞雨拉住。她咬牙瞪着世玙，居然罚他跪？"是我犯的错，你有什么就冲我来！"

世玙哧哧冷笑，"你没脑子我不奇怪，他没脑子就是该罚。若你心疼他，拜托以后长点脑子。"

上官浩枫在门外跪了一夜，飞雨没再去求世玙，因为知道他做了决定就绝不听劝。她熬了姜汤在自己房中坐到天亮，听到上官回房的声音，捧着手炉奔去，一勺勺喂他喝了，愣愣看着他闭目入眠，眉毛上结了冰碴。

"上官哥哥……对不起……"

一个多月的相处，上官浩枫是良师益友。此番本是她的错，却连累他受过，无论如何过意不去。

她伏在他身边许久，身后忽多了个人，温觉如光，然而晴空飘雨，沾湿了流彩。

飞雨擦干泪，随世玙走了出去。

两人一同立在暮秋的霜寒院落中，南垂谷外的江南，正午日光分外灼烈，飞雨终于开始不适应。同样苍天，同样后土，离开那寂寞却简单的安静南垂，她竟举步维艰。

"我以后再也不会见东方子昭了。"她允诺道。

世玙平静睇她,辨不清是关切是忧虑。既然带了她出来,总要替四叔好好照顾她,亦要好好教她。

"雨儿,四叔大概将半座兵工堂的剑法武功教给了你,婉依姑娘也将她医术的半世绝学授于了你,可若说人心险恶、权斗争端,他们可教你的却无多少,即便有可教的,四叔也希望你始终纯真无邪,不涉尘埃。你十六了,不再是小孩子,你该为自己做些决定。"

飞雨噤声听着,忽觉这样的世玙有些陌生,不再是南垂谷中那个率性妄为的闲散少年。

然而,他的话是衷心所出,她听进去了,也深深感激。

世玙见她心悦诚服,有些欣慰,继续道:"若你想纯真无邪,我可以保护你,以我的地位权力是可荫庇你一生一世的。"他顿住,那坚毅俊挺的下巴忽而紧了紧,"但,你真心想要这荫庇吗?无论男人女人,都要自立而生,自立于世,凭自身所能搏击长空。你想保护别人,可若连自保之力都没有,如何保护别人?雨儿,你当坚强是蛮勇,承诺是狂言?"

他语气渐转严厉。

飞雨脸颊一阵火辣,不仅因为在被他批评,还知道他批评得都对。

"这次我罚了上官,是因为他是我的臣子。而你,是自由之身,不需听我命令,做事也不需向我通报。你可以做任何想做的事,若倦了,想要保护,也可以随时问我来拿,我亦还会给,只要是为你好,只要你要求保护时是无悔无憾的。"

飞雨抬头,眸子对上世玙双眼,一股通畅之气油然而生。

他说得没错,她要学会自保,学会自立,要凭自身所能搏击长空。这才是她出谷要寻觅的自己,才是她长大的意义,不再要人照顾要人保护,而真正成为顶天立地的自己。

"死怪物……你跟以前好不一样。"飞雨盈盈微笑,抬起手拍了拍世玙肩膀,眼前人生似乎豁然开朗。

世玙凝视着她如夏花般绚然明亮的脸庞,一时随着微笑,片刻后重归严肃。

"在一时,为一时之事;在此位,做此位之人。那东方子昭……倒也叫我受教不少。"他也拍她的肩,露出一排整洁牙齿,笑容如阳光般熠熠生辉,"本太子雄心壮志大得紧呢!"

话还未落，天边忽传来一阵泠然宵音，如簌簌落叶淡扫琴弦，若脉脉秋水渐凝冰凌，闻者俱生萧索悲秋之感，心跳仿佛被冻住，动弹不得。

飞雨捂住心口，觉得体内一阵难受，好似被那天籁之音吸住了经脉，血不能行。

世玙扬眉瞧着不远处，薄唇含笑，似乎见了老朋友，却多些嘲讽与不屑。飞雨回身，只见雪衣女子轻盈落地，素绫翩飞如白凤舞天。

飞雨一眼便认了出来，纤指一抬，怒道："你就是那个'雪、雪'！"

殷令雪倒没料到这般的开场白，冰眸登时起波，唇角勾起一丝不快。"雪雪？你叫我雪雪？你这小丫头怎敢如此叫我？"

世玙费了很大力才拉住飞雨没有朝她扑过去。他已恭候殷令雪多时了，这位凌波仙子再怎么对他那兄弟又爱又恨也好，有一点是肯定的——上官石头，她是打得虐得杀得，旁人可是伤不得罚不得碰不得。

上官跪了一整夜，她居然耽搁到早晨才赶来兴师问罪，世玙等得也很辛苦。想必成王最近乐不思蜀，殿内大小事宜俱落在这少女掌门身上，她该是忙的脱不开身了。他在衣袖下攥紧了拳，真想将众生殿劈了送去御厨坊做柴火。

飞雨对殷令雪怔瞧了一忽儿。

果是个绝代美人，虽及不上神仙姐姐，可也远胜于自己了。

世玙含笑道："殷姑娘的'漫雪天音'果然名不虚传，上次交手未曾领教，这回终于如愿，佩服。怎么只是殷姑娘一人？众生殿的'四鸟护法'不曾跟随？"

殷令雪手下的凰、鸢、鸾、雁四大高手是提名便令人胆寒的人物，竟被他戏称为"四鸟护法"。

殷令雪冷冷一瞥，"'玄舆绝巅'既是废物，何曾用得到'漫雪天音'和四大护法来应付？"

飞雨狠狠瞪她，玄舆绝巅是上官哥哥的剑法，这女人害得他一身是伤还好意思出言讽刺，果真是冰棱一块，无情无义。

世玙也有愠怒，却不露声色，戏谑道："你家上官石头还没死，在屋里躺着。"

殷令雪紧袖一敛，"他不是我家的。"

世玙感叹，这才越发是一家的，说话都一个腔调一个样子。

飞雨按捺不住，瞪着杏瞳道："雪、雪，你可知上官哥哥为你受了多重的伤？"

殷令雪面色稍暗，眼神似乎绵长了些，"怎么又是雪雪？是他如此叫我的？可笑……倒像叫只猫似的，永远改不了……"她退了几步，眉蹙清秋，神色萧索，似乎后悔前来，"既然他没事，我就走了。"

"不忙。"世玙自然不会这么容易放过她，为了引她前来，上官受了一晚上的苦，哪能就这么走了。"贤妃可好？"

殷令雪淡唇抿成一丝寒笑，"我与阁下何曾是朋友？可以话家常？"

她一扬双臂，素绫环飞而上，绝顶轻功一朝施展，如羽凰在空，似乎瞬时便要消失。

世玙笑笑，叫她来还有第二个功效呢，他放开了抓着飞雨的手，一推她脊背，"去试试你的'凭云以眺'，看看上官那个半路师傅够不够格！"

飞雨求之不得，当即跃起。以眺圣剑出鞘，炫紫流光在清空中划出一道弧光，直捣白凤喉关，剑法变幻莫测、层出不穷，竟可以快过殷令雪如有灵性的白绫缠绕。殷令雪见状不妙，在空中点出凌波步法，一时影在对手四路八方，让其辨不清哪个是真人哪个是幻象。飞雨毕竟是初学乍到，还无经验，被她突出的奇招乱了阵脚，不知剑锋该指向哪个。

"傻丫头，何必徒劳的去攻那七八个影像，护住这唯一一个自己不就好了！她的步法极其耗力费神，周旋下去定会疲累，等她累时你再进攻。"

世玙懒洋洋地指挥，一瞬间神态与龙篾像得出奇。

南垂谷中，龙篾曾感叹地评价侄儿道："小子，你这无耻样子颇得我当年神韵。"彼时世玙正歪在灶台边的藤椅上指使飞雨为他拼果盘，那顾长身躯缩在狭小藤椅中显得甚是难受，然而这家伙不屈不挠地把自己塞进去，翘着腿瞧她忙得四脚朝天，主子相十足。本是为上官预备的水果，他硬要抢个去吃，厌厌道："糖放多了。"飞雨尝了一个，明明正好，世玙固执地说太甜。

飞雨不禁郁闷，龙篾一向喜欢吃甜的，难道带得她口味也偏甜起来，竟尝不出？她多尝几个，世玙在一边欣慰地笑，很快又酸酸地皱眉，道："给别人献殷勤，心里不必这么甜。"

死怪物说话一向不着天地，她权当没听见。

听得他的提示，飞雨明眸一亮，继续与殷令雪来回。

世玧在下面瞧着，还有几分惊讶——飞雨果然进步神速，出乎他意料了。

殷令雪更是惊异，这女孩儿比她还要小上几岁，是何方神圣竟如此厉害？她紧咬贝齿，默念心神，铺起漫天素雪纷纷，以内功攻飞雨之不备。

然而，"漫雪天音"刚一施展，就被另一股强大内力抵了回来，两力僵持不下。

殷令雪不用看也知是谁。

好啊，索性硬拼一次，瞧瞧分别这许多年后，她与他究竟谁更厉害。

片刻之后，雪影轻落地面，眼前的黑衣剑侠脸色还煞白，步法有些凌乱，却仍稳稳举剑护着身后的女孩。

世玧已坐在一边品起了茶，此刻笑道："殷姑娘，方才还嘲笑'玄舆绝巅'是废物，你这不是废物的'漫雪天音'，也不过与其堪堪打个平手罢了。"

飞雨攥着上官浩枫的手臂，颇为他担心。

上官浩枫直视殷令雪双目，后者却避着眼神。他硬挺着站立不动，掩不住嘴角因心痛而起的抽动，定定道："承让。"

殷令雪回道："不必，不曾让。"

话说得薄情无比，脚步却被钉在原地，心神惆怅。

世玧唇角微扬，却不表露喜悦，面上还是留个分寸的好。说服上官引殷令雪来此已费他不少唇舌，而若叫殷令雪太难过，想必上官得彻底跟他翻脸，除了离家出走之外，三四日赌气不说话也够叫他好受的。

这么多年过去，还是不知谁是主谁是仆。

世玧没再耽搁，赶快趁机问殷令雪道："贤妃如何？"

"已苏醒，却已失忆，什么都记不起，不知她自己是何人、来自何地。"

失忆？

世玧怔住，这消息的确出乎意料。看来纳兰婉依十六年的治疗仍未完全，苏醒的贤妃竟是失忆的贤妃。那么她不再记得父皇了吗？

父皇在盛京苦等十六年，竟盼来这等结果，他情何以堪？

世玧嗯了一声，继续发问，"据我所见所闻，成王还未将消息散出去，对吗？"

殷令雪闭唇不言，上官浩枫咳嗽了几声，额头有汗珠渗出，似乎不支。少女掌门面色微青，"不错，他不想任何人知道贤妃在他手上。够了吗？"她问的不是世玛，而是上官浩枫。

飞雨瞧着她，这般冷傲的女子肯拉下脸来恳求似的问一句"够了么"，也相当难为她了。

世玛站起身，"最后一个问题，成王是否愿意协助东方子昭的筹谋？"

殷令雪微闭双目，片刻后睁开，眼神凝成一道道冷箭，直射上官浩枫心窝。"众生殿不愿。"她足尖一点，跃上远空，消失无迹。

上官浩枫旧伤复发，又不得不卧床。飞雨细心地褪去他衣袍，敷上药霜，待他闭目养神片刻，那孔武身体上溃烂的伤口已恢复大半。姑姑说过，他有驾休血脉，体能远强于汉人男子。但这样的反反复复，即便是驾休血脉也不能保他万全。

飞雨一边为他疗伤一边叹气。绝巅圣剑与以眺圣剑合璧是击退成王的唯一方法，可上官哥哥见到殷令雪就会失掉全身力气，内伤肆虐。这样的他，怎么可能跟她合璧？

这条路，从一开始就是行不通的吧。

想救神仙姐姐，必须想别的方法。

她望着南阁，那十年来惦记着的他，转身成魔。她轻抚左手拇指紫黑色的疤痕，那时他毕竟拉住了她，不然此刻的她就是残肢之人。

现在，难道她可以不去拉住他吗？

世玛在隔壁兀自沉思，她蹑手蹑脚走过，想起他的鼓励，便觉勇气油然而生。父王和姑姑亦要来了，若她能见到神仙姐姐，或许能设法将她救出。

或许，不用伤及任何人。

飞雨迈进南阁时，子昭仍是汉装打扮在小几前跪坐。一手楷体汉字苍劲有力，腾飞在素宣之上。香炉生紫烟，他俊美脸庞在烟雾缭绕中影绰起来，笑容诡离却还奇迹般的温暖柔和。

刚才庭院中的一幕，他瞧见了吗？

飞雨不管不顾地站在他面前，用力抑制所有情绪，"带我去见神仙姐姐，你答应过的。"或许，姑姑的秘密不会揭破，父王不会伤心，上官哥哥不用被迫与殷令雪为敌，世玙也会得回他的娘亲。

子昭头也不抬，"昨夜的事，请姑娘原谅。"

飞雨一凛，想起他打她那一耳光，咬牙忍下，谅他也不敢再动一次手。

子昭唤道："初桃、晚樱。"

昨日的两个美人无声无息出现在飞雨背后。

他沉声道："收拾东西，备车。"他将银毫笔置于一边，这才抬头看她，眼神中有诡谲光芒，"稍事休整，我们一炷香后出发。"

飞雨还晕乎得不知发生什么，就已被子昭带上了他的车辇。上官哥哥大概还在养伤，世玙对她说过，她是自由之身，想做什么不必向他通报。被东方子昭带着前往众生殿，她身后再没有别人可以保护，只有自己。她在心中默念，神仙姐姐，雨儿可否再许一个愿望？保证是最后一个。

眯眸去瞧身边神色自若的子昭，默默许愿——姐姐叫他别骗我，真的带我去见你……好了，就这一件事。

子昭悠然瞧向窗外，又看回身边少女，若有所思。

痴情似乎是天朝皇族一脉相传的传统，因此倾天下并非多么难的事，说起来，不过两个女人。

飞雨被他盯得难受，牙咬得格格直响，手扶腰间剑柄，决意不让他再伤害自己。

她不知世玙对子昭说了一句"离她远些"，更不知那句话在他心中掀起了多大的波澜。

第五章 行路难·辗转人心

第六章　众生殿·如梦未醒

苏州，瑶台月。

飞雨泄气地瞥着子昭俊挺的侧影，此刻他正在屏风后悠然更衣，初桃与晚樱一前一后服侍着。疏光几道，将他未着外衫的匀称挺拔身材投影在云脚屏风上，如短如长，弗浓弗细，完美得叫人指摘不出一丝缺处。

十年前她也做过这等事。

从盛京到南疆，一路走过数十座驿馆，他更过数百次衣。她和小薰一起在外候着，老是好奇里面发生了什么，怎么他走出来就换了个样子。

那时，小薰用还不十分纯熟的汉话恶狠狠骂她，"鸭子！"

"什么？"

"瞧你眼巴巴偷看的样子，跟被人揪住脖颈的鸭子似的，真难看！"小薰发脾气时会用力跺脚，那扯着脖子叫喊的样子倒更像她说的鸭子。

飞雨自不受这等气，回嘴道："你个子比我矮，你是嫉妒我能看到吧！"

小薰被刺到痛处，悍然大骂。两个女孩就这样叽叽喳喳吵了起来，直到男孩在屏风后不悦地咳嗽。

女孩们悻悻退到外面，还互相瞪着。半晌儿，小薰却认输，推她一把，"喂，我哥哥是不是真的很好看？"

飞雨做个鬼脸，"看不到的人，不要问看到的人！"话是如此说，她却跟小薰并肩坐在了屋檐下，像闺蜜般说起悄悄话来。

瀛人男孩个子多低矮，子昭却身材颀长，较他同龄人高出了半个头。他白皙胜过女子，精致如同雕像，清隽恰似谪仙。旷世之中，再找不出如此好看的少年。

小薰默默听着，忽然站起身，差点将飞雨掀个跟头。她仰面朝天，严声起誓，"我绝不让其他女子辱没了哥哥，我要他一辈子跟我在一起！"

飞雨忍不住嘲笑她，"他迟早是要娶妻的啊，你只是他妹妹。"

小薰低头俯视她，趾高气扬，"汉女，你懂什么？他若能跟我在一起，对你也是好事，你说不定能分到个一星半点。"

飞雨闻言不十分痛快。"谁要你分？"

她也站起身，这样就比小薰高出不少了。"跟我在一起的人，必是一心一意对我的，我才不跟其他的女子分。"

小薰愣了半晌儿，认真地思考这句话。

"那样真的更好呢，一心一意什么的……"

飞雨拍拍她的肩，双颊笑靥，"小薰，我们都要找一心一意的人。"

正午暖阳，双燕飞天。

本是相互亲密，却在到达远空之后，终究分道扬镳，不共戴天。

十年转眼而过。屏风这边，小薰不在了；屏风那边，子昭也已不是子昭。

飞雨心凉战栗，再次合目向神仙姐姐祈愿，赐她力量让这一切快点结束，赐她力量，让他不再冷冽，让他温暖起来。

蓦然抬眸，子昭已在她面前。他一直端详她，将每根头发睫毛都细细地瞧过来，眼神越发幽秘细腻，时而浅笑时而生恨。

子昭忽然问："见到她，你想说什么？"

飞雨知他说的是神仙姐姐，转开眼去，语调冰冷，"关你什么事？"下巴被他扭住，她给火烧到一般用力甩开，"别碰我！"

想叫她骗神仙姐姐跟他走，休想！

子昭瞧着她躲开，站在原地没有靠近。胸口些微的起伏，很快熄于无声。

"三日之后，我们去众生殿。"

三日之后，众生殿。

浮莘殿的灯火，彻暖人心；流息殿的云霞，如仙似幻。

子昭携飞雨踏进众生殿时，四大护法之一——鸢，正在等候。这女子金朱长发如绸缎般流淌，一袭红袍有焰般的丰姿冶丽，身手不知如何，倒已学得掌门殷令雪的八分骄傲，不屑地瞧着飞雨，还示威般高声哼了一记。

子昭对飞雨道:"你先在众生殿等候,我去浮莘殿见过成王便带你去流息殿见贤妃。"

飞雨被这一串殿名搞糊涂了,索性听话留在原地不动,目送他消失。

浮莘殿。

俯瞰万众灯火,金碧辉煌。远处的百舸争流,近处的小桥流水,江山如画,江南如诗。

身处这天洲皇土最繁华兴盛的地带,有几人不为天下之富丽而迷醉?

有几人,竟能结庐在人境而无丝毫出世野心?

子昭负手而立,窥视着成王沧桑的侧影,不懂这人心志的狭小。只为一女子而甘守冷清,还是个本不属于他的女子,有这般甜蜜吗?他笑道:"瀛国富甲天下,然而国都奈琅城的繁华,不及天朝'南都'苏州的十分之一。"

成王漠然道:"论繁华,奈琅胜于苏州百倍。论舒适,奈琅却不及苏州万一。本王所愿绝非繁华,而是舒适。"

子昭笑笑,俊美玉面映着灯火分外诡离。"看来,成王打算将贤妃藏一辈子,是吗?"

成王亦笑,"'贤妃'已死,是老天要将她藏一辈子。"他转身,直视着这年轻后生,惊叹他的手腕,猜不透他的意图,"世子又来劝说我将此事公之于众吗?请莫再白费心机,以我的年纪已无心无力再争任何,只想和心爱的女人厮守一生。"

子昭倏然冷笑,轻视神情写满他俊秀眉间。"不需成王公之于众,是我要公之于众。"

成王打量他半晌儿,觉得这年轻人未免自不量力,居然当着他的面放下这句话,他大可让他毙命在这众生殿中,彻底封住他的口。

子昭见成王不屑,继续道:"成王不会失去你心爱的女人,失去的,只是'路贤妃'而已。"

片刻沉默,成王仍带狐疑。

子昭眼神深邃几分,"目前为止,贤妃已经完全忘记了她的往事。而我,可以保证贤妃永远不恢复记忆,永远不会将皇帝和太子记起。如何?"

成王想得到贤妃的爱,他恰有方法投其所好。眼见成王渐渐松缓甚至惊喜,他知道自己成功了。眼前的男子,十六年前也曾仗剑助帝平息叛乱。而今，已近天命的他是英雄迟暮，想要的不过是红颜相伴。

皇帝，太子，甚至大隐于苏州的成王和小隐于南垂的平江王，汉皇室的男人们各有英勇，却全部为女人放下身段。是他们不懂强权的美妙，还是位居强权太久，已经高处不胜寒，只盼温情在心、爱人在畔？

高处不胜寒……

子昭举头望去，月华正明，如九霄之上的一座水晶宫。

如果汉皇室的男人们不再爱权，那么是老天赋予瀛国这个千载良机，是老天让他用计谋将东洲之权掌握在自己手中。

快至子夜时，鸢推醒了酣睡的飞雨，带她走上玉石楼梯，示意她跟紧些，上了流息殿可不好找路。

"我认识你。"

飞雨万没想到贤妃的第一句话竟是这个。她愣怔在那温和广大的目光中。

眼前的女子周身带了光芒，并非纯白，而是晨曦微光般的金韵。大概正因为她已睁开眼眸，启了朱唇。于是明眸皓齿，映着天生的高华，容颜如流风之回雪，轻云之蔽日，绝一代之芳华。

贤妃路凝云是如此的女子，初眼看去，眉目似乎平淡无奇，但那秋波流转之间的智慧与坚定出尘脱俗，是百年难遇的才女佳人。

与她相比，飞雨见过的那些美人通通不作数了，再美也是庸脂俗粉、表面功夫，丝毫不足挂齿。难怪那手握东洲权柄的天朝皇帝会为她而弃后宫十六年。

她喃喃道："神仙姐姐……"

凝云微笑，"是的，我记得这四个字，你是那个爱哭的女孩，是吗？"

飞雨口齿不利落，似乎在这般的人儿面前大声说句话都会是种罪过，"爱、爱哭？对不起，我我我不是故意的……你是她吗？真的是她吗？你、你好美……"她红了脸，到最后还是情不自禁地赞了出来。

凝云拉过她的手，温润的握在手心，"谢谢你。"

"你本就美，我是讲实话，不需谢。"飞雨狂喜，她被这绝代佳人、曾经的倾世贤妃握着手？她永不会洗这只手了！

"不，是我该谢你。因为这长久以来……"凝云迟疑，她不记得自己睡

了多少年，只知是很久很久，"你的诉说和哭泣都会将我拉回明朗之境，不再沉陷在梦魇中不能脱身。我总做无休止的噩梦——高大楼阁、朱红屋顶、金碧屋门。一道细细血痕，慢慢洇满我全部思绪，有个人在叫我，叫的是什么我听不清。只是，心中很痛，想回答他又不敢回答。每次走近他，他便也血流成河，于是我再也不敢……总是这般的梦，做了成千上万次，只有那个小姑娘来对我讲话时才会稍微停止。"

凝云双眉轻蹙，纠结在往事的苦痛中，不能自拔。

飞雨忽然想起，殷令雪曾说贤妃失忆，不再记得她是何人，来自何处。心中不祥预感划过，她赶快问："那么，叫你的人是谁，想起了吗？"

凝云努力思索，万般猜测最终只融成她唯一的肯定，"是个爱我、等我的人。"

飞雨宽慰，看来姐姐不曾忘记与皇帝的深情。只要这样，便一切好办。正是欣喜，凝云的下一句话却让她心神刹乱，难以置信。

贤妃笑得温暖而安心，"现在我已找到他了，以后便永远不会分开，再也不会有噩梦。"美人脉脉望向成王所居的溯机殿，满是深情。

飞雨瞠目结舌。

可，爱她、等她的人明明身在盛京皇廷，她怎能以为是成王？少女凝视着贤妃饱含幸福的一双水眸，定定出言，"神仙姐姐，你究竟记不记得自己是谁？"

凝云温和而笑，牵起少女的手，引她走向这座云中宫殿的别间。大红的颜色霎时晃得飞雨双目模糊，别间中是各式各样的嫁衣。

贤妃目光依旧和煦如春风，"我名叫华裳，我的上一世，是名织女。"

在这云雾缭绕的境地，飞雨天旋地转，头晕目眩。

神仙姐姐佳颜一如双十年华，这是姑姑用药所致。而她的记忆已经被完全挖空，植入了旁的东西。想要一个人完全相信她是另外的人，有另一种人生，需要太过聪明的头脑和高超的技巧。

这等事，是谁做的？

凝云毫无察觉，只亲切问道："那么你呢？你叫什么名字？"

"我……我叫雨儿。"

"雨儿……"凝云细细琢磨良久，"这名字，却也熟悉呢。"

·094·

飞雨黯然，姐姐熟悉的该是另一个"玙儿"，她有过一个儿子，却对此半点也记不起。唉，死怪物，你心心念念要来救的娘亲根本不记得你。她忽而为世玙不平，他历经艰险来寻母，母亲却忘了他，这怎么可以？

"神仙姐姐，你被人骗了。爱你等你的人不是成王，而是当今皇帝，他苦苦盼你十六年，为了你空悬后位，不理后宫。你有个儿子名叫世玙，是当今太子，他也在这座城中，为了寻你不惜一切代价！"

几个时辰后，出了众生殿，子昭眼神停在他那奢华车辇上片刻，淡淡对初桃和晚樱道："我与飞雨姑娘步行回去，不需你们跟随。"

深夜将过，东方吐白，却无早霞，亦无晨曦。

阴霾笼罩了江南水乡，冷风飒沓，乌云压城。

子昭冷不防对身边默不作声的少女道，"说句话。我瞧你恼得要死了。"

"你们这些混蛋！"飞雨被他一激，赫然爆发，跳着脚大怒，"神仙姐姐怎会以为她是什么织女华裳？睁开你的狗眼看看，她那般美貌那般气度，怎可能是平民织女？"

子昭冷笑，早已料到她的指责。若他猜得不错，她也早已激动地向贤妃戳穿他指使成王编造的那些谎言了。"那么你的'真话'呢？贤妃是否感激涕零地信了？"

"你……你……"飞雨怒得说不出话。

他早就猜到她会说出真相，他早就知道她不会背叛天朝将贤妃说向汉皇的方向，于是放弃了这条路，另辟蹊径。

他甚至也猜到贤妃无论如何不会相信她。

子昭浅笑，"你真是傻。不见贤妃如今有多幸福吗？十六年的噩梦，一朝苏醒，得到平静的幸福，她自然是抓住不放的。而你带来的'真相'，不啻要夺走她的幸福，她自然不会信你。"

这时天降秋雨，不十分大，散成雾般的丝帘，已足可湿衣。飞雨气得一拳打过去，子昭微侧身子躲过，顺势将她带在怀中，紧紧揽住。

飞雨挣脱开他的怀抱，避到一边屋檐下，狠狠瞪他。

子昭随即亦避过来，轻笑，"怎么？你不是喜欢我抱的吗？"

回想起驿馆中她喜欢扑到他身上的青葱岁月，她只剩了反胃想吐。现在

第六章 众生殿·如梦未醒

和他一同困在这烟雨濛濛的屋檐之下,浑身都不自在。她咬着牙跃入雨丝中,双脚一前一后,落地的地方踏出小小水花,绣鞋渐渐沾湿成了深碧色。她不停跑,脚一打滑,险些跌在地上,却歪歪扭扭地继续向最近人家疾步飞奔。

他愕然,刚要走出屋檐,肩上感觉到湿意又不由自主地避了回来。

此刻四周静谧,街衢上还无行人。褪去方才揽她入怀的情热,他要尽快冷静下来,计划下一步的路如何走。

子昭背手而立,陷入沉思。直至一整天已过,天色渐暗,夜晚已至,雨却还淅淅沥沥。

面前忽有暖意降临,少女不知何时回到面前,撇嘴丢给他一把伞,自己昂首走开。

他上前几步追上她,两人一时在伞下肩并肩,贴得颇紧。然而伞很小,遮不住两人,他不出声地让她握住伞柄,自己微低了身躯,"上来。"

飞雨依旧黑脸,见他示意要背着她,冷哼一声,绕开他继续向前走。他见她走开便没有再坚持,她倒沮丧起来,后悔不该拒绝。然而亦听见他虽不言语却不紧不慢地跟在身后,接过了她手中的伞为两人撑起,心又小鹿般愉悦的乱撞。

她的心就在他手心儿里,他捏一下,她便疼,他吹一吹,她便开心。

苏州,瑶台月。

世玛告诉自己洒脱地放飞雨离开,因为他自知不可能扶着她走一辈子,四叔不可能,他这个所谓兄长就更不可能。

然而,飞雨走入他的生命又走出,他才知道,出宫要寻的东西,原来已近在咫尺,却从他指间溜走。上官浩枫仍是不动声色,却在擦拭绝巅圣剑时微微停滞手指,似乎抚摸着某种记忆。

世玛将一切从长计议,他不愿惊动父皇,不愿挑起国乱,只想凭自己之力救出娘亲。"上官,将此事封锁在苏州城内,切勿北传,千万不能叫父皇知道。"

上官浩枫有些意外,"凭臣一人之力,恐怕不可能做到。"

世玛笑笑,"笑话,你是'一人之力'吗?"

话音落地,世玛静然与上官浩枫对视,后者坚持不多久,便在他威严震慑的目光中败下阵来。

上官浩枫并非仅仅是陪世玙玩闹长大的兄弟，更是皇帝亲派的殿前护卫。这次世玙离宫下江南寻找贤妃，他暗中奉命一路保护太子，并随时向盛京禀报太子行程。原来世玙一直知道，却默不作声任他为父皇做影子看守监视着自己。

世玙冷冷对上官道："这事以后再算。有多少父皇的死士护卫暗中跟我们到苏州保护，你肯定了如指掌。把他们的头儿给我找来，我有话要说。"

半个时辰之后，天朝皇帝麾下夜冥军中驻扎江南一支的主帅将军已在世玙面前。

"臣夙兴叩见太子殿下。"

世玙微微顿首，示意他起身。如今已是箭在弦上，分秒必争。"夙兴，你驻东南沿海一带有多久？"

"自圣上即位起，臣便带领天朝夜冥军驻守东南。"

这么说，已二十多年了。

世玙点头，沉声道："那么我请问夙兴将军一句，你与部下竟姑息众生殿坐大一方到如今，该当何罪？"

夙兴面容如铁，问心无愧，"回禀太子，臣等一直恪尽职守，效忠陛下。众生殿之势，无论大小，俱在陛下的严密掌控之中，绝无闪失，不会威胁到天朝社稷。"

世玙听着这话，冷冷一笑，他的猜测果然没错。"严密掌控？说来听听。"

夙兴这才有了些闪躲讳莫，"恕臣有皇命在身，不敢多言。"

世玙嘭地拍了桌子，怒容满面。父皇为何对众生殿放心？夙兴为何说"陛下严密掌控"？只有一种解释——众生殿中有天朝皇帝的眼线，并且是极重要的人物，可以接触到众生殿最重要的机密。而这眼线必然通过夜冥军主帅夙兴来与皇廷互通讯息。

"夙将军，父皇的暗人是谁，我也并非硬要知道，只奉劝一句，看好你的人，叫他闭紧嘴巴。若有什么不该的事传入朝廷，父皇定然会叫夜冥军踏平整个东南去搜一个女子出来，不惜伤及无辜。此事目前牵涉甚广，连瀛国也搅在其中。因此，谨请将军权衡考虑，顾全大局，将一切行动止于苏州境内。"

第六章 众生殿·如梦未醒

一夜之间,太子已将情势掌握在自己手中,东南全境的天朝夜冥军都风声鹤唳、枕戈待旦。

"上官,你记不记得上次我问你家殷姑娘,成王是否愿意与东方子昭合作,她答的是什么?"

"不愿。"

世玗浅笑,"不,她答的是,众生殿不愿。如今成王与东方子昭狼狈为奸,他手下人马却未必心甘情愿。

"你传我令下去,吩咐夙兴派一小支精锐夜冥军突袭众生殿,不必救贤妃,只要伤他们的人就可,伤得越多越好。这样,只要父皇的暗人再略微煽风点火,众生殿定会反了成王,不再听他命令。十日之内,我要完全架空成王,分化众生殿,救出贤妃。"

转念想到飞雨,世玗心跳得更快。

成王深爱贤妃,不会伤害。但飞雨呢,有谁能保护她?

攻殿之战马上展开,夙兴是百战老将,经验十足,马上取得了数场关键性的大捷。天朝夜冥军士气大振,一切如太子所料,众生殿已在夜冥军的步步紧逼下生了内讧。夙兴将军心中大喜,他有信心在三个时辰内攻下众生殿,救出贤妃。

世玗端坐在瑶台月中,并不对这胜利抱过大的欣喜。不到最后的胜利一刻,他绝不掉以轻心。目前他忧虑的是,仍猜不透东方子昭的意图。

他有预感,十年以来这只白毛狐狸被所有人低估了。不仅仅是他,他背后的弹丸之地瀛国也在默默的积蓄力量,借贤妃之事掀起惊涛骇浪。

世玗捏着下巴,绝不能掉以轻心啊。

与此同时,众生殿。夜风微拂,舔舐着土地上未干的血迹。今晚格外冷,刀锋之间的映射如寒光在宵。南国一时改了如春的四季,被劲急朔风吹走大半温暖。殷令雪带着一身的疲累步回内殿,天朝夜冥军又一波的进攻刚刚被她平息,手下人马损失上千。

护法凰疾走几步,硬是拦住了殷令雪。这清俊男子身材瘦削却力大无比,牢牢攥住她纤细手臂,目光坚定。若她不让他先治伤,就别想去见成王。

殷令雪无法，随他到了浮莘殿。一边床上，鸢还紧闭双眼。红衣少女的金发褪去了赤朱色泽，面容也病恹恹的惨白，似乎已被大战耗尽了生命。

殷令雪倚在香枕上，凰的手在她脑后轻轻揉按，指尖拂过几处穴位，她立刻全身酥软，疼痛得缓。大手轻滑到她两臂臂窝处，温柔爱抚似乎已不仅仅为疗伤。她困倦了，双臂又痒麻得舒服，几乎要靠着那双大手垂头睡去……

肘上忽然刺痛，她惊醒。

"凰？"

殷令雪想要回身去看他，却惊觉双臂穴位被锁，动弹不得。这时，两枚银针分别推入她后背中心与脑后心。她惊惧了，他在做什么？这两处穴位被封，她的漫雪天音便无法施展。后颈是他呼吸的温热，渐渐灼痛。她心跳越来越快，回眼去看一边昏迷的鸢，忽懂了……

她难以置信，"凰，你是他们的人？竟是你？"

名字中嵌了一个皇字，他竟是皇帝的人。

月袍男子无声冷笑，手掌却依然爱怜地留在她双肩上，不忍放开。他最后封了殷令雪的哑穴，飞身跃上流息殿。

明日夜冥军攻进来时，他必须保证成王没有挟持贤妃潜逃。

风声猎猎，月近中天的子夜时分，仅仅是下一个血暗之日的开启承接。

鸢昏迷不醒，鸢独木难支，凰又执意带殷令雪一同离去，如今众生殿底层只有护法雁在守护。

鹅黄衣衫女孩轻挑手中长剑，用得其实并不十分熟练。她小心翼翼去探摸腰间另一件个头小威力却大的武器，唇角扬笑。

咔——

金属声的钝响，女孩眸光一紧。她面前六芒星印记的密门被开启，碧裙少女一跃而入，打量着这一地染血的残矢断箭，心中悲戚。

本应上前阻拦的女孩却悄无声息地躲至一边，凝视飞雨蹑手蹑脚上楼，眼中五味交杂。待飞雨走得足够远了，她才悄无声息地跟上，随时注意有没有人跟上她们，一路保护飞雨安全。

众生殿的四大护法中，除了自己外还有另外一个是暗人，是天朝皇帝的眼线。

这一场假面的舞蹈，何时是尽头？

流息殿。

这轻渺入天的梦幻殿堂拥有永世的宁静。

纯白素影，画出一朵朵如羽柔云。

洁白无尘的玉殿在这半个月的时间内添了大红绸缎，炽情如火。凝云明眸微合，舒然依偎在成王怀中，笃信不移地倾心相许。

她不是龙胤的凝云，是他的华裳。他为她取了这名字，为她重新书写那二十年的空白。贤妃路凝云已死，活在这世上的是织女华裳，是他一人的温存至爱。

她将皙手塞进他左手中，爱恋地抚着那因年岁而粗硬的纹路。她想去抚他的右手，却发现那其中攥着一柄血光利剑，愈攥愈紧，用警觉挤掉了她的关切。

成王将她纤软身体抱紧，拂去她的眼泪。欺骗换来的爱能有多长久？龙胤迟早要发现凝云的复生，迟早要将她带回盛京，唤醒她的记忆，让她知道他才是她的最爱。甚至凝云自己也终有一日会得知真相，恨他入骨。

然而……他战栗闭目，不，不行，老天不能给了他半月的美满又将这美满击碎。他不甘放手，宁死也不甘！

外面在指挥着那步步进攻的人不是别人，正是凝云的儿子世玘。

他不想伤她的儿子，却更不可能将她还给龙胤。

众生殿已如风中之烛，奄奄将息，他的半世基业将在天朝夜冥军剑下化为泡影。

然而，这世间有什么比她重要？

一个月前，瀛国世子在浮莘殿的万家灯火上方，含笑对他道出了这将倾天下的绝顶骗局，之后他心甘情愿地入局。

明知东方子昭早就打着牺牲掉众生殿的主意，他却听之任之。

明知众生殿部下沥血拼命了数日夜，死伤无数，哀鸣泣啼，他也听之任之。已经为她付出了这许多，他更加不能在此时让所有付出都成为徒劳。

今夜一切都会尘埃落定，他将失去，亦将自由。

"若我一无所有，你还爱我吗？"

凝云伸出一对柔臂，紧紧搂住他脖颈，"若你还有我，怎会一无所有？"

这时,她身后忽响起冰冷声音。

"除了你,他还有一派弥天谎言,以及欺君之罪、大不敬之过。"

成王随之拍案而起,英目含戒备,将凝云护在身后。面前所立的是四大护法之首——凰,他的手下。然而月袍男子的轻蔑神色与讥讽话语已说明了一切。他,竟是皇帝的眼线。

成王冷笑,原来龙胤根本没相信过他。安心任众生殿坐大,是因他早就派了眼线监视。凰入众生殿已十五年,可见皇帝的疑心从多久以前就已经埋下根基。

"凰,枉我当初收留你,悉心栽培你到如今的护法之首。"

凰丝毫不为所动,袖中软剑无声而出,直点龙晟眉心。"束手就擒吧。再顽抗下去,不过白白牺牲你的部下。"

凝云脸色苍白,一张玉颜如雨洗梨花,簌簌发抖。她勇敢地挽紧龙晟手臂,与他共同面对凰的逼迫。龙晟右手赤锋众生剑将将出鞘,红光一道如沐血而生。

白赤两道光芒相触,火花四溅。凝云瞳光被剑气晃得刺痛,刚是微散,却见那月白剑刃已横面扫来,她躲闪不及,灼痛霎时扑面——

"住手!"

飞雨胆战心惊地护住凝云,用以眺圣剑还击着凰的进攻,几回合之内便将他逼退。瞒着子昭偷入众生殿已是不易,遇到这等敌手更是根本不曾料到。

另外的出乎意料,便是发现世玙为救神仙姐姐根本不惮要耗费多少条人命。尽管他一直冷冰冰地称娘亲为"贤妃",亦从不表露对生母的思念,但从攻上祈仙阁那一回他险些杀了她也能瞧出,他对寻找娘亲这件事有挡我者死的决心。

她一路走来,看到的众生殿伤亡已不在千人之下。天朝夜冥军的攻势越来越强,成王不下令撤兵,殷令雪就只能指挥着四大护法手下的所有人马继续抵抗,继续送死。

血腥遍地,众生殿即刻便要陷落。

飞雨一时心乱,她不能责怪世玙,然而,一定要杀这么多人吗?

"雨儿,众生殿还能抵抗多久?"

第六章 众生殿·如梦未醒

身后传来细微却坚定的声音,是神仙姐姐。纵然失忆,昔日为贤妃时的果决和勇气却不曾变。如今她受了惊吓,却能保持冷静,忖度形势。

"神仙姐姐,外面那人是你的儿子,他不想伤你只想救你。跟我走,我送你回家!"飞雨不知该怎样讲才能让贤妃相信她的真爱另有其人,而眼下没有时间纠结,她只想抢在子昭出手之前将她送到世玧身边。

唯愿,这样可以少夺无辜人性命。

流息殿外,杀声震天。

正与凰对垒的成王听到飞雨声音,内心一震,转头回视少女的眼神含了惊惧。这一移神,剑影顷刻削过。

唰的一声——

他右臂被凰砍断,残肢裂飞,血涌如注。

凝云惊叫,硬生生挣开飞雨的手,用身体护住了成王,泪与血顷刻交融在一处。她眸中光束如箭般射向飞雨双瞳,愤怒千钧。

少女的心如落深渊,这一仗世玧已经输了。

即便众生殿陷落,即便成王死在今夜,又如何?他的母亲,已经因了最初他人的欺骗和最后他的杀戮,不可能再相信他了。

凝云紧紧抱住成王,纤手持过带血的剑柄,横在自己玉颈上,直视渐渐逼近的凰。"你再走近一步,我便血溅当场!"

月袍男子脚步微滞,然而毕竟是忍辱负重近二十年的死士,不会被吓住。不动声色间,暗器已出,疏疏几声,直袭凝云手腕,想使她脱手落剑。

却没有想到贤妃是真的抱了必死之心,剑锋顷刻间突入自己细颈——

"叮!"

飞雨扬剑出手,以眺圣剑却不是众生圣剑的对手,被堪堪击开。

她冲到凝云身边,掰住了她的手腕,"姐姐!你为何……"

"雨儿,带我和他离开这里。若要我活命,就带我们离开!"

凝云颈间又深又长的伤口生生刺着飞雨的眼,她再也没有办法了。这只是权宜之计,她会保神仙姐姐平安,日后她会和世玧好好解释,他会了解的。

眼看飞雨带着贤妃离开,凰却不敢再有任何阻止。贤妃竟然真有为成王赴死之心,绝不能轻举妄动。看着那一行人遁出众生殿,他只在心中企盼,殿外的天朝夜冥军能力挽狂澜,不至于让几场大战前功尽弃。

此时，木梯转角却忽有白影移过，修长悠然的身形举止，他再熟悉不过。

东方子昭？

凰没有迟疑，自怀里掏出云中灯，抛入空中，金白利澜爆响在九霄云上。

瑶台月中的世玛，众生殿外的夙兴、上官浩枫，乃至全体战士俱凛紧了心脉。

云中灯！

危急，危急，危急！

在众生殿之战的数年后，世玛还经常会在噩梦中被那一刻惊醒。他自诩的骄傲镇定在看到飞雨之时全部陷落。此后，他一辈子的所有艰险加起来，也不及那一瞬间他猝然与飞雨对视来得五雷轰顶。

而飞雨搀扶着的女子，让世玛将一声怒吼吞回喉中。是的，那是他的生母，他十六年未曾谋面的生母。骨血之间的感应让他第一眼便能认出母亲，因为她有与他一模一样的眼睛。

然而，为何母亲眼中竟是刻骨仇恨？

她已死心塌地与苏醒后面对的第一个男人共患难。

世玛策马停伫在夜冥军行列最前，被惊诧击中。

众将领眼睁睁看着太子愣怔在原地。军旗飞舞，那片刻前还光芒万丈的英俊面孔顷刻灰暗如烬，心寒彻骨。

夙兴认定飞雨是劫持贤妃的人，低声对弓箭手吩咐了一句，神色肃杀。世玛还未反应，耳边风声便被擦裂，一支疾速利矢精准地射向飞雨咽喉。他只赶得及翻身下马，头脑却一片空白，不能阻止不能控制。

冷箭射出，飞雨却丝毫无察觉，若不是全部心神都集中在凝云身上，她是完全可以闪身避开的。然而，她恍恍地没有知觉，猛然感到那杀气时，箭锋已在十步之内。

叮——

另一支箭从相反方向飞过，在最后关头救了她一命。猛然转头，放箭相救的身影娇小玲珑，鹅黄衣衫跳脱在夜色之中，快若闪电。待到她靠近了，飞雨才看清了这人，垂珠眉，丹凤眼，她惊呆在原地。

第六章 众生殿·如梦未醒

"小薰?"

东方迟薰手中握着铜骨弩器,得意洋洋地昂头走近,方才便是她射箭相救。"汉女,这一回,我也是你的救命恩人了!"她耸耸肩,大敌当前却毫不惧怕,含笑瞧着飞雨的样子正如老友重逢。很多年不见这汉女,她竟有几分想她。

"啊呀,终于听人叫我'薰'了呢,真开心。这么多年被他们叫做'雁',我难受得紧。"

这一夜,凰为假面,雁为假面。

众生殿的四大护法竟有两名是敌方眼线,可见成王是个如何的糊涂主子。抑或,十六年前贤妃离去后,他对任何事都不再留心,甘愿枯老。殷令雪凭一己之力将众生殿推上江南武林霸主之位,仍在今夜因了主公的颓唐而成为泡影。

子昭先前说世间已无薰,原来是这个意思。可小薰是何时进入了众生殿?这么多年她作为另一个人存在,又活得何等辛苦?她亦是初过豆蔻的华年,竟然就在这权术斗争中充当了这般狠利的战士。

薰不耐烦地拉扯飞雨,"哥哥在南岸等候,你快带这两人去与他会合。今夜之内,我们要出发回瀛。"她咬牙切齿地看着对面的夜冥军,"这些汉人就交给我来对付。"

这一刻,飞雨才恍然发觉,自己不知何时站在了瀛人一边,与自己的国军对峙。

话音未落,女孩头顶被阴影拂过,白袍公子出现在他们身后。

"哥哥?你、你不是应该在南岸等的……"

子昭却不答话,目光扫过飞雨,落在面前压境的天朝大军上。

飞雨愣在原地——小薰出手相救已经坐实了她与瀛国串通的罪名。她自以为走在了子昭的前面,却被证明不过是自作聪明。

子昭眉睫冰冷,却眸看向世玛,一丝窃笑。

夙兴见一箭未中,高举手臂,欲下令弓箭手继续进攻。

"谁敢!"世玛双目欲燃,回身对全军怒吼,状如怒狮,"我看谁敢!"

他不会让她有事,绝不!

夙兴见太子动怒,再去打量那少女,顷刻便懂了。他率夜冥军驻守江南,早已被皇帝下过密令——贤妃在此,要做任何动作前,首先考虑是否会威胁到她。皇帝痴情，太子竟亦为女人而迟疑。

夙兴眉头紧皱，不可，东方子昭要反便是瀛国要反，今日必须将他所有党羽击毙，绝不能顺着太子，误了军机。

他再度高举手臂，拼得君前死，不枉报国恩。

世玙见他抗旨，从齿间挤出一声低吼，大步流星走到夙兴马前，从怀中掏出一件东西掼到他面前。夙兴不解其意，翻身下马解开包裹的丝绸，当时惊出了一身冷汗。

太子监国玺印。

他面前的竟是皇帝钦赐的监国玺，授权太子在皇帝出征时统领天下的监国玺！

"夙兴听旨。"世玙稳言出令。

"是。"夙兴跪拜在地，再不敢反抗。

"全军退守原位，无我命令不得妄动。"

将千军万马抛在身后，世玙一步步向飞雨走去。

不能再等了。

子昭对小薰使个眼色，后者立刻会意，纤指忽翻，封住飞雨穴位。飞雨一声叫喊被闷在胸口，眼睁睁看着小薰将贤妃和成王带走，顷刻不见。贤妃被挟持，夜冥军竟也不敢妄动，直至那三人消失在眼前。

飞雨话亦说不出，看着世玙走过来，泪盈满眼眶。

对不起，对不起……

同样心潮澎湃的，亦有子昭——成功了，十年的心愿，终于实现。

此时旭日初升，天朝皇太子沐光而来，白金战袍如旭日般华彩广博，似乎天赋了一切爱与胜利。有人沐光而生，他却只能在黑夜中窃窃低语，算尽心机算尽性命去抢夺那些来之不易的幸福。

凭什么世玙可以生来得到一切，他却只能争抢？

子昭脸色乌青，用力一拉飞雨，她踉跄一下，脚却生根在原地似的，双眸依旧锁着世玙。她挣扎着发不出声音，心里对子昭的恨越发浓苦。

只要让她向世玙解释一句就好，她没有背叛过他……

然而，就在世玙要开口时，西天忽现玉澜焰的光辉，紧接着是夺目紫晕，流彩若晚霞，犀利若孤鹜。之后是一袭蓝袍的矫健身影，从天而降，立

第六章 众生殿·如梦未醒

在了飞雨面前,剑眉星目满含怒火。

龙篪。

他扬手一个耳光打在飞雨脸上,又怒又痛。

"死丫头,你竟助纣为虐,与瀛人狼狈为奸,枉我养育你十年!"

婉依在他身后不远,亦是满面悲戚。

父王和姑姑竟在这个时候出现。飞雨挨了那一耳光,不及揉去面颊上火辣辣的痛,心中脑中俱是一片空白。曾经爱她重她的所有人,都不相信她了。

这时,走出不远的东方迟薰倏然转身,唇角带笑,手中弩器金光一挥,又一枚弩箭放出,直捣婉依眉心。

那嗵的一声,震穿了九霄苍穹。绛紫流光在那枚弩箭下喷涌出如瀑鲜血,光焰熄灭。

成王惊得回首,纳兰婉依已倒在血泊之中。他这才懂为何东方子昭允诺他会使贤妃永不恢复记忆。世间能使她恢复记忆的只有神医纳兰婉依一人,他以飞雨为诱饵,得到了贤妃,亦引来了平江王和婉依。

如今,婉依已死,再没有人能恢复凝云的记忆。

凝云将永远属于他。

该是欢欣的啊,可为何,悲壮如斯?

这一役天朝是彻底地输了。输了贤妃,更将天朝皇权的压倒强势输给了瀛国。

飞雨魂魄早已出体,再无世玛,再无子昭,再无神仙姐姐。她眼前只有一片白茫茫的萧索和姑姑的殷红血衣。

龙篪被这突如其来的巨变打得头昏脑胀。他身边万物都不再存在,身体也随着怀中的人一点点冷掉。他徒劳地擦拭着婉依额上几成汪洋的鲜血,大哭出声。他什么也不顾了,只将婉依轻盈抱起,飞身一跃,向西南而去。

"姑姑——"飞雨将唇咬出了血,用尽全身力量冲破封穴,跟着龙篪跃起。

第七章　水长东·此情可待

路无起点，便无终点。

一别南垂谷不过两个月，桃花依旧笑春风，外世却斗转星移，物是人非。桃林雨阵死寂，山壁剑阵希声。白鹭收翅，翠竹折腰，天籁共奏挽歌。

南垂谷外，天朝夜冥军镇守西北隅，咬牙切齿，摩拳擦掌。夙兴目光投向那一片如黛青山，心道，这东方子昭竟愚笨到不快些脱逃，跟着那女孩进了南垂谷。夜冥军已包围整座南垂谷，他插翅难飞。

到时，夜冥军拿世子性命去与瀛王交换贤妃性命，看谁赌得起。

世玙将玺印交给上官浩枫，叮嘱了一遍又一遍，两日之内大军不可入谷。太子也入了南垂谷，与东方子昭一同守着那女孩儿。

纳兰婉依尸身在冰室中，龙篾一夜之间白发如雪，神志已不清。

飞雨舂米，洗米，倒入锅中盖好锅盖，煮熟，揭开锅盖，盛出满满三碗。她哼着歌，脚步跳跃，今日做道糯米金杏和松穰鹅油卷。龙篾总是吵着要吃藕粉桂花糕，飞雨就朝他翻眼睛——一把年纪的大男人偏爱吃甜的。

她每每教训他，"若是吃胖了，姑姑就不要你了！"

飞雨用餐盘端了满满一捧，送到冰室，举着碗筷喂到龙篾嘴里。她又教训，"不吃的话，会瘦，姑姑还是不要你！你快吃啊……就吃一口……我求你了，吃一口好不好……"

她捧着碗泪流满面。

龙篾依旧嬉笑。

飞雨将碗放至一边，拂去眼角的泪，死死咬唇半响儿，抱住了父王，"父王，我知你为何放不下。东方子昭……我会提着他的头来为姑姑祭奠，我犯了那么多的错，以后再也不会错了。"

她踉跄着摸到以眺圣剑，大步走出门。决心已经下定，却在低头的一

瞬,眼泪依然止不住流下。

甫一出门,阳光爬上她面颊,如小虫子一点点啃咬她的肌肤。她一步步走下了祈仙阁,将自己淹没在谷中这一泓秋末溶霜中。她知道他在哪里——兵工堂。

遗留如此一座营造宝库在汉人手中,他一定不甘心的。

不然,他不快点逃走却跟她回到了南垂谷还能有什么目的?

路有兜转,阡陌交错中,她走至那一处隐匿在丛林中的兵工堂。推开因年岁蹉跎而沉重斑驳的铁门,无尽典籍宝藏、各种奇异武器便在眼前。她要找的人却不在这里。她咬着牙寻遍每一处木架铁栏,地下的阴暗潮冷几乎将她淹没。

他去了哪里?

直寻到她双眼都黑漆一片。

不知何时,面前忽然有光。她举眸去看,是世玛,持剑立在面前。影阴且寒,却因光而成。

他将她拖出了兵工堂,立在日光之下。

飞雨又有了那种刺痛感,但至少不再是麻木。

她不敢看世玛的眼睛,只想了很久,低着头说:"……要不,你咬我一下吧。"声音细得像蚊子,她思来想去不知怎么向他道歉,只能献出嘴唇来给他咬。一下不够的话,几下都行。

世玛被逗笑,凝视她全是泪痕的脸,只握住了她的手,牵着她继续向前走。两人走在谷中相对平坦的一处田野上,油菜花舒舒吐着鎏金般的浓香气息,婉依和龙篾去年此时种下它们,却不能在今年亲眼看到这饱满的收成。

世玛道:"我一定得教会你这个'吻'字,不然……往后也没人教你了。"他笑容朗致,直叫她越发难受,"若一个男人吻一个女人,便说明他对她极是在意的。"

至于在意到什么程度,他自己也说不清,索性隐去了险些出口的那个爱字。

他只是不许她危险,不许她消沉。她是他亲手救了性命的女孩,就是他的掌中明珠,绝不许别人甚至她自己污一点灰尘上去。

两人走到了滕峰的最高处。这时夕阳西下,光束投于竹楼,金碧相映,折射出谷心湖的五光十色,苍穹如着霓裳,天际若染华彩,壮阔雄浑,身处其间者莫不感自身渺小。

飞雨打量着世玼，那张俊朗面庞光彩如昔，他是万种挫折千种煎熬都打不到的人吗？为何只要一有阳光，他立刻给人无穷充沛的力量？他不怪她弄丢了他娘吗？

世玼悠然低头，深深凝视她眼眸，他必须将心中话全部倾诉。

"雨儿，我曾对你说，你是自由之身，想做什么都可以不问任何人意见去做，但若你问我要保护，我还是会给，一生一世都会。今日在这南垂谷中，我只是世玼，他只是东方子昭。但明日出了南垂谷，我的名字是天朝，他的名字是瀛国，无论你选择站在谁一边，都势必与另一个不共戴天。"

飞雨哽住。

他的名字是天朝，他的名字是瀛国，无论选择站在谁一边，都势必与另一个不共戴天。

国或族，都融在他们血液中，任何一个不能舍弃。

世玼继续道："我等着你选，而无论结果如何，我都保证，三日内命夜冥军按兵不动，不取任何人性命。"

飞雨喉头苦涩，半晌儿缓缓开口，"你知道，他们都认为我……和瀛国狼狈为奸。"

世玼大笑，笑声回荡在谷中，天地之间一瞬明亮勃勃。生机重回南垂谷，洗去这死一般的宁静孤寂。

太子肃然出言，要将这番话印刻在彼此心中，"雨儿……你是雨，我是玼，虽是音同字不同，唤着你却就像唤着我自己。我们两个必须在这世上荣辱与共，人们憎恨你就必须憎恨我，人们爱戴我也必须爱戴你。你记着我的话——我与你，与有荣焉，与有损焉，百年之内共荣损，百年之后任评说。你在我身边也好，在海角天涯也好，这承诺一生不变。我愿你是蝴蝶能飞过沧海，我愿你是鸿鹄能翔集九天，即便天与海都是我的，我也要你自由自在地飞，不被任何人强制，包括我。"

飞雨溢然低头，他每一字每一句都撞击着她的心，让它重新搏动起来，有勇气面对往后的一切。然而，她的抉择已经做成，不会更改。她会为父王和姑姑报仇，她也会把神仙姐姐送回汉土，送到她的丈夫和儿子身边。

东方子昭拿走的一切，她都要为汉宫夺回来。尽管他狡猾得像狐狸，她也要尽全力去弥补自己的过错，无论付出何种代价也不后退。

"再见。"

世玼怔忡，回过神，她已走远。

次日清晨,飞雨又一次消失在世玧生命中,东方子昭亦随之消失。夜冥军有太子的命令,不会伤害他们,放他们离开。

当阳光又一次普照大地,却无草木可些微遮挡,于是世间无影,徒作孤寂。

世玧没有多做流连,当即也离开南垂谷赶回盛京。

众生殿之战结束后,世玧留下了殷令雪和护法鸾的性命,日后将有大用。回京途中,世玧问上官浩枫殷令雪如何,黑衣护卫闷声道:"安然无恙,只是不愿与我说话。"

世玧没有若从前那般打趣好友,也不刨根问底他与殷令雪的往事,只问道:"守望的滋味是如何的?可否教我?"

上官浩枫浅浅道:"如人饮水,冷暖自知。"他单膝跪下,拱拳施礼,"臣谢太子不杀之恩。"

世玧没多做解释,只问道:"鸾呢?还好吗?"

上官浩枫见他竟突然转了话题,问起生擒的护法鸾,心下甚是惊异,当初众生殿之战时世玧便吩咐他,必须护下殷令雪、凰和鸾的命。对殷令雪,他知是世玧体惜自己;凰就更不必说,忠心耿耿十五年的战士,该当嘉奖;而对鸾,他却着实不明就里。

他倒也习惯不多问,只道:"安好。"

世玧策马扬鞭望向远方,目穷之处莫非王土,东方子昭此刻应该已至瀛国国都奈琅城了,天朝与瀛国的一场明争暗战即将打响,而他早早便开始准备。

放走东方子昭,是因为他想终结其命的不仅仅是瀛国世子。

整个瀛国,都在这十年的积蓄之后对中土天洲虎视眈眈。他要做的是彻底铲除威胁,还天洲东海真正的和平。

"上官,你可知鸾是西洲女子?横行海上的西洲海盗,早便该铲除了。"世玧眉眼间是十足的睥睨英气,"天下将分了,你且拭目以待,我与东方子昭谁得天下。不错,本太子现在想要这江山了,因此,它不会是别人的。"

而至于飞雨呢?

世玧在心中轻轻道,十年前她惊艳了他的目,又拒绝了他的召见。自那以后,她就成了他忘不掉的女子。说喜欢是浅显,说爱又还不及,究竟是什么,只能交予时光去评说。

数千里之外，东海之上，半轮月华洒下深蓝洋流，秀色如滢，交错汉土与海岛数十年的纷争与融合。若此刻有神俯瞰云端，便会瞧见海上一个纤细身影剪水而过，独身渡海。

而她身边飘着一只小舟，上坐一个俊美男子，白衣如暖玉，月明堪拟其容貌，兰雅乏抒其气度。

这一片光射之海，她已游了不知多少时辰，他便也脱离舰队，在这小舟上陪着她，重逢时那柄折扇依旧在他手中摇着。

飞雨听得那人在船上吹起短竹笛，顷刻间，两三条皮肉光滑的银色怪鱼出现在少女身边，温顺磨蹭着她身体，轻快啼出轻灵之声，绕着她游动仿佛与她嬉戏。

飞雨甫是诧异，四条银色怪鱼靠拢起来，托起她的身体，送到了子昭小舟边。

子昭轻轻站起身，不费吹灰之力将她从怪鱼背上捞起来，放在舟中。茫茫大洋，舰队俱已看不见了，她游了许久已经疲劳，被他强箍着依偎在那臂弯中不能动弹，海水嘀嗒滴下她衣领。

海风徐来，一时还真有些冷。

飞雨感觉到那双臂膀抱得紧了些，紧揽在她胁间。这双手将她从火中救出，揽住她砍向自己的刀，在雨中为她撑起伞，却一手让姑姑殒命，让父王失魂。她紧咬了唇，只想回身扼住他的咽喉。

可神仙姐姐在瀛国，她必须去瀛国。

她忍住仇恨，指着怪鱼问道："这是什么鱼？"

子昭道："不是鱼。瀛语中称为'伊露卡'，它们是极聪明的造物，性情又温顺不拒人，因此是船家的好伙伴。如今我们要在这小舟上飘到瀛国，无罗盘也无领航者，便要靠它们了。这几条是我养的，于是在东海上候着我回国。"

飞雨想将他推开，却四肢酸软用不上力。

子昭轻声问："为什么想要游过这海？"

"有人说过，愿我是蝴蝶能飞过沧海。我只想游过沧海，让自己极累，之后重生。"飞雨微微活动四肢，让血温暖经脉。

子昭沉默半晌儿，重又开口，语气冷得如囚笼。"你哪里也不准飞。"

飞雨冷笑，在到瀛国之前，她什么都可忍。"我又不是你那温顺不拒人的伊露卡。"

子昭茫然点头，俊美眼瞳中勉强勾起一丝与她相匹敌的冷笑，心一跳跳的痛。他狠狠箍住她细腰，手腕用力将她按在木头甲板上，脸一寸寸朝她贴近，恨意啃噬。

飞雨咬紧的唇透出比他还决绝的仇恨。她眸中有了某种坚冰，如同灰烬在土中掩埋日久而成的金刚石，纯粹而锋利，可以划伤人心。

她以这般犀利又嘲弄的眼神看着他，已出离了任何一种少女情态。她是个女人，一个被恨滋养成长的女人。

怒火燃烧着他的心，她何时变成了女人？因着谁？为何不是他亲手将她变成女人？

飞雨挣扎着要起身，被他按了回去，唇瓣狠狠烙在她光滑白皙的颈子上，疯狂吮吸。两人激烈的交缠让小舟一阵摇晃。飞雨不知他要做什么，只本能地拼命抵抗着，他的强势入侵让她全身颤抖。

对他的恨一下子全部释放，飞雨拔出腰间的以眺圣剑，举剑便刺，深入他肌肉骨骼，剑刃与骨骼碰撞格格几声。他僵住，仿佛身体被分裂成两半，没有痛，只有释放和解脱。

飞雨面颊刺痛滚烫，她不知自己为何会流泪。

子昭冠玉般的面庞舒出一丝缓笑，手颤抖着握住她的剑柄，骤然发力，让剑刃又刺入几分，穿着他身体而出。

为何笑？嘲笑她终究忍不到彼岸，在这时候就迫不及待地出手杀他？

飞雨拔剑再刺，他的血喷在她脸上，温暖腥甜。

伊露卡发出求救的尖鸣，不多时瀛国舰队出现在海平线，将小舟包围。

飞雨刺出了第三剑。

他必死无疑。

薰从天而降，血红双瞳瞪视飞雨，俯身下去急速将小舟划至大船边上。几名护卫救起子昭。飞雨腰间被薰一扯，神思一恍便已瘫软落在了大船的甲板上。她呆呆看着他全身是血的被抬入舱室，奄奄一息。

瀛人擅制船只，子昭又是极好排场之人，因此这大船无比富丽堂皇，舱室木梯、甲板云帆无不名贵甚于商旅画舫，坚实胜于炮舰战船。飞雨不知自己何时晕厥过去，再醒来时却置身于一间狭小舱阁中，似乎是堆放杂物的地方，一阵异味伴着海腥味让她作呕。

她四肢都被捆绑着，已经麻木酸软到痛也不觉。

这时木门大开，薰踢踏着走了进来，凑在飞雨面前，哂笑相视。她身后跟着侍女早穗，焦急不已。薰手中握持的短鞭劈风而过，一鞭抽在飞雨身上，啪的一声，外衣顷刻断裂，凝脂似的肌肤现出一道血痕。

她伸手将飞雨掀倒在舱板地面，用雨点般的鞭子狠狠发泄着心中的愤怒，她恨不得让地上这女子皮肉尽裂，痛苦死去。

啪啪几十声，飞雨背上的衣服几乎全部撕裂开来，一鞭便一道红烟，再一鞭又一道紫痕，如蛇般爬上她光洁无瑕的玉背、纤腰，直至血肉模糊。

看她发泄得差不多了，早穗疏疏出言劝阻，眼神有些厌恶，语气却是风轻云淡，"薰，世子交代过不准为难她……"

"滚开！"

薰弯腰扯着头发将飞雨从地上拽起来，拖回原先的墙角，再次凑在她面前，低声道："你定有法子救他的，对不对？杀了那个紫眼睛的妖女的人是我，不是他！你救活他，我死就是了！"

飞雨举眸盯视她，一口啐在她脸上。

她咬牙熬过东方迟薰的鞭笞，直至身上再无一处完好的皮肉。

用遍体鳞伤来换他的死，她甘之如饴。

只是，为何被他激怒了？原本该救出神仙姐姐后再将一切了结，却依旧拔剑刺向了他的心窝，自己跟着痛不欲生。

东方迟薰收了鞭，飞雨身上已无一处好的皮肉可供她鞭打蹂躏，而她还是不屈服。她狠狠咬牙，"汉女，宁愿自断其手也不讲瀛语的你，自然是不会救他的吧。"

女孩抚着手中的弩器，拉弓对准飞雨左肩。

"可惜，当初没叫你真的砍断左手。这次，我要断你右臂。"

她后退几步，飞快瞄准，嗵的一声，一枚弩箭自飞雨右肩穿出。如此近的距离，弩箭力道非同小可。飞雨肩上皮肉被撕裂，痛不欲生。然而东方迟薰刻意只重伤她皮肉，不动筋骨，只见她再次眯眼瞄准，又一箭射出，只在上处伤口旁边一寸之处。

飞雨痛得脸色煞白，冷汗泅湿了胸前衣襟。她右臂用力挣了挣，奈何绳索缠绕十分紧，她挣不开。她举眸盯视她，瞳中丝毫没有畏惧，只有嘲讽和仇恨，就是这个女孩亲手杀死姑姑。

可，子昭，小薰……

为什么一切会变成这样？

第七章 水长东·此情可待

"别以那种眼神看我!"薰抛掉弩器,吼叫得声嘶力竭,"我该怎样?哥哥被囚禁在汉土六年,我亦改名换姓在众生殿潜伏六年!除去这些,我已什么都不记得了!"

她双眸带了兽样的光芒,仇恨的火,熊熊燃烧。

飞雨只觉全身无数只蚂蚁在啃咬,血堵塞在每根经脉,每次呼吸都牵动全身疼痛。她颤抖得整个舱室都摇晃起来。

舱板上七零八落地掉着两支流矢,海潮声如千军万马,怒鸣滔天。

若真的孑然一身,飞雨就无所畏惧。

然而,她并非孤独于世,她还有要保护的人。当东方迟薰渐渐明白她是一心求死,终于醒悟,扯着龙簌的衣领将他带到了她面前。飞雨模糊数日的双眼似乎有了知觉,混沌视线忽而清晰,剧痛。

她不是将父王留在了南垂谷,让世玙带回皇宫吗?她选择了一条赎罪的路,怎能让父王跟着一同受苦?

她没有带父王同行,就必是他了,他不肯放过他们任何一个人。

薰逼迫道:"你不在乎自己,是否也不在乎他?"

龙簌双目依旧茫然,无一丝活着的迹象。他还知痛吗?他不知,飞雨却替他知得真真切切,仿佛那痛全受在她身上。她甚至没试着求饶,没试着威胁,没试着做任何事,她屈服了。

她怎么能在害死姑姑后又叫父王受罪?

飞雨被架着抬到了那人床前,一张惨白的脸盯着另一张惨白的脸。薰邪邪笑着,右手依旧拉着龙簌立于甲板之上,略微推出去。他半身悬空,面上神情茫然无措,似有恐惧。

她一个松手,龙簌便坠入海中,尸骨无寻。

飞雨紧闭双目,掀开锦被,不想看他的身体。手指颤抖着触上去,仿佛那是一具无生命的皮囊。

此刻的他对她而言不啻已经是死尸。

唯有这样想,她才能进行下去。

清凉药膏沾在她指头上,涂在他肌肤。三处剑伤,伤口因料理得当而没有溃烂。而她,花容月貌已消瘦如落叶,冰肌雪肤布满伤痕,右臂被箭射穿,在海上含盐的风息中加重疼痛折磨。

他依旧宁静,她却瑟缩战栗。

两处皮肉伤都草草而过，飞雨探着那处深入心窝的伤口，取过剪刀针线，剜除死肉，闭合经脉。她喂进他口中两粒甘草丸维持吐纳，左手渐渐沾满他的血肉，最终缝合的一刻，她睁开了眼。

"好了……"

飞雨跌坐在地，倏然睁眸，泪止不住流下。

薰吩咐下人将龙篪和飞雨丢回那杂物舱房。

飞雨依偎进龙篪怀中，思绪开始飘散，她用还能动的那只手搂着他的脖子轻轻摇晃，"父王……你醒醒，带我回家，好不好……"

泪珠滚落，全身剧痛的飞雨额头贴在龙篪胸膛上沉沉睡去，滚烫泪珠儿滴至龙篪手心的一刻，他懵懂地抱紧了浑身是伤的少女，下意识揉着她的小脑袋，面色仍一片茫然。

飞雨几日来初次睡得如此安稳，再睁眼时被东方迟薰拖出了龙篪的怀抱，送到那人床前。他已苏醒，虽还有气无力，神志却清醒如昔。

子昭看着不成人形的飞雨，猛咳几声，纸般白的冠玉面上涨出了愤怒的血色。他踉跄下床，她脸颊高高肿着，掌印指痕红紫交错，她全身都是血。他几乎不敢碰她，因为找不到一寸没有伤的皮肉。

子昭抱起飞雨，放在他刚刚躺过还很温暖的床上，回身高高矗立在东方迟薰面前，寒冰眼神如剑刃般锋利，射向那低他一头还多的女孩。

薰这才显出疲累之色，瞳边两圈青黑。几年来，她不曾有一夜安稳成眠。六岁那年在街上与飞雨起了冲突，哥哥按着她的头要她跪下请罪。之后驿馆中的每一天，哥哥都看着飞雨，再也不看她。

往事没有被风吹散，她只有十六岁，想要她忘记耻辱真的没有那么容易。

"哥哥，我们的国，快要独立了吧？"薰勉强挤出一个笑容。

子昭没有回答，薰却知答案，贤妃经她安排已提早遣送至海岛，有贤妃在手，汉皇会答应他们的一切要求。

她翩身出门，走至甲板上，回头朝哥哥嫣然一笑，灿若朝阳。她纵身跃出，直落入海。

浪花卷着人儿刹那不见，白鸥扑棱飞过，向着家的方向，彼岸花开。

不远处，海岛已露柔和的轮廓，勃勃上升于东海之上，仿佛伸出臂膀，迎着归家的女孩。

第七章 水长东·此情可待

· 115 ·

家,已经不远了啊——

海上旅程漫长而煎熬,飞雨始终睡在子昭的舱中。一日三次,初桃、晚樱、早穗轮番为她上药。溃烂伤口渐渐愈合,只留下粉红的印子或乌黑的痕迹,大概会伴她一生。然而,她从小都由神医纳兰婉依亲自照顾调理,自然身体底子好,不易落病根。

子昭一刻也不离开她,现在由他来为她包扎伤口。

他杀了她的至亲,她也几乎杀了他,他们终于扯平了。

刚见到她遍体鳞伤时的激怒已经荡然无存,他回复了一贯的冷漠镇定。飞雨的侧颜如一道雪白浮雕,眼神空洞如井。他缓缓道:"明日晨起我们便到瀛国了。"

飞雨凝视着那暗涩天花板,因海浪翻腾而摇晃不止,唇角闪过一丝悲笑。

子昭倏地起身,坐到她身边,低头狠狠盯视,似乎要将眼神刻进她双眸中去。他俊美容貌此刻光暗交织,如妖般慑人心魄。飞雨下意识去摸腰间的以眺圣剑,却空空如也。

她挣扎着坐了起来,声嘶力竭,"把剑还给我!"

那是姑姑留给她的唯一东西。她怎在亲手救了仇人之后又丢掉姑姑的圣剑?

子昭冷笑出声,"剑在海底,你想全身伤口被盐水泡到溃烂就尽管下水去寻。"他将她拉近自己,两人脸相隔不过寸许,"从今往后你再不被允许带剑。"

因为对着她的剑,他竟不会躲。

子昭眸如寒冰,"下次试着取我性命时,别把自己弄得这般惨。"

"你的妹妹死了,这次是真的再也不在。你……你竟一点也不伤心?"飞雨想要刺痛他,却在话出口时,声音颤抖得厉害。

子昭目光木然片刻,马上恢复正常,快得让她不寒而栗。

"这世上每日每夜都有人死。"

他究竟是怎样铁石心肠的魔鬼啊——

飞雨头脑中血液翻滚,"那是你妹妹!"

"你也有过一个姐姐。"子昭冷静启唇,有些事,真的到了该说的时候。

我愿你是蝴蝶能渡过沧海。

这等话是何人所说,他再清楚不过。他要将那人从她心中挖去,根也不剩。他要她知道,他们是同样被汉皇廷践踏过的人,他们才是一路人。她不必因任何事而对天朝皇廷的任何人感到愧疚。

"你姓方,十年前,你的姐姐为汉皇婕妤,她因说了一句错话而触怒了汉皇,连累了你全家被诛。这便是你的身世。"

"你胡说!"飞雨唇瓣颤抖,全身如被虫撕咬着疼痛。伤口被撑开,内外之伤夹击,她痛不欲生。

子昭扳住她下巴,不容她错开眼睛,"你可知方婕妤说了什么错话?她说——先贤妃有过。她说,贤妃自尽是因不信任皇帝。你还要心心念念地将那'神仙姐姐'救回汉宫吗?便是一个'死去'的她,让汉皇有借口抄检了方府,让你全家殒命。"

他刻意隐去一些真相。这番话中没有一点是虚假,这许多年来他已经学会不说假话,只将真相雕刻成他需要的形状便可。

"我不信!"飞雨硬撑起伤痕累累的身体,"若是真的,你为何现在才告诉我?"

"不让你怀着救贤妃的心,南垂谷中你如何会选了随我走?"子昭松开了她,后退几步,转身而去。

月华满身,凄冷如霜。

伊露卡在船前跳跃舞蹈,激起银浪卷卷,迎着他的故土,她的异土。已失去的依旧不能离弃,已得到的却是深刻入身,血泪横流。

第八章 孤枝鹊·何人可依

飞雨并不记得天朝汉室的金碧宫阙,因此只望瀛国王廷一眼便已觉锦绣繁复,华贵难言。王廷阁宇颇似一模一样复刻出的珠玉盒子,排列整齐划一,依稀可见饰有粉樱白桃的屏风门片。青竹几支,划开簇簇梅云,病枝盘错,婀娜婉转。

仕女闺秀皆喜白妆,只将双唇朱樱一点,踽足慢行,娇首深垂,娥眉如吊珠,羞缅低拢。

飞雨脚甫一踏上王廷,先安顿好了龙篾,喂他吃过饭后催他休息。

她知道这处宫室、这些宫婢来自何人,却不能拒绝他的收留和照顾。仇恨一桩桩压来,让她应接不暇,头痛欲裂。

爱谁?恨谁?

她只有父王了,只要照顾好父王,其余什么都不想。

风入竹,沙沙作响,更显周围安静得过分。飞雨出门汲水,回来时却见有陌生女子闯入。平日她是不许任何人进入内殿的,此女却敢擅自入室。

她十七八岁年纪,容貌姣好妩媚,靥笑春桃兮,云髻堆翠;唇绽樱颗兮,榴齿含香。她着一件瀛宫常见款的华衣,浅烟霞色泽,如云乌丝间金爵钗皎璨如星月,流素纤腰上饰翠琅玕,尊贵非常。

龙篾端坐一旁,目光呆滞。

女子见飞雨进来,弓腰施礼,"妾名叫紫姬,主人吩咐我来照顾姑娘与令尊。"她的汉话带着些瀛语口音,然而细软温润,更显嗓音的悦耳动听。

飞雨挥手示意她让开,"不需要。"主人是谁?东方子昭吗?瞧这女子服帖的样子像猫儿一般,居然称他为主人,真是可笑。她不知为何胃里很不舒服,酸得难受。

"无论姑娘说什么,妾只遵主人的命令,真是对不住了。"紫姬让到一边,依旧笑得温柔。"主人言,姑娘行动不十分方便,怕照顾不好令尊。"

飞雨眼角瞧见紫姬好奇地瞧着自己右臂,一阵烦躁。眼下近冬,她全身鞭伤每到寒潮的日子就痛得生不如死。眼见紫姬想退得更远但不退出宫室,她咬牙,轻声唤道:"你过来。"紫姬立刻上前,含笑相视。她撩起衣袖,青黑瘢痕、淡粉印迹蚯蚓般爬满她纤细手臂,惨不忍睹,让人作呕。

紫姬吓得花容失色,呀的叫了一声,夺门而逃。

飞雨麻木地笑了笑,怔怔松下袖子,不再理睬。她喂父王吃饭,为他擦洗,替他更衣,照料他睡下。一切都做好了,才是哭泣的时间。"父王……我该怎么办……"

到头来,竟有如此多的仇恨,盘根错节到再也分辨不清。

背上忽覆上了一阵阴冷,她不用回头也知是何人。旁边还有一细碎步声,大约那美姬去向她的主人告了状,这便随着主人一同来问罪了。

紫姬明珠般的眸子中流神逸彩,盈盈泪光观之可怜。

子昭未理那眼神,只盯着面前少女瘦削的背,以目光轻轻爱抚。"贤妃身在八幡宫。见不见,是你的事。"

那孤背影一动不动,少女却语气狠硬,"东方子昭,这次你又有了什么图谋?"

"谋你安宁快乐。"

八幡宫。

凝云仙容玉貌一如往日,使蓬荜生辉,无论多少个紫姬加起来也丝毫比不得。直到重逢的一刻,飞雨才知为何那人说"谋你安宁快乐"。她对神仙姐姐是无论如何恨不起来的。十年的相伴,神仙姐姐就像父王和姑姑一样,是她的亲人。

汉皇她未曾谋面,但无论神仙姐姐是凝云还是贤妃,她都不会是坏人。见到神仙姐姐宁静温和的脸庞,她就再也拾不起任何仇恨。如同世玙一样,他们是心中光明磊落无任何阴暗的人。

世玙……

若父王醒来,再次推着她命她叫他表哥,她是否还叫得出口?

"雨儿……"异国重逢,物是人非,凝云握着女孩的手,欲言又止。"对不起。"

第八章 孤枝鹊·何人可依

飞雨一惊,举目相视。为何要说对不起?

贤妃话语含了愧疚与真诚。她低声道:"我……早该相信你的。"

"神仙姐姐?"

"若非那日众生殿中我引刀向颈,怕是时至今日也不会对他们的话有疑。"凝云将双手伸至飞雨面前,问道:"懂了吗?"

"不懂。"飞雨懵然摇头。

凝云起身踱至窗边,纤背溜直。她注视自己玉似无暇的一双皓手,似笑非笑,"他说我是织女。穿针引线的织女,怎会有这等光滑细嫩的手?"

飞雨恍然大悟,"可是……你真是今时今刻才想到这些的吗?"

"雨儿,我并不为自己辩护。犯错的人或许有可怜之处,但若我这样甘愿犯错的人,不值同情。"凝云平静道,"我不能拒绝那人无微不至的爱,尽管知道他骗我。雨儿,你说过,我的上一世爱的人是天朝皇帝?"

飞雨点头。"但,你还是一点也想不起他。"

凝云怅然低头,婉眸带霜。她回忆着众生殿之战那夜对太子的一瞥,现在还记得那张脸。就在那一瞬,仿佛真有刻骨铭心的记忆被唤醒。

"太子他是否和皇帝很像?"

"我不曾见过皇帝。"飞雨想起父王的话,又赶快道,"不过父王说是很像的。"

凝云瞳光微散,一瞬彷徨迷茫。成王的欺骗她已越发肯定,可面对他的爱与呵护,她又忍不住地愧疚自责。她做错了吗?如今的人生安逸而平和,有海为堃,她可安然度日,与爱自己的人长相厮守。

然而,心之缺口隐隐含痛,若不求根问底,她如何能寻得完整的自己?如何能在这明知是假的骗爱之中,却还有那悬而未决的心头巨石岌岌可危?

凝云握紧飞雨的手,坚定不移,"雨儿,你可否告诉我你所知的全部真相,无半点虚假隐瞒?"

飞雨沉默许久,"姐姐,你是否已对成王生情?"

不需凝云回答,飞雨已知答案。若不曾生情,她不会难以启齿问他是否欺骗自己。若不曾生情,不会不敢将这些微的怀疑据实相告。若说凝云命中注定的男人是皇帝龙胤,可成王不也在那清冷云端消沉了十六年,直至半生基业众生殿因他所爱的红颜而陷落?

凝云唇颤抖着,一番冷暖难以言说。

飞雨又问:"姐姐,你可知你们避难瀛国,是对汉土天朝的背叛和逃离?你可知,即便那个男人不是他,你也已无法回头,不能顶着这叛国的滔天大罪再回到真正的他身边?"

凝云并非一味逃避的女子,勇敢的力量现于双眼中,一如十六年前毅然赴死的她。

飞雨再问,"姐姐,若你真是那命中注定的倾世女子,会引起几雄相争,那么你难道不想干脆什么也不知,干脆不要了那所谓的真相?"

瀛国和天朝的战争一触即发,起因只是她面前的柔弱女子。

若凝云一心要知道,不过让紧张的局势愈发激化。若她想起对皇帝的爱,转身离去,那么失爱的成王说不定亦会参与到这场激战中来,留得青山的众生殿东山再起,便是三方对抗,天下怕真要掀起血雨腥风。

"雨儿,我要知道真相,我甘愿承受。"

"若真相会使你永无宁日,你也接受?"

"是的,我接受。"

"若真相会使你得到世间最有权利男子的爱,却仍让你一生伤悲,你也接受?"

"是的,我接受。"

"若……你明知有一天你会后悔今日的决定,你仍接受?"

"是的……我接受!"

这种身陷苦海中央,面对茫茫雾霭不知何处是岸的彷徨,同时出现在两个女子心中。她们犹如被上天的手放在人生半途,看不清来路,认不得去路。

她们又何曾知道,这来路与去路,正在掀起一场风云变幻的倾世传奇。

海客谈瀛洲,烟波微茫信难求。越人语天姥,云霓明灭或可睹。

东渡入海岛,一个为复仇,一个为存爱。

这彼岸,是否是美满的明天?

彼岸,并没有注定开放的花。

彼岸,与此岸同在这残忍的离恨苍天之下。

【第二卷】宫阙：懵懂不知摘星事

我就是要在你一无所有时爱上你,以后你会变得美丽、聪明,那是因了我的爱。

第九章　紫禁城·凤阙龙阁

天洲汉土，紫禁城。

凤阙龙阁金碧辉煌，绮殿千寻而起。连甍遥接汉，飞观迥凌虚，雅而不失华韵，繁而不遗清高。距圣泽宫最近的一处悠美宫殿，窗明几净，怡静流光，"毓琛宫"三个大字如月在霄，丝毫看不出它已十六年不曾有主。

身着明黄龙袍的伟岸男子独步其中，面容英俊威轩。成熟沧桑已过，他却丝毫不显老，只让那容貌像酒般，越发淳浓醉人，足以让世间任何女子迷恋到不能自拔。他绕过紫藤云脚屏风，修长身影似被那柔滑绸缎拥住，一任记忆染了他满身风雨之外唯一的柔软挂念。

天朝帝王背手而立，夕阳似血。

思念天边那朵柔云，是他十六年不曾停息的功课，如朝暾日日升起，如明月夜夜悬照，如这亘古不变的四季交替。

龙胤闭目，他的凝云，如今在何处？

细碎脚步穿过亭廊，一名年老内监急急跪下，禀报道："启禀陛下，太子已回宫。可……"

龙胤倏地抬头，玗儿回来了？

内监哭丧着脸，低垂白首，"可被淑妃娘娘召到信宜馆去了。"他愁眉苦脸，这不啻替皇帝瞧着太子长大的老奴，一向知太子性情叛逆任性，而淑妃脾气又严苛刚正，这两个都是连皇帝也无可奈何的。如今太子私自出宫，淑妃定会下手严惩，这对母子一个狠一个倔，若皇帝不去救儿子，不定又会罚成什么样子。

"陛下，老奴求您去信宜馆看看吧，不然太子……"

龙胤衣袖一甩，兀自踱开。"朕每日都要在毓琛宫留到入夜，你忘记了？"

"可淑妃娘娘她……"

"让朕独自安静,你走吧。"龙胤走开几步,微微顿足,毕竟担心儿子,仍是回头吩咐道,"把太子妃召去信宜馆便是,只说是朕的意思。"

听得"太子妃"三字,还跪在地上的内监却更是愁眉不展。依太子的脾气,若知晓几个月前他在大婚前夜逃离竟仍让那女孩子入了东宫成为太子妃,不知会闹到什么地步。

信宜馆。

清风带着如许漂浮清浅的月色,濛濛融起不远处弯节桃枝的暗褐斑点。信宜馆内的女子雍容高华,已过了最是娇艳的年龄,却依旧风韵天姿,靓妆如画,眉眼脱俗,一袭湘妃赤珠色羽衣如朝霞般夺目。

侍女珊儿同情地看着太子受罚,淑妃身为将门之女,委身深宫,那一手鞭策骏马的功夫却半点没少。嗖嗖声过,细鞭落在太子肩背上,一下便是一道血痕。珊儿心中念叨,只求娘娘别伤了太子那张俊脸,不然可真是绝古今之容颜了。

淑妃一鞭落下,出言斥责:"身为太子,不知会任何人便跑出宫去,如此的不知轻重,你父皇是否白疼了你?"

世玙忍着疼,嘴依然很硬。"父皇疼过我吗?"

淑妃恨铁不成钢,下一鞭抽得格外狠。"还顶嘴!"

世玙倔强地咬牙,挺直脊背,绝不喊痛。这句反抗让他多挨了十数下,衣衫上已见血迹。淑妃似要打到他认错为止,继续下着狠手,啪的一声,世玙肩头的衣物裂开,他猛地颤抖一下,后背依旧挺得笔直,绝对不示弱。

珊儿连忙拉住淑妃想要劝阻,太子虽年纪轻轻,身体强健,且从小顽劣挨过不少打,算是习惯,但这么个打法,铁人也受不住啊!然而即便皇帝来了,淑妃也照旧管教儿子,何况她区区一个侍女。珊儿被甩到一边,白白叹息。

这时,却听得一个声音响起:"母妃……!"

淑妃抬眸看去,微有惊诧,却丝毫不因来人而有半分忌惮。她从小便对世玙严加管教,即便宫中风言风语无数,道因不是她亲生的所以不加体惜、一味苛责,她也从未有过改变。

丹芳淑妃林若熙是如今天朝后宫中身份最尊贵的女子，然而个中缘由她自己也明白得一清二楚——因为先贤妃去时出人意料地将太子托付给了她。淑妃每每亦会想起贤妃，心道，若先贤妃还在，管教儿子只怕比自己要严上百倍。只为不负先贤妃嘱托，只为不负皇帝厚望，她也不能纵得世玙成为纨绔公子。

世玙没有辜负任何人的期望，他习文练武，在父皇领军出征时司职监国，决断有度，臧否无缺，才华夺目，令人赞叹。他尊重母妃，礼遇贤才，施恩下人，却独独与父皇不合，逆天行性，时有摩擦。

而几个月前令他彻底忍无可忍离宫出走的，正是面前立着的娴静少女，他的太子妃。

"湄儿。"

言湄年十七，是太子府右庶子、世玙最为倚重的谋臣言既的妹妹，与世玙可算是青梅竹马。她性情温和，柔颜下自有傲骨，守礼外兼有清高，相貌也是出挑儿的秀丽婉约，又得皇帝和淑妃宠爱，早便属意她做世玙的太子妃。

台面上的话皇帝不曾少说，母子之间时淑妃却也道过实话——言湄的细腻贤惠颇似先贤妃，时而小小的倔强与疏离，更得先贤妃五分真韵。

也是因此，皇帝才定要儿子收了她吧。

然而世玙坚决不从，与父皇誓死抵抗，更在大婚之夜扬长而去，踏上了寻找生母之旅。在所有人看来，太子此举不啻对皇帝示威。出乎淑妃意料，龙胤却不下令追太子回宫，任儿子在外游荡，只暗中派人保护而已。

生母"早亡"，世玙虽不将心中的猜疑与痛苦对任何人道过，但父子连心，那高坐明堂的帝王又怎会不知儿子时时的彷徨和追索？若不知将他带到世上的女子是谁，他如何知道自己是谁？寻找过去，便是寻找自己，寻找将来。

何况，男孩子家该有挥斥方遒、纵情江湖的少年岁月。养在深宫中的太子便是失去天空的鹰隼，不能展翅翱翔。

唯有经过宫外江山的历练，玙儿才能真正成长，不再只是养尊处优的太子殿下。

父亲用心良苦，世玙却不以为然。在他眼中，父皇专制、冷血、独裁。

第九章　紫禁城·凤阙龙阁

十八岁之前，世玥只在置怡阁中见过母亲的一幅画像，玉颜绝代，如神女坠落凡尘。"路凝云"这三个字在他心中的确如神一般存在，而非母亲。她再美，毕竟只是画像上的一个永静美人。

她在二十岁时自尽，抛下只有两岁的稚子撒手而去，他对她有不能抹去的怨恨。

他想方设法了解这个从未谋面的母亲，只知，她十六年前为父皇而自尽，在那之后，父皇废止选秀，不招官家女子充掖后庭，虚悬后位，从此只做朝堂的帝王，不做后宫的帝王。

六年前，思晴贵妃薨逝。

路贤妃一朝后宫的传奇，春夏秋冬四姬的传奇，唯今只余世玥的养母，"春姬"丹芳淑妃。世玥一心爱戴养母，屡屡与父皇针锋相对，看不惯父皇冷落淑妃，更恨他当年就那样让他的生母飘然逝去。

而矛盾激化的起点，是因了世玥储位之争端。皇帝只有两个皇子——长子世琰与次子世玥。

因了皇帝对贤妃的深情，世玥一出生便锁定了储位。尽管并未正式授予玺绶，但自打他开始读书习武便独个儿住在东宫，吃穿用度俱是储君的规制，宫中人便也早习惯了以"太子殿下"相称。

大家竟都忘了，之所以认定二皇子是太子，不过是贤妃有孕时，皇帝开心到极点的一句"若生子，朕必以江山予之"。

再就是世玥满岁时，皇帝有了想正式册封太子的意思。

彼时朝臣认为此举太过草率，该到二皇子年长后观其资质，再做定夺。帝王自是深思熟虑的，他笑回道："资质不是生出来的，而是教出来的。朕认定玥儿是储君，自然就会以储君的标准来对他严加要求，焉会让他长成无资质之人？"

世玥长大后听闻了那时的事，旁人艳羡他出生便有的特权，他自己却是冷笑心寒。

果然自打他降生的那一天开始，父皇就一手操纵着他的人生。没有问过他，便强制他做未来的皇帝；没有问过他，便强制他娶他不爱的妻子。

就这样长到了十八岁，天朝二皇子就是皇太子。只是，皇帝终究顾及了礼法祖制，没有破格在他满岁那日便册立太子。册封大典这样被搁置，一搁置就是十多年。

而世玙不负众望，文武全才，更令群臣全心敬服，再无异议。

而皇长子的生母洛德妃入宫二十载，从来无宠，即使资历长于丹芳淑妃，更生有长子，也不过排在一品四妃的靠后位置，在思晴贵妃、丹芳淑妃之后不说，更别提那个看似在她后面的先贤妃，实是皇帝心中的皇后，无人能比。

但世琰又的确优秀，不在世玙之下，只是性子如其母般内敛，不及世玙锋芒毕露。

两个孩子俱是资质聪颖，好学上进，有治国安邦之才。

这时，忽有朝臣提出，圣上实则还未正式将储君玺印授予任何一个儿子。

一语惊起千层浪。

洛德妃庸碌一生，只将希望放在儿子身上，暗中使力。"既无嫡庶之分，应尊长幼有序。"这句话朝臣们说得同样掷地有声。

淑妃的林氏势力远大过德妃的洛氏，也便有针锋相对的资本。

而父皇呢，站在一边静观这些争执，他要立储之事成为一面镜子，看清朝臣各人派系。

此时，一贯直率敢言的淑妃在自己宫中道出了一席狠话。"无嫡庶之分？笑话！无嫡庶之分，敢问那皇后之位为何人而留？她的亲生儿子，不是嫡子，竟是庶子？"

几年来冷静沉着的父皇听闻此话，龙颜大怒。他从不许任何人提起先贤妃，数年前更为方婕妤的一句"先贤妃有过"诛了方家。虽然明眼人都看得出皇帝是在借事发挥打击奸臣、巩固皇权，但先贤妃的宁静依旧是他心中最后一块净土，无人敢抹上一点灰黑，更不敢将她的身份扯入任何权利争斗。

淑妃犯忌，父皇马上下令禁足惩戒。

世玙不平，不忍看养大自己的母妃受苦，直闯了父皇的御书房。

父子两人的激烈争执，直至今日世玙还记忆犹新，每每一回想就气不打一处来。在他看来，父皇简直不可理喻。世玙慷慨激昂地为母妃辩解，父皇却只从那一摞奏折上微挑剑眉，君王之目含了一丝失望的苦笑。

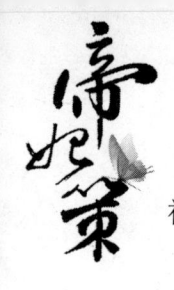

父皇走到他面前,沉声道:"玙儿,朕并未过责淑妃,不过是禁足,俸禄用度丝毫不减,更没有降位。你可知当初的方婕妤获了何罪?"

世玙冷哼一声,答道:"那是方仁辅有不臣之心,父皇借口婕妤之事以行惩治。"

父皇赞许地笑笑,继续问:"很好。能看出那一层,看不出这一层?"

世玙恍然大悟,父皇已经在这场立储之争中得到了他想要的东西,如今需要一件事来平息争执,淑妃刚好中招。

世玙对着面前的父亲冷笑,血顷刻冲上了头脑。"女人对父皇来说都是只供利用的棋子,是吗?怨不得那个先贤妃对父皇心灰意冷,自尽其生!"

"住口!逆子,你怎么可以如此说你的生母?"

啪的一声,世玙被打得踉跄几步,面上火辣辣的疼。从小到大,他没见过父皇这样近乎疯狂地发怒。父皇却没怪儿子对他不敬,而是怪他对生母不敬。

世玙半点没有退缩,勇敢地与父皇对视。

父皇的气力全被抽空,他指着儿子道:"别这样看朕。玙儿……别这样看朕!"

世玙哈哈大笑,一阵报复的快感油然而生。他咬牙切齿道:"你让她对你心灰意冷,如今又让母妃对你心灰意冷,你活该一辈子孤独!"

父皇气得又扬起了手。

世玙倔强顶撞,不肯退缩。"母妃有权打我,你,又何尝关心过我?你何尝关心过任何人?"

父皇被他的话击中,颓然失所。

"玙儿,朕答应你不再苛责淑妃。你说得没错,朕从未关心过任何人。她有一天回来,看到朕如今的样子,也不知是否还认识了……"

她有一天回来……

从那一刻起,世玙有了这种想法,开始怀疑人人对他说的"生母已亡"。父皇说那话的样子,并不是单纯地思念一个故人。他在抱着切实的希望,甚至是十足的把握,那个人会回来。

那时世玙头一遭开始猜想,画中的神女还活着,只不过,父皇将她藏了起来。

次日，淑妃免于责罚，俸禄甚至有升。

信宜馆中年轻的侍女宫婢都喜悦地说着，我们淑妃娘娘即将被册封为皇后了。

然而，但凡宫中有些资历的人都笑着摇头，太子之所以成为太子，还正是因为那皇后之位上有人牢牢占着，不论那人是生是死。

此时，世玙却在暗暗派人查遍后妃陵的记载。路贤妃葬于献陵，进一步查证，掌事官员却惊恐万分地承认，送来的不过是一副空的木棺。越接近真相，世玙越感到心田如狂风骤雨的震撼。他的生母有可能还在人世吗？他不想去问父皇，不想父皇知道他在偷偷探查她。

世玙翻阅了十六年前路贤妃自尽前后的各种描述记载，正史野史，民间传说。另一个女人让他大感可疑——纳兰婉依。她曾因其异族后裔的身份被斥为巫女，更参与了一场叛变行动，意欲毒害父皇。平叛后，全部叛党被处死，其中之一，是当时的两朝贤相——丞相路征，贤妃的父亲。

看来，贤妃也正是为此才自尽。

而纳兰婉依，这样一个罪无可恕的女人，刑部却无处斩记录，史书上说其"离奇失踪"。推算时间，她的"失踪"刚好在贤妃自尽后两三日，而父皇竟也没追查，放她离去。民间传说中描述，纳兰婉依药功奇妙，可以妙手回春，甚至起死回生。

世玙派自己的心腹上官浩枫去探寻关于这个纳兰婉依的一切细节，最终从其中摸出了蛛丝马迹。

南垂谷。

这个一直笼罩在迷雾中的神秘之地，浮出水面。南垂谷地势奇险，瑰丽壮观，据称有无数珍奇草药生长于斯。更有"兵工堂"，一座造物与武学的圣殿。

上官浩枫回报，西南一带许多江湖中人想要入南垂谷，却都被神秘可怕的重重机关逼退。南垂谷已有主，而且那主人在其中做着很重要的事，不容人打扰。

进一步派人探访，世玙几乎可以确定，纳兰婉依带走了贤妃试图医治，而这件事很有可能是父皇暗中授意的。父皇那般铁石心肠的人，却故意放走叛党纳兰婉依，只可能为了一个原因——即便只有万分之一的可能，他也要救活贤妃。

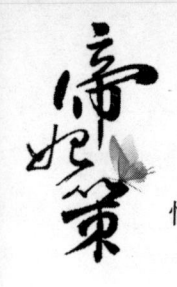

　　然而那时世玥并没下定决心去寻找,因为对路凝云其人他没有半点记忆,说是生母,实则谈不上母子亲情,只是单纯的好奇罢了。

　　直到不久之后,他因了另一个人与父皇闹翻——太子妃。

　　父皇终究还是那个冷血的父皇,认为所有人都必须为他马首是瞻,哪怕是他的儿子,尤其是他的儿子。然而,为贤妃而弃后宫的父皇是懂真爱的,为何一定要他娶一个不曾爱过的女子?

　　这时,就连母妃也不再站在他的一边,只淡淡道:"玥儿,日后你会明白。"

　　世玥终于忍无可忍,他要离开那座皇宫,并非永远不再回去,只是离开一段时间,找寻自由的天地。

　　他终究不知自己有多大的决心找到母亲,甚至,是否真的为了找母亲才启程。

　　信宜馆中的侍女纷纷行礼,给太子妃请安。言湄不顾她们,手臂圈住世玥双肩,纤指抚着他被鞭打出的伤口,双目含泪,甚是心疼。世玥冷冷推开她,对这体恤之举丝毫不感激,更谈不上感情。

　　言湄清颜罩过一抹浓霜,然而不十分在意,对着淑妃跪下,深深叩首,额头紧贴在石板地面之上。再抬头,纤背溜直,眸光忠贞。"求母妃手下留情。"

　　淑妃长叹一声,心下一阵阵的凉薄,无奈已极,嗟然生叹。

　　言湄本不知太子回宫,竟恰是时候赶来说情,不是皇帝的诏令还会有谁?陛下……他是借此对她表示不满吗?世玥本就不是她亲生儿子,如今更有家有妇,焉要她这个养母打骂管教呢?淑妃浅然苦笑,罢了,罢了,丈夫本不是她的,儿子就更加不是她的。

　　"玥儿,既是太子妃为你说情……"

　　"母妃说笑,我何时有太子妃了?"

　　淑妃一惊,没料到世玥竟这般直统统地顶了回来。她垂眸看去,少年太子俊面上那冰冷神色与他父皇如出一辙,与他父皇十六年冷落后宫众妃的冰硬,一模一样。

　　言湄面色由红转白,她大概没想到当着一屋子下人,太子竟不给她一点面子。

淑妃气得面色发青,"你……玙儿,既已大婚,你为何还要这样对湄儿?"

"我自始至终未答应过迎娶太子妃,大婚当夜碰也没碰过她一下,何来的太子妃?"

听闻此语,言湄仍跪拜的纤瘦身形如风中之烛,一瞬摇晃起来,似乎有泪滑下面颊,无语凝噎。

淑妃被这孩子出人意料的绝情之语击中,心神纷乱。这并非世玙一贯的品性,他纵是叛逆了些,却从不枉拿无辜的人泄气。言湄好赖是他从小玩到大的朋友,怎的如此不尽人情?

"玙儿,你到底为何……"

世玙拂袖起身,对淑妃一拱手,口气强硬。"儿子不该劳母妃费心,这便回东宫面壁思过去了。恕罪。"

淑妃一口气闷在胸中,寥寥看着那远去的修长背影,竟又与他父皇形如一致。低回婉叹,她垂眉去瞧仍跪在地上的言湄,少女正回头瞧着世玙,眼神甚是急切,却依着礼数不敢起身去追。

"湄儿……去劝劝玙儿吧,本宫与陛下一样,希望你们好好的。"

宫阙如梦,魅影似幻,一株垂柳丝荡风中,牵破别离苦心。梨羽遍铺石径,锦花洒满了东宫的汉白玉阶。

世玙肩上受风,伤口撕裂般的痛,没来由地想到飞雨,不知她是否安好。

他听到身后疾跑的脚步声,似乎奋力跟上他。

他没停步亦没回身,只不知不觉走得慢了些。

东宫朱红镶金门现于面前的一刻,他哆的踢开,留给身后女孩一道摇晃有隙却不宽敞通人的门廊。

言湄于是跟进来,正巧见到他衣袂一扬,端正坐在那乌木金纹椅中,英眸含怒,盯视着她。

半晌儿,两人之间的气氛紧张到电光火石。

然而世玙忽然笑开,言湄亦舒缓了眉睫,随他而笑,明媚似瑾,眼眸流转如光,声音也透着与方才完全不似的秀捷。

"玙哥哥,你刚才演得也太过分了些,我可真要伤心了。"

　　世玙站起身，完全回复了阳光俊朗模样。他走到言湄面前，"湄儿，你也不逊色。我们说好的，我扮个凶夫，你扮个弃妇，往后我寻个由头，放你自由。我放出话去说没碰过你，你也好再寻良偶不是。"

　　俊朗少年与娇媚少女相视而笑，莫逆于心。

　　他们是知己，断不会为命运姻缘之不公而对彼此生恨，而只会在这深暗宫阙中默契相扶，互相成全。言湄是清高独立的女孩，世玙亦不是专制蛮横的男子。知音相交，就应该如高山流水。他们之间是真挚的友谊，清淡如水，乐在其中。

　　作给外人看的戏码，只为方便日后世玙"休"了言湄，让她自由。

　　大婚当夜的情景，世玙还历历在目。

　　他不得不叹父皇与母妃的不可理喻，居然在他严词拒绝之后，仍完全瞒着他将大婚提到了面前。那夜，言湄已自玉华门入了宫，被硬生生塞到他宫中，他根本无计可施。盛怒攻心之下，他险些将一切发泄在言湄身上。

　　那夜东宫中，太子怒手裂红帐，新妃垂泪染白绫。言湄惊惧得花容失色，畏缩在床角，颤抖如劲风中一只飘摇赤蝶，不知所措。世玙冷哼一声，探身攥住她手腕将她拖了出来。透过细薄红纱，他看的到她躲闪的眼神，樱唇抖动不已，显然被吓得不轻。

　　他狠狠钳着她双肩，问道："你说过你不愿嫁我，不是吗？你是我知己，却跟着父皇与母妃一起骗我，是吗？"

　　迎着这残忍的逼问，言湄却冷了娇颜，平定心神不再颤抖。面前是一片狼藉锦绣，香枣、花生、桂圆、莲子散落地面，碎瓷宛若扎在她心头，血流如注。她大着胆子直视世玙双目，定定道："我不知自己是否愿嫁给玙哥哥，我只知，不愿嫁给太子。"

　　言湄自己掀了盖头丢在一边，高昂秀颈，施施然举眸相视。

　　"若太子不愿要湄儿为妃，请在此刻就休了湄儿，也算不辱湄儿清白。湄儿宁做新婚夜的弃妇，也不做过了此夜、忍着眼泪充幸福的弃妇。"

　　世玙被这柔韧有力的话语平息了怒火。

　　他长叹一声，放开言湄。她又何辜？然而他受够了这皇宫中的一切，被迫纳妃已将他逼至悬崖，不能再后退一步。他至书桌前，亲笔写了休书，回首却见独坐垂泪的言湄，略微的不忍划过心房。

长痛不如短痛。

他走到言湄身边，落座那徒添伤悲的鸳鸯合欢锦榻，缓缓道："湄儿，我们自小一起长大，你并不属意我为夫，我是知道的。"他将那一纸休书递与她，"父皇心中只有皇权天下，情感于他是死的，你却无谓被他强迫。我且放了你自由，后果便由我自己承担。"

言湄深深凝望他，目光中有憾有殇，一时竟不能说得分明。她终是沉默，纤指捻过那封休书，细略读过，颊若夭桃明致，既是感激也是忐忑。

"玙哥哥，你是仁善的人，我知道。然而，我不能让你独立承担什么。你若真在今夜休我，便是明晃晃与陛下作对，纵是陛下再如何宠你护你，也会有人借机生事，捅你刀子。你的储位，是连我也想替你保护的。"

言湄是在盛京皇廷的权术倾轧之中长大的官宦闺秀，亦懂得何谓兹事体大，何谓无可奈何。

世玙冷笑一声，起身踱了几步。"那劳什子的储位，难道我在乎？"

言湄静默，转身将休书丢进了火盆，真诚相视。

"玙哥哥，你是我最好的朋友，你对天下有雄心壮志，不过被这宫闱所恼，才千方百计想要摆脱。做皇帝并非一定要斗权争势，我信你会是个好皇帝，此乃社稷之福。"

她咬了唇，胭脂渐渐零落萧瑟，"要休我，大可等个三两月，也方便你……找我的错处，好休得名正言顺。"

她亦走下床，悠然立在他身边，秀睫如幕，遮去落寞与悲切。"想做什么，你便去做，也不必顾忌我。"

当晚，世玙在一众下人惊诧的目光中走出东宫。上官浩枫感到面前一阵怒风扫过，接着便是一个硬邦邦的字丢在他面前。

"走。"

之后，便是宫外数月的游历，见过秀丽江山，览过宏伟社稷，亦越发感到身负皇家血脉的重任。

他不忘要找寻生母，深入江南，明察暗访，之后便与那个当初苦等不来的少女重逢在南垂谷中，遇到那个狐狸般狡诈奸猾的瀛国世子。他终于开始谋人、谋天下，更有了终其一生不能停止的守望。

命定的车轮隆隆生辙，面前的道路渐渐开朗。

天朝皇太子找到了生母，亦找到了自己。

第九章 紫禁城·凤阙龙阁

若不是会过了东方子昭，他也不会知道这已过盛世百年的汉室社稷实则时刻受着来自外部的挑战。

而保住汉家江山，是他身为太子的责任。

鹰隼展翅，翔击长空，谋人策既输东方子昭，却也叫世玞在这生生的失去与割离之间，明了了驭人的劳心和护国的维艰。

回京那夜，世玞持剑向东。夕阳下，草盛青黄，星汉壮丽；江河奇伟，如虹相沐；汉土辽阔，寰宇广博。

这一切，明日便是他的天下，只要他想。

这繁华国祚他要守望，因何守望？凭何守望？

骏马嘶鸣，刀剑泠声。

言湄唤婢女取来了金创药，轻柔抚过世玞的手臂，抬起置于自己膝上，想为他上药。

世玞倏地抽回了臂，咳嗽几声。关于飞雨最鲜明的记忆便是她在为人上药，在照顾他人。她现在，在照顾东方子昭吗？

世玞起身出殿，背对言湄道："早些休息吧。"

"你去哪里？"言湄急问。

世玞笑笑，"我们既是不睦的夫妇，怎能同室而眠？"

他胸中沉甸甸的，被江南的一切填满。该去面见父皇了，他有很多话要说，要解释，也要道歉。他找到贤妃，却又弄丢贤妃。然而，在南垂谷的退却是以退为进。论毒计，他敌不过东方子昭，然而论帝策，他不信自己会输。

而飞雨，她在选择东方子昭的同时便选择了与他不共戴天。

纵他万般不愿，明珠也已蒙尘。

至少，在瀛国亡国之时，凭他的权势地位还可保得飞雨平安，这便足够了。

第十章　君臣问·帝策若何

正元殿，御书房。

青烟袅袅，不隐夕阳。英伟帝王执笔而坐，投于碧石地面的瘦劲侧影被熏散如氲，影影绰绰。任是指点江山激扬文字，却在那金碧辉煌的一处安静片隅，尽显孤索。

龙胤不觉走神，玥儿已归，大致局势上官浩枫也已通报清楚。旁的事他都可不理，心中只有那一句话让他越发欣喜——她真的重生了。她好好地活在这世上，无论哪个角落，无论对着何人，她还活着，于他便已足了第一重愿。

他现在应做的事是惩罚瀛国的反叛，惩罚成王的窃夺。然而所有决策都被那排山倒海的喜悦吞没——她还好好的！

龙胤心知，瀛国会以贤妃为人质，提出种种无理要求，数十年来的和平盛世或将告终结，而他也将运筹帷幄，取胜沙场，要江山亦要美人。

他心底如弦紧绷——东方子昭少年老成，足智多谋，是不可小视的对手。不错，天朝皇帝可以剑悬瀛国那弹丸之地上空，然而，瀛国世子可以更快地将剑悬凝云颈边，伤的终究是她。

他不能不自问，若真的走到那一步，要在国与她之间做出决断，他将作何选择。

他紧闭双目，一道耸然川字生于眉间。

庭外，内监尖细声音响起，"太子觐见——"

世玥跨入书房，皇帝似乎连眉也没挑一下，依旧坐定原地，渺渺飘来一句，"见到了？"

世玥知父皇问的是贤妃，他早已习惯父皇的冰冷，今日来此本也只是议

政，倒不是什么父子的久别重逢。更别提，他在大婚之夜离去，父皇居然依旧给了言湄太子妃的名分。言湄断不会主动要求，那么必是父皇逼迫。

"禀父皇，见到了。"

"她好吗？"

"好。只是完全不记得儿臣，大概更不会记得父皇。"

听得书桌上摔笔的声音，世玘竟有些冷冷的开心，刺激到父亲让他有复仇的快感。回京一程，他已想好如何解决眼下的瀛国之患，并与此同时保娘亲安全。他深吸一口气，刚要将胸中计划详细道出，却惊见父皇踉跄着从书桌后走了出来，青筋爆裂，英目中有彻骨的惊怒与悲伤。

世玘不知所措，他从未见过父皇如此失落的模样。

"她竟……不记得朕？"皇帝此刻失魂落魄，苦笑成殇，"是了，是了，怪不得她会跟龙晟走，我只道……她不愿与我在一起，却没想到……她是根本忘了我。"

世玘一时无言以对。他为自己冒失出口的话语愧疚自责起来，不该如此刺激父皇的。连上官浩枫都知在通报时隐去那一则，他这个为人子的，又何尝对父亲有过半点体惜呢？

世玘一忽失神，面前颓然的帝王却已步回他的龙椅，攥紧拳头，指关节泛白，重重砸向那腾龙寿纹桌。砚台微晃，素宣染朱墨，流淌的似是天朝皇帝积蓄了十六年的恨意。

回过神来，父皇是绝然残忍的神情，冷笑出声。"瀛国必亡！而那胆大包天的人，也该与朕了结这二十年的恩怨。夺皇位是他输，夺云儿，照样是他输！"

冲冠一怒为红颜，情关难过，乃英雄常态。

瀛国必亡四字，掷地有声。言之有力，行之又哪有如此简单？

宽大的书桌后面，父皇依旧面色苍白，形状哀伤。

世玘不能消去心内的愧疚，想开口道歉，然而刚是一步上前，却听得父皇低低从唇间挤出一个字，"滚。"

他一惊，愣在原地。

帝王拍案而起，"朕叫你滚！"

正元殿因皇帝的怒火而生了一场狂风骤雨，那磐石尽裂般的绝望，头上翻滚乌云，脚下微震后土，地动天摇，如血在霄。

内监惶惶然跑进殿中劝走了太子。他不确知发生了何事，然而见皇帝那般的情状，便知是与先贤妃有关。老天啊，陛下为先贤妃伤心时，十有八九是要动刀剑的啊。

太子又是倔脾气，若一言不和，保不住陛下便要一怒弑子了。太子有双与先贤妃一模一样的眼睛，皇帝绝不愿在那双眸子中瞧见一个震怒失态的自己。

世玙却未真正离去，只在正元殿门外立着，心中惊涛骇浪难以平息。他几乎忘了，此行的目的之一是道歉。他弄丢了贤妃，本该与父皇道歉的不是吗？而他脱口而出的话是什么？竟是一句深捅入父亲心胸的——"她不记得你"。

身后黑影倏至，世玙知是何人，没回头，只苦笑道："上官，你可见过父皇这痴狂的样子？"

上官浩枫眉宇冲淡，瞳光却浓过深墨，遥遥越过那朱红宫门。

世玙听得这阵沉默，没再追问。他转身，盯视着自己的属下。"你与言既已通过气了？把他找来，在父皇冷静下来之前，天下还持在我们几个手中呢。"

上官浩枫领命而去，不多时，濛濛夜色映衬着一个身材颀长的麒麟紫袍男子疾行而至。此人形相清癯，风姿隽爽，萧疏轩举，唯两鬓早生了丝缕的白发。

言既朝世玙施礼，后者挥挥手，免了。

"言既，"世玙踱开几步，尽量离正元殿远些，不然飞出个刀子来还要伤了无辜，"来龙去脉你一定已弄清了，告诉我，你怎么看？"

言既缓缓道："禀太子，瀛国世子挟持贤妃，所求者无非是瀛国独立，不再屈为天朝属国。然而那人诡计多端，必知贤妃一旦归国，瀛国便再无所恃，定会亡在天朝铁骑之下。他会逼迫我们铸下契约，永不与瀛国为敌。天朝自开国先祖便以'信'立国，到了那时，要么放过瀛国，要么失信于东洲大陆。

"若贸然失信进攻瀛国，其余属国莫不胆寒，便会脱离天朝，依附于瀛

第十章　君臣问·帝策若何

国,渐成与天朝对抗之势。而若不攻瀛国,我们便要被天下取笑泱泱神州任他弹丸小国欺负了。"

事已至此,既是东方子昭劫持贤妃作饵并率先宣战,那么已姑息不得,必除之而后快。

不攻而克的方式有很多,他们必须选出最稳妥也最震慑的一种。

世玙捏着下巴,略略偏首问上官浩枫道:"夙兴将军可是奉旨入京了?"

上官点头,不仅夙兴,还有夜冥军的几员军师参赞,包括这十数年来在江南立下汗马之功的奇人——凰。众生殿已陷落,他们无谓镇守江南,该集中全力对付瀛国,于是北上回京,与光华军会师,共商大计。

言既皱起长眉,微言道:"臣有个法子,东方子昭是东海上一条狐狸,臣等俱怕被他算计。东方遥却易对付。无论如何,眼下瀛王是东方遥而非东方子昭,要铸任何铁约,也是与东方遥铸。"

谋臣深思熟虑地笑笑,回望正元殿,对皇帝是满心的佩服景仰,"东方遥其人……可是陛下为平东海而倾心打造的忠帝之王。'弱帝养兵,强帝扶王,此乃定海内之本'。真是亘古政要铁句。"

上官浩枫听出一丝端倪,抱臂抿唇。

世玙赞许地点头,"言既说得对,谅东方子昭再是狐狸也不敢明着僭越到他父王头顶上去。然而,狐狸就是狐狸,若做得太过分,东方子昭使一手狠的,弑父篡位的事也并非做不出来。我倒有个计策,却不知野心是否过大了,众卿可愿一听?"

上官浩枫与言既凑近几步,世玙将计策缓缓道出。

上官浩枫一如既往地不言不语,然而眸中隐隐有光,似乎心潮澎湃。

言既却先是焦虑,转几个圈后站定原地,拱拳沉声道:"太子之策,旷古今之所闻,然而……臣以为可行。且一旦行成,利在千秋,功在后人。"

他也渐渐微笑,转而又收住,"不过,兹事体大,还请太子与陛下细细商议再做决断。至于……方姑娘,便可避去不谈了。"

世玙闻言周身一凛,瞠眼去看上官浩枫,后者丝毫不惧。他威胁地眯起目,"上官,通报真够详细的啊,跟你家殷姑娘也没这般无话不谈吧?"

言既听"殷姑娘"三字,更显酸腐相,又摆起一副说教面孔道:"太子殿下,从众生殿带回的两名女子也甚有不妥,依臣所见……"

世玽不理睬他，伸手拍拍上官的肩，冷笑，"我们两个不被这老头子念叨死才怪，你真是自讨苦吃，也不必拉我垫背！"

两人相视而笑，却也心知肚明言既是一片忠良才直言相劝。然而，国事他听取言既的谏言，私事便没必要跟他商讨。

他挥手唤来内监李长，懒洋洋问道："正元殿的屏风砸完了吗？"

李长战战兢兢抹着脑门子上的汗，说不出话。

世玽长叹一声，"罢了，我亲自去让父皇砸，也好过浪费物事。"

走开几步，太子忽而回身，问道："言既，依你所见，'帝之策'若何？"

言既拱手作礼，眸中聚光，羽扇纶巾间颇是对天朝汉权的忠贞不二。"帝之策，下者，安邦，定国，使四海升平，保子民安康；中者，征土，拓疆，使万方来朝，纵羲和显耀；上者，延祚，无为，对外不攻而克，对内不治而安。"

头顶繁星遍天，人间灯火齐明，谁把持这朗朗乾坤，谁平定这滔滔山河？

万古基业，千秋功过，不过归于青黄史册上那几笔或浓或淡的丹青之书。

世玽仰望星空，笑容一刹湛然如神，清醒明朗，欲拥天下，"言既，你说的那些俱是御用文人的吹擂之词。我来告诉你罢，帝之策，唯四字而已——'舍己，为人'。"

话音未落地，明金衣袍舒然而去，踏进那座皇殿。少年贤主光辉如星辰，几乎隐去这已金碧奢华的琼楼玉宇。几年后，龙胤将会逊位，带着心中至爱女子归隐于世，加尊号为"天圣帝"，世玽少年即位，奔鲸沛，荡海垠，果真超越乃父乃祖，成就大业。

然而，言既也有一点不曾料错，甚至可说是与东方子昭不谋而合——

汉皇均败于"情"字，路贤妃使得天圣帝只做半世明君，而那由平江王养大的方氏女，也将在这场争夺中牵一发而动全身，翻手风云，覆手骤雨。

帝之策，是"舍己为人"。而妃之策呢？若帝不能舍之，女子又能轻易抽身而退，不与君耽吗？当年路贤妃用决绝的方式抽身而退，以自己的死成

第十章 君臣问·帝策若何

· 141 ·

就了十六年的帝业如画。

帝之策，舍己为人。

妃之策，舍己为君？

那夜正元殿中太子与皇帝的交谈未被录入史册，于是也永远淹没在《天纪》隐章中，后人不得而知。然而，《天纪·圣帝本纪》却如实记载下了半月后的瀛使入京，挟贤妃以令天子。朝堂闻之色变，唯有帝王依旧气定神闲。

"瀛王请奏，铸'天海约'，其一，瀛国自立，不为属国，自此年起免贡免租，亦不再朝拜汉皇。

其二，结盟国之约，瀛国于东海、南海、北海及西南内陆之上的商旅，汉皇必须放行，不得设关卡阻拦。

其三，结军国之盟，若瀛国有难，汉皇必须出兵相助，此约适用于兵马车骑，战舰炮火；事无大小，予取予求。"

大概在数十年之后，世玗也不会忘记那一天的朝堂。群臣激愤到要一哄而上亲自处决瀛国使者，极憎恶瀛国的将军凤兴便是头一个，几名武官一同拉住他，才从他老拳之下救出了尖叫像女子似的使者。

巍巍天朝，岂能容忍瀛国那弹丸小地爬到头上来作威作福？

然而，《圣帝本纪》也将为那场庭辩留下浓墨重彩的一笔——天圣帝的退让，实是佯退实进。那是帝策最明智的一步，亦迈出了彻底解决东海纷争的第一步，为万古称颂。

龙胤恩威并施，对瀛国种种强逼都做下了允诺，然而，"天海约"最重要的一节，在于"军国之盟"。瀛国有难，天朝须出兵出资相助；而若天朝拓土远征，瀛国须在海上倾力相助。若有一方相违，天海约废止，盟国便成敌国，兵戈相见也理所应当。

言既的进谏被采纳，"天海约"只与瀛王东方遥缔结。与此同时，附加的事宜不得透露给第三人，包括东方子昭。狡猾如他，若猜到汉皇与太子的意图，便会千般推阻。而他手上握有贤妃，有足够筹码与天朝周旋，进一步逼迫挟制。只要天海约正式封笔，即便东方子昭震怒，也不能改变。

龙胤只额外警告了东方遥一件事——"今日之约，谨记不可让贤妃得知,若她自尽第二次,朕当携光华军与夜冥军亲征瀛洲,屠杀尽你兵你土,并以盐水注地,使亡灵尚不得超度!"

在天朝帝王的首肯下,瀛国自那日起独立,商旅仍受天朝庇护,利得却再不需与天朝分享。

上官浩枫被指派亲自去瀛国接贤妃回宫。一场风波,似乎自此平息。

然而,天海盟本就是明暗交结的一记隐杀之号。东海波涛暗涌,中秋将至,天涯共此月,洒下一片如血清辉,激荡人心。

海底火山,隐忍将发。

第十章 君臣问·帝策若何

第十一章 静夜思·魂梦相连

瀛国，奈琅城。

瀛国使者该嗟叹自己命运的无稽，他没死在天洲敌土上，却死在了自己的世子手下。遗光台中，瀛王东方遥与世子东方子昭相对而坐。使者宣读完"天海约"，东方遥面色由白转青，眼角过早生出的皱纹如风化浮雕。

而子昭听得气定神闲，俊美脸庞神情自得，只那精致下巴一寸寸收紧，仿佛一点点拉紧套在父亲脖颈上无形的绳索。待使者颤抖着读完，世子浅笑出声，对门口侍卫简短吩咐道："杀。"

飞雨在偏殿听着这一切，悲怆闭目。

使者杀猪般的叫声被一声钝响切断，命丧故土。

隔着薄薄一层窗纸，飞雨看得清楚分明，东方遥有些佝偻的身躯瑟缩如秋风落叶，他不敢违抗汉皇，也不能面对儿子。子昭那一个平静的杀字，似乎是落在了他的头上，如巨石重压。

子昭冷笑，审视着那铜箔盟约道："'若天朝拓土远征，瀛国当在海上相助'。父王好智慧，竟是怕我国之兵死不尽，要送去给人家磨刀了。若非我今日一定要来听使者宣读天海约，父王是否还要瞒着我，装作一切未发生过？"

"子昭，瀛国是小国，小国有小国之道。"

子昭冷哼一声，细眉轻挑，俊目如利钩，直刺入东方遥弯曲的脊梁骨。这眼神绝不该存在于父子之间，就连他看世玛时都不曾有过如此的刻骨仇恨。

飞雨正在发呆，面前门廊被拉开，子昭的手箍上她的腕向前一拉。

"回宫。"

淅淅沥沥的雨丝已化为雪华，入冬的海岛实则不十分冷，但雪毕竟如期而至了。远处山尖被染白,融合在天色之中,减了几分突兀。

飞雨走回她与父王所居的飞香舍,听着身后那人深深浅浅的步声。那夜去找神仙姐姐,自八幡宫出来便见他等在外面,撑一柄雪伞,白衣轻扬,几乎与雪地合为一体。

苏州雨后的屋檐,她与他生着气,亦会走回去丢给他一把伞。

只不过,那时天真地以为可以将他拉回悬崖这边。

雪夜见他,再次同撑一把伞,她却十分坦然。与神仙姐姐谈话后她心境安然了不少。从前父王总是说,贤妃有柔仪天下之风,她的睿智和勇气可以让男子亦叹服,不然也不会叫他天纵英才的皇兄如此折腰。

经历了复生之后的短暂迷茫,她已寻回无论轮回多少次也不会磨灭的果敢。

"任何结局,我都接受!"贤妃的话语振振在耳。

与凝云相处是种难以言说的感染之力,飞雨渐渐静了心,不再惧怕。就像神仙姐姐所说——任何结局,她接受。

雪越发浓密,稠得看不清前路。男子低沉好听的声音自背后传来,"我答应你。"

"什么?"

"我答应你。"子昭轻声,"瀛国独立,贤妃归国。之后,不争霸,不抢夺,不伤苍生,不倾天下,我不是瀛国只是子昭。"

飞雨停在原地。雪伞遂至,将他和她笼在了这方寒冷苍穹之外。心与心之间,逐渐回暖。"为什么?"

"若我能做到这样的话,"子昭胸口三处剑伤隐隐作痛。如果飞雨第二次拔剑相对,他依然不会躲,"若我能做到这样,请一直站在我身边,不要离开。"只是从那时开始,他知道自己可以毫不犹豫地将性命献给她,任她处置。

十二岁以来,他一直为瀛国而活着。如今却发现,甚至在独立这个愿望达成之前,就可以为了她的愤怒而引颈向死。那曾在大殿前面保护他的女孩,那曾挂在他脖子上甜甜微笑的女孩,不知何时已占据了他的半颗心。

独立之后,是整颗心。

雪夜静谧,流逝的岁月却不曾静好。

爱与恨都是飘渺无根之事,只有失去的人是唯一的真实。

第十一章 静夜思·魂梦相连

不可靠近,不许远离,伞下的飞雨和子昭,爱意和恨意都渐渐模糊,只是,他们依旧不能相拥。

飞雨缓缓启唇,"你只要瀛国独立,是吗?"她直视他双眼,努力使声音不颤抖,"可我,只要姑姑和父王回来。"

再无他言。

她所珍视的那些人都挡在他独立道路的正中央。那些人,再也回不来了。

他们之间的沟壑无可弥补,并非他醒悟得太迟,而是从开始就步步皆错。

可他向来是逆天而行的人,生而为砂,也可以卷出骇浪滔天,漫灭高高在上的星斗。他从不相信所谓生而注定的命运,他坚信凭野心和手段能夺得任何东西。父亲东方遥可以安于人下,他却不能。自出生起他便有此种骄傲,好像前世曾高贵为龙,此生也绝不将就。

越是沉默的人,越有誓与天比高的清绝。

此刻,子昭凝视着面前的飞雨。他可以赢回她的心,手段都不需用。

毕竟,在这孤岛之上,除了他,她还有谁可依靠呢?

飞香舍,是飞雨与龙簌暂住的地方。

近来冬意至浓,北风一阵紧似一阵,黑夜也来得早。飞雨有时离开个片刻,龙簌便会恍惚无神地游荡出去,不知在找寻什么。几回,他都走到离飞香舍很远的地方,迷路在这异国阡陌中。周遭人都只道这是个鹤发俊颜的奇怪男子,面容英朗,神情却痴傻漫散,问什么都不会回答,因此也只能任他乱走,不能相助。

飞雨每次去寻他都要费个三两时辰,心惊胆战地走遍这海岛都城每个角落,之后牵着他的手回到飞香舍,像教训孩子般的数落,"父王,不要到处乱跑好不好?你知不知道我担心死了……"她止不住地掉眼泪,身体和心神都疲累非常。

每每睡着,便会被父王走失的噩梦惊醒,到他阁中一瞧,果然又没了人影。她只得又惶惶地出去寻。那张俏脸渐渐憔悴,浓密睫帘如蝴蝶之翼,稍有动静便翩飞起来,极易受惊吓。

子昭马上就知晓了这些,派人看守着飞香舍。

也是从那时起，半夜她被噩梦惊醒后会看到他坐在外殿。他在她席上挂了一个银丝织成的网兜状物件，淡淡道，"它叫捕梦者，可以为你驱除噩梦。"

然而，龙篪一日不好，飞雨的噩梦便一日不能停。神仙姐姐也同受此苦，心中有往事的影子盘桓不去，于是寤寐思服。

心魔不除，区区捕梦者能若何呢？

今夜瞧见龙篪好好地在内阁坐着，飞雨松下一口气。方才东照台中看到使者被戮的恐惧还遗在她心头上，阴魂不散。龙篪盘腿而坐，上体轻轻摇晃，口中嘟囔着模糊的歌谣。殿内还有饭菜的淡香，想必宫婢已喂过饭了。

飞雨撒娇似的从背后搂住父王脖颈，微闭双眼，脸颊磨蹭他侧脸。长久以来，他是她的守护神，即便人事不省，也还是。有他在，她便有勇气厮守这漫长无光的岁月，受了再多苦也对自己默念，若是父王在，定不许他们这样对我。

即便她犯了再大的错，他也会疼她护她。

"父王，我把真相都告诉了神仙姐姐。她曾爱的人是皇帝不是成王。汉皇与瀛王铸了天海约，瀛国即将独立了。之后呢？会怎样？父王……"

飞雨絮絮地诉说着，垂眸瞧见父王掌心有细小伤痕，想是外出游荡时弄的。于是擦干眼泪，找来药膏为他涂抹。

烛火微摇，飞雨上好药后端着金丝托盘走开片刻。她身后，龙篪放松了僵硬的肩肘，因痛痒而蜷缩了手指挠痒，之后回复原来的姿势，在她回来时佯装未动过。

少女全然不察觉，她呆呆地看了父亲一会儿，闭上双目，托着腮坐在一旁，和衣而眠。

窗外，玉井苍苔春院深，桐花落地，寂无人扫，白衣公子抿唇而立。飞香舍内馥郁极浓，这有助飞雨睡得踏实。夜晚无声无息走过，星多而无月的夜毕竟太暗，他这样远远站着，几乎看不清她的眉眼了。

几个时辰之后，烛火边只余了她一人。

平江王不知何时出了飞香舍，飞雨却因了子昭刻意布下的熏香而长夜无梦，睡得甜美。

子昭微蹙修眉，唤紫姬上前，"别叫她醒来。"

第十一章 静夜思·魂梦相连

紫姬垂首答是。雪华漫天,北风如刀般割骨,她又抬头道:"主人,请早些回来吧。"

主人已走远。

瀚海阑干,百丈冰渊。小径时有蓑笠者走过,足迹很快被雪填满。瀛国是个狭长的海岛,以山为脊,平原稀少。国都奈琅城建在山之西隅,与天朝东南部隔海相望,若汉军攻来,极不易防守。

瀛军唯一的后路是退入山地,凭借着对山峦起伏的熟悉或许可与汉军周旋个把月。但若长久下去,胜的只会是汉军。

子昭默默走在雪径之上,冷笑瞧着面前那人脚步渐慢。平江王这几夜走遍了奈琅城,已经对地形足够熟悉了,然大雪骤降,叫他有些迷路。

熏香只对飞雨起作用,是因为宫婢已在喂给平江王的饭食中加过了解药。子昭用这些心思只为一事——有些话他不想被飞雨听见,索性引平江王出来说个清楚。

子昭低头走路,龙篪忽然不回身地出声。"跟了我这么久,有话就快说。"

果然,是装的痴傻。而究竟从何时起恢复了神志,追究无益。

子昭声音清晰,"我劝四殿下不要再白费功夫了,摸清地形是无用的,瀛军不会蠢到与汉军在陆上作战。"他自撑伞,睬睬看龙篪满身覆雪,不加理睬,"不杀你,只是不想她伤心。拜托你,把这一点想清楚。"

若她醒了,会不管不顾地冲进大雪寻人。

"在她被噩梦惊醒之前快些回去。不然,她一夜无眠。"

那双小脚是她身上唯一完好无伤的地方,他不愿看见它们生了冻疮。

该说的话都已说完,子昭转身回宫,走出几步却听得四殿下在身后跺脚怒骂,"小子,速速将你的伞给本王!这鬼天气可是索命的吗?"

"卑贱的瀛人的伞,高贵的汉人不嫌脏吗?"

龙篪跟上几步,虎目圆睁,从上到下从里到外打量这少年世子。许久,严厉的目光稍微松缓了些,"关心我女儿的人,我不会嫌脏。"

在瀛宫的日日夜夜,东方子昭对雨儿的心意他都看在眼里。虽然这不代表瀛国不是脏的。此次劫持贤妃要挟天朝,真真是最下作的奸人伎俩。

子昭瞥龙篪几眼,绕开他,伞兀自撑得平稳,面容平静。"你现在是个

· 148 ·

痴人。痴人，是不懂撑伞的。"

他们脚步终究慢了些，飞雨果被噩梦惊醒。就在紫姬将要拉不住她的时候，世子已寻得了平江王，返回飞香舍中。飞雨虚惊一场，再次照顾父王睡下，一转身子昭仍在外殿守着，瞳光柔和，沐过风雪忽现融冰。

"以后他不会再到处乱走了。"子昭允诺道。他的话平江王听进去了——瀛军所恃力量是天下第一的海军，断然不会傻到在陆路上与汉军开战，因此刺探地形根本无用。

飞雨不愿理他，想去为父王张罗早膳，稍一欠身，细腕被他攥住，硬是拉了回来。

宫婢左右擦过两人身际，各自忙碌着为平江王洗漱。

初桃亦在，奉了子昭的命令部署飞香舍内外的护卫，叮嘱他们看守保护飞雨父女，尤其看紧平江王。近来天气恶劣，大雪中极易迷失方向，走失了便是危险。

晚樱为飞雨加厚了被褥，熨烫过数遍的被里透着安神的熏味，闻起来舒适缓神，可见煞费苦心。

早穗将世子的朝服携来，让他在这里更换。她做这事已经十分习惯且熟练，好像飞香舍已经是世子的后宫，每每晨起必然是直接从这里去瀛宫早朝的。可她也不知道，子昭从未在殿内过夜，只在窗外守护。

紫姬自不会闲着，正悉心安排膳食。

飞雨一时失神，如今她不啻带着父王一同寄人篱下，寄的是仇人篱下。他救过她的命，却害了姑姑的命。欠他的怎么还？如果不还，怎么能一心一意地恨他？

头顶那人忽而出问，"我的话，都记得吗？"

"什么话？"

"瀛国独立，贤妃归国。之后，不争霸，不抢夺，不伤苍生，不倾天下，我不是瀛国只是子昭。若我能做到这样的话，请你一直留在我的身边。"他一气将这些话说完，像是恳求。

这些日子以来他的行为已经与哀求无异。天朝太子曾在瑶台月中断言瀛国世子意不在独立，而在争霸。可那太子错了，他毕生所谋不过为了找回那曾在六岁的她面前丢掉的自尊，为了让她明白，星与砂其实没有什么不同。

少女腮帮子鼓鼓，硬是错开目光，不回答。

第十一章 静夜思·魂梦相连

　　子昭顺着细细的手腕摸至她藏在袖底的小拳头，将它捧至面前，怕弄痛了她不敢硬掰，细细抓挠。

　　飞雨看着眼前这专注的男子，忽而惊觉这是他们曾经童年时的游戏。

　　十二岁的他就早早身负雄心壮志，六岁的她却只希望他陪着她，哪里也不要去。曾经那么怕他走开，可曾料到今日的反目成仇？

　　低矮屋檐下还未完全消尽的夏初，嗡嗡扰人的蜂儿，冷脸的男孩和撒娇的女孩。她听到自己的声音，俏生生响起，不知人间有仇恨，不知人间有别离。

　　"掰开我的手！掰不开你就输了。"

　　这时子昭放弃了努力，抓挠成了轻柔的抚摸。"我掰不开，你赢了。"他将她的拳头小心翼翼包在自己掌心中，牵起唇角，拢成几年来的第一个衷心微笑。

　　"你赢了，我不再丢下你。"

　　刹那间，泪如泉涌。

　　明媚的夏日已成为苍白的雪片，她最初记忆的男孩如同隔了千山万水之远。沧桑刻诸缺失的十年，他们都不再是当年的孩子。

　　曾经那样努力地想要拉住他，拉不住他，自己也伤痕累累。十年前那个苍白瘦削的倔强男孩曾咬牙切齿，不惜让她疼痛——你记住，我不会输；十年后他却从容而笑——你赢了，我不再丢下你。

　　哐当——

　　龙篪右臂本搭在膝头，此刻软软垂下，竟打翻了手边的烛台。银器坠地，惊起近旁宫婢一片尖叫。灯油漏出，起了不大不小的火。初桃一脚踩灭，责备宫婢们大惊小怪。

　　飞雨浑身一凛，那迷醉的过往，终于醒了。

　　"你们怎能把带火的东西放在他手边？"她怒得掉了泪，心嗵嗵直跳。奔到父王身边拿起他右手来看，幸好没有烧伤。

　　然而她再不放心叫宫婢照料，恼怒地遣走她们，自行忙乱起来。直到全体宫婢惶恐地下跪求饶，她才想起子昭还在身后立着。

　　他做的那个承诺，是个很冗长的句子，有很艰深的字眼，冗长艰深到她现在都不能完全复述。他的话，并非她刻意不理，而是真的记不得了。忽而想笑，但她怕睫上的泪珠会滴落到父王手中。

飞雨轻声说出心里的话，"让神仙姐姐回到她的亲人身边，让父王好起来，让姑姑……"终于还是落泪，她咬紧牙根，断了这残句。人死不能复生，姑姑是不能回来的。她再怎么恨他，姑姑都不能回来了。东方迟薰已死，连血债血偿都不再有人来当。

她还能怎样？

"神仙姐姐回到她的亲人身边，父王好起来。这就是我要的全部。"

世玙曾说，他的名字是天朝，他的名字是瀛国。

可她的名字只是飞雨。

他们要争的是天下是苍生，她所愿的却只是真爱能得到成全，那些应该幸福的人，幸福永远。

子昭点头，他如释重负。"真正到了那一刻，你要守约，和我在一起。"话音落地，他却不离开，依然等着。

飞雨抹抹眼睛，语气发瓮。"你等我答应吗？"

子昭摇头，竟有些轻松。"我怕你拒绝。"

不拒绝，就是答应了。

飞雨还不及愕然，子昭已经消失，怀揣对未来满溢的信心。这时天色尚清明，雪后的晴空，听风过竹，本该是惬意之日，然而无穷无尽惆怅压在她心头，不能疏解。

自飞香舍走到八幡宫的路她是认得的，于是生了去找神仙姐姐的念头。积雪未化尽，一处是水，一处是冰，她由走而跑，滑倒了茫然爬起继续疾跑，直至在这彻寒的日子里居然满头大汗。待到脚步停下，热汗便成冷汗，顺着她脸颊淌下，她伸手去抹才发觉交织了泪水。

恐惧，当然是恐惧。

醒的人，未醒的人，永远不会醒的人，怕是没有一个会原谅她吧。来到这里之前的所有意志，都被击得粉碎。她终究屈从于软弱，和那一些些却浓重的童年影子。

出现在凝云面前的，是一个泪下滂沱的少女。

"姑姑她不会原谅我的……不会原谅我的……"飞雨经凝云几番安慰才勉强刹住哽咽，姑姑二字刚从唇间挤出，又带落了好几串泪珠子。

凝云手轻抚她脊背，神色安和，并不言语。许久，待到飞雨哭够了，她

才道:"雨儿,我对你……真是失望。"

飞雨嗫嚅,双手拧着衣角,头也不敢抬。

凝云继续道:"你所知的那人,野心滔天,狡猾歹毒,想要争取何事物,会不择任何手段,不惜一切代价。"

神仙姐姐教训人的口气竟和世玛极像,威严正气难以抗拒,飞雨只是点头,说不出话。

"你所知的那人,害死了你至亲的人,至今亦不言愧疚。"

而她甚至任他夺走了姑姑留给她的圣剑,弃之海底。

"你所知的那人,是你家国的仇敌,他以他的生命去恨你出生成长的地方。"

挑起夜冥军与众生殿之间的血战,让汉人内斗,之后他不伤一卒,渔翁得利。之后挟贤妃以令天朝,博得一纸天海约,他以卑劣的手段令对岸的大国低头。

"尽管是这样,你还是不能放弃吗?"

飞雨苦笑,面颊还挂着泪痕。她也曾问过姐姐,是否要接受那山雨欲来暴风将至的命运。只不过,她对姐姐是怀疑而敬服的追问,姐姐对她是真诚而警醒的诘问。

"神仙姐姐……你知不知道,我差点就亲手杀了他。但,他真正要死了,我却还是救了他。不是不能放弃,只是……"她伸出手,食指和拇指掐出短短一段距离,"……每次,都只差这么一点点,只差这么一点点,我就可以放弃他了。"

直到刚才鬼使神差的"不拒绝",才兀然发现,一步一步地退,却在最后十步并一步地跑了回去。

贤妃目光辽远,影影绰绰几分忆,交杂着迷惑与悲戚,最终凝化成断然坚决的微靥。

"雨儿,若是怎么也不能放弃,就只有勇敢去守护。"

若是怎么也不能放弃,就只有勇敢去守护。

神仙姐姐的话总有洗涤她心灵的神效,温言劝她自由自在去爱,正如世玛盼她自由自在去飞。飞雨在她安然目光中静静平息。"可是,我没有神仙姐姐的勇敢。"

"我……又称得上什么勇敢呢?"凝云自嘲地笑,她所拥有的东西并非勇敢，而是执念——责任大于爱的执念，他人先于自己的执念。她怜爱地抚抚面前少女的头，她与她都夹在两国倾轧之间，命运由不得自己。

飞雨咂摸出这话中几分无奈，亦有戚戚，"神仙姐姐，关于'天海约'的事，你都知道了，是吗？"

凝云轻轻嗯了一声。

飞雨探问，"那姐姐想起了过去的事不曾？"

凝云指尖微颤，"仍是做噩梦，依着上次瞧见的太子的样子，我在梦中……竟能隐隐看到那人的样子了。可我不认识他，无论怎样，也不能认识。"

"我们，都想不起自己的过去呢……"飞雨苦闷，姐姐的过去关乎一段爱，她的过去关乎一段仇，都模糊得不知究竟。

"那么姐姐决定'爱'谁？"

凝云一凛，自问过无数次的问题，经由他人问出，答案依旧混沌。她摇头，却不是否认。"与国之间的敌对相比，我的爱根本无关紧要。"

贤妃必须归国，她的去路从始至终不由她自己决定。

飞雨懂得凝云的心，她知道如今她是天朝与瀛国角力的筹码，她回国不为那依旧悬在空中的帝王之爱，而为平息两国的纷争。她做任何决定都将她的责任放在首位，永远牺牲自己的真心。

"可成王又岂会容你走？众生殿已成废墟，他……只有你了。"

凝云一时不语，抿起的唇纤薄易伤。

飞雨起身告辞，临行前却隐约瞥见八幡宫后院有个瘦削沧桑的男子身影，抚孤松而盘旋。

顺应命运，抑或处心积虑酝酿着全新的反抗？

飞雨即将转身的一刻，眼角收到了成王冷冷的瞥视。他们四眸相接，她惊讶于那曾经称霸江南的众生殿之主、众生圣剑主人已经是徒有其表。他一条手臂没有了，显得十足可怜。那英俊面容很显枯槁，却不是年龄所至，而是内心的纠葛，煎熬难当。

他的眼神正似众生圣剑出鞘时猩红的光晕。

他绝望了。

若有人可以用眼神嘶吼，她已经震耳欲聋。

风割六合，东海波涛排天，晴朗是暴风雨之间的休憩。

当你以为已至结局，其实不过是路之转角。

第十一章 静夜思·魂梦相连

第十二章　良辰尽·千山暮雪

平静的日子过了很久,冬去春来,偶尔天还会落几个雪珠子,但天气已转暖。

正如飞雨的生活。

每日她如往常一样伺候父王用膳,抱着他讲话撒娇,夜晚将至了照料他洗漱、睡下。闲暇时去找神仙姐姐说话,为了帮她找回昔日记忆而陪她读汉话写就的历史典籍。父王和姑姑从前说贤妃是名满盛京的才女,读书万卷过目不忘,如今真正相处起来,她才真正叹服。

尽管每次去八幡宫,都怕看到成王独臂的身影和那日渐消沉的可怖脸孔。

子昭每夜都会驾临飞香舍,很多年后飞香舍成为历代瀛王的中宫,在那时正被一个汉女与一名汉王占据。他再不多说话,只用一切力所能及的事,沉默祈求她的原谅。

立春那日,飞雨正静看父王酣睡。木门忽开,一阵幽香飘忽而至。绛色裙裳拂过她眼角,细步走来,颔首行礼。

紫姬甫一进来,便命初桃晚樱退下了。

飞雨早便觉得紫姬与她们身份都不同,心中莫名其妙有根刺梗着,很想问她到底比其余女人高在哪里。她是想到便做的人,当即将紫姬拽出了寝殿,怕问话声吵了父王休息。

"紫姬,你不是一般宫婢,对吗?"

紫姬没料到飞雨忽然向她出问,怔了一怔,转瞬便畅快地微笑,仿佛她等飞雨问这问题已是久矣,只是后者迟钝,才费了如此久的工夫来洞察她的不同。

"不是的,我不是宫婢。我……是主人的女御。"

"……女御？"

紫姬平心静气地解释了自己的地位，飞雨听着，胸中一口气顶了上来，噎得难受。瀛宫中所谓的女御便与汉皇的妃嫔一般，是仅次于皇后的宫嫔。如此说来，她是世子的妾室。世子不曾正式纳妃，只这一名妾室，便是紫女御。

"您似乎不太舒服呢？"紫姬随即转身去打开了窗，让飞雨缓气，尽管她心知肚明这汉女气的是什么，更对此非常受用。

飞雨心一阵空似一阵，果不其然，那人是使了自己最亲近的女子在招待她与父王。她在这里，说得好听亦只是宾客而已。他居然已有了妾室，却从未对她说过，还厚颜地要求她和他在一起，她越想越气。

"他不是在汉土停留了六年，回来不过几个月，怎么会有妾室？"飞雨听到自己的声音轰隆隆响起，想必是气急败坏的模样，但也不在乎了。她朝紫姬吼着。

"说起来，其实是更早以前的事呢。"紫姬很懂如何吊她的胃口，玉扇半遮面，媚眼如丝，"恕我无礼，但主人一定不希望外人知道。"

更早？多早？比她还早吗？飞雨再也按捺不住，腾地起身，推开门跑了出去。

东照台的烛火总会明到很晚，人说从未见过世子歇息，似乎他是金刚不坏之身，可以不吃不喝不休息。可难道没人察觉他脸色总是苍白的吗？

飞雨琢磨着他平日吃些什么，她知这人是极挑嘴的，不像世玛什么都吃得开心。他能想出"日携星、云出岫、雨如潇、倾天下"那秀色可餐的美食，厨艺只怕也不俗。

想着想着，东照台已在眼前，果是灯火通明。烛火在畔，人影幢幢，议事殿中有很多人。飞雨走至门廊，一个清澈年幼的声音忽然响起，听上去是十四五的男孩，讲的是汉话。瀛王室议政时都以汉话进行，这她早就知道了。

在"焚书"前后，瀛国世子对政事进行了多重变革，力求脱去汉化，却始终不废汉语，依旧是身份高贵的人都讲汉语，身份低微的人才讲瀛语，令许多人费解。

"啊呀，请物部氏大臣不要说'差不多就好'这种话吧。无论何事，只要'差不多'三个字一出，就已经完了啊。"男孩清亮的声音极易入耳，飞

第十二章 良辰尽·千山暮雪

雨听得分明。

被抢白的物部氏是个老人,当即反驳,"小佐你太过偏激,如果什么都不管就这样向天洲发出文书的话,恐怕会挑起战争啊……"

"物部氏大臣是在叫谁呢?"小佐不服气地打断他,"在东照台,我是苏我氏大臣。"

物部氏嘟囔了几个字,似乎是"这孩子,我看着你长大的呢"。

苏我氏……

飞雨隐隐觉得这名字很耳熟,一时想不起是谁。他们在讨论何事呢?向天洲发出文书?她警觉地收紧了心神。

她正乱想,子昭的声音在那一老一小的争执中平稳响起,是他一贯的淡然,"欲知其人,则观其友;不得,则观其对手。想要改变屈辱的地位,必须要与强大的国建立关系才能做到。强大的天朝皇廷,如今是我们的盟友,亦是对手,一举两得。"

物部氏和苏我氏都不再说话了。

子昭遂下定论,"因此,文书还是按照原来的样子写,汉使来时交给他。天海约已成,任何人没办法改变,不如让汉皇知道,瀛国对任何事情都乐意奉陪。"

笔墨窸窣,低声议论,接着万籁俱寂。

世子字句从容,"现在,请各位回去度过各自的良夜吧,有人在外面等我。"

屏门半开,米黄地格与乌木小几出现在飞雨眼前。精致的优雅房阁,丹青色调,梅鹤题壁,题的是汉字的《法华经》。子昭静坐上席,浅紫衣袍,双肩深褐绶带剪裁得体。几名臣子则着靛色或青色,围坐下席。

子昭正对面的男孩看见门外站着的少女,最先出言讽刺,"这么说,是汉女来了呢。"

男孩有淡金色的肌肤,秋牡丹般俊俏的容貌。眼角有痣,恰似牡丹花瓣上的一粒斑点,美玉微瑕。

飞雨也不恼,悠悠然回嘴道:"小弟弟汉话讲得很好。"

满意地看着男孩收了那嘲讽的笑,暴怒地盯住她。

笑话,既讲着她家的语言,还好意思不屑她。

眼看不妙，子昭再次对所有人下了逐客令。

门前木梯上摆着一双浅云纹碧缎木屐，飞雨弯腰，却牵动了左韧一道旧伤，只得呲牙咧嘴地慢慢使力。指尖就要触到绣鞋时，被一只修长的手握住，再慢慢持了她双臂。

他们在木梯上对视片刻，子昭道："坐下。"

飞雨想说不用，他却已将臂撑上了她的背。无法，只得坐下。

子昭轻轻抬起她一只小脚，掌心容下那玲珑玉足，心头微微一颤，时光霎然凝止。如踌躇了许久的一个心愿终于得现，他只想那一刻无限延长。

只剩两人独处，子昭道："佐纪是苏我氏大臣的儿子。'焚书'那一回，撞柱自尽的苏我氏。"

飞雨维诺着，不知他为何向她介绍瀛宫的朝臣。想着此行的目的，她开口道："我有事要问你。"

"听起来是很严重的事。如果可以的话，晚些再问。"子昭抬手止住她，提袍起身，"我要去见个人。这个时辰是他每天最清醒的时候，不能错过。"

飞雨话被堵住，只得作罢。嘴上不说什么，小脸儿却扭曲得难看。她想要告辞，一转身被他拉住了手。

"罢了，还是随我一起去，边走边问。"

在齐踝的雪地中走了许久，飞雨依旧纠结着不说话。过了气头，她忽然后悔这样跑来质问他了，他定会觉得她在吃醋。不错，她是在吃醋。但若叫他看出了，就会明白她有多在乎他。他这样的人，知道别人在乎他一定毫不犹豫地拿来做控制别人的引线。

"我们已走过了大半程，你再不问，就没时间问了。"

她被子昭低深的声音惊醒，脸红俱被他看在了眼里。"这……"

"到底要问什么？"

不行，绝不能问。飞雨左顾右盼一阵，发觉走了半天，他们已脱离奈琅城瀛宫最繁华的处所，来到了阴冷荒僻的地方。

"……我们这是要去哪里？"

子昭顿住了脚步，回头看她，匪夷所思。"你要问的问题就是这个？"

飞雨喜不自胜，找到台阶立即向下走，"对！"子昭脸色青灰，她支吾着将话接下去，"对，我差不多料到你要……呃，带我去见个人。"

"你也差不多料到我会带你去一个没去过的地方？……所以你想问的问题，一早就是'要去哪里'？"子昭气得想笑。"傻瓜。"

傻瓜？飞雨恼怒，周身景物的确冷清凋落至极，瞧这枯藤老树破落小径，她当然不知道要被他带着去哪里。"对！那就是我要问的问题！这里连人的足迹也没有过，雪干净得出奇，定是条没有人走的小路，你为什么要走没有人走的小路呢？"

杂草渐渐丛生，石子尖刻扎脚，阴湿腥臭刺鼻，浸透着杀戮与纷争的泥沙。

这是一条没有人走的小路。

子昭忽而沉默了。为什么要走没有人走的小路呢？可他走的所有路，都无人走过。他将自己的足迹踏上去，那里才有了足迹。他走无人走过的路，做无人做过的事，一些侥幸成功，更多惨烈失败。

但他还是要走下去，不知道为什么有与众不同的心愿，不知道为什么要击穿头顶压着的人，只是，要走下去。

许多年来，他做"第一个"，也做"孤身一个"。

可是，真的再也不想独自走小路了。有人陪着，是他心爱的人，多么好。

奈琅城距东海上的鹿儿岛、对马岛都不远，雪逐渐停了，细腻婉转的岛呗徐徐飘扬，撞上远处吉峰，回音清越。

子昭不回答，飞雨听得远处传来了悠扬的岛歌，深沉浑厚的男子之声，唱的是瀛语的词，音传九天，心在无垠。

"这歌……真好听，唱的是什么？"飞雨喃喃。

闭起了双眼 心中尽茫然
黯然抬头望 满目照悲凉
只有一条道路通向了荒野
哪里能够找到前面的方向

什么时候啊
有谁也曾来到这路上
什么时候啊

有谁也会循着这去向

（歌词来自谷村新司的《星》，上海世博会开幕式上最令人感动的歌曲，曲子雄浑大气，词亦写得好，就在这一片茫然之中，我们都会找到内心的方向。不过这首曲子不是岛呗，只是姑且借来一用。）

或许有天，他真的能够坦然。或许有天，他心中孤傲的魔能永远沉睡，这名为"星"的岛歌，再也不会教他想起星与砂的分别。

为何，一定要走没有人走的小路呢？

子昭修长手指轻划飞雨细滑的手背，将它持在掌中，护在心里。"跟紧我。"

"你走得太快，我跟不上。"

"如果跟不上，就在原地等我，我会回来。"他坚定了声音，亦坚定了心意，"我再也不会丢下你。"

什么时候啊
有谁也曾来到这路上
什么时候啊
有谁也会循着这去向

飞雨郁闷地嘟了嘴。微暗夜影中，阴影却倏然向她靠近。唇被吸住，顷刻全身酥麻，沉沦在这个突如其来的吻中，酸甜交杂。风又起，仿佛有殷红彼岸花的细瓣飞抚过她脸孔，恋人吻触点在眉间、耳下，微痒，微醺。

世玛说，若一个男人吻一个女人，便说明他对她极是在意的。

子昭他，真的很在意她吗？

"你……"

他抚上她细肩，隔着厚重布衣，她周身温热起来。他吻得越发浓烈，轻咬她雪白的细颈，她衣衫褪至肩下。她忽然剧痛，他钳住她右肩的手立刻放松。

那枚被弩箭射出的紫黑瘢痕，忽然横亘在两人之间，提醒着某些深刻入心的伤痛。

各自失去的亲人,其实从未离去。

"子昭……"她想推开他,他揽住她的手臂却更紧,他狠狠吻她,好像这样就能吻掉所有不堪的过往。

滚烫泪滴灼在他的手上,他却止不住燃着的渴望。如果就这样什么都不顾该有多好,就在他的唇将要下滑时,她竭尽全力推开了他。

两人在昏暗的月光中面面相觑,陌生得一如隔世。

"嫁给我。"

"你何时有了妾室?"

"若你不答应嫁给我,明天就有了。"

飞雨这才明白过来,原来紫姬是奉了命故意撒谎。"你……混蛋!"

子昭等得也很心焦,可她迟迟不来,不免让他害怕起来,怕她真的没有那么在乎,甚至根本不在乎。幸而来是来了,却又不敢问,直叫他好气又好笑。"嫁给我。"

"到我所愿那两件事实现了再说。"飞雨手忙脚乱地敛好衣衫,还在方才的迷乱之中,没有完全复了神志。

两件事——贤妃归国,父王康复。前一件好办,后一件……却不随他所愿了。平江王不对飞雨揭破已康复的事实,原因他隐隐有些猜测,只怕那四殿下是矛盾得很,不知该如何抉择——一方面厌弃着瀛人,一方面又眼睁睁看女儿爱上了瀛人。于是索性继续装傻,直到想清楚再堂而皇之地康复,为女儿做主。

方才的温柔和耐心消失殆尽,子昭极是冷酷,他已成功消弭了她心中的仇恨,然而她还因为平江王而不敢靠近他。他对此不是没有别扭——每天与飞雨朝夕相处的是个挂名的养父而已,养父仍然是男人,没道理叫他日日看她与另一个男人耳鬓厮磨。

"迟早有一天你会离开他的。"

飞雨没有答话,当那令她不寒而栗的阴沉回到子昭脸上,她只想离开。

"你会的。"子昭盯住她双眸说出了这句,倒似命令。

子昭冷冷睇她,心魔顿生。留得平江王的命,绝对不是为了添个与他抢她的人。他博得一切都为使自己在她心目中成为强者,如今他做到了,她就不能属于任何其他人。

这时,一座幽黑暗寂的殿阁现于面前,上书三个鎏金汉字——"大安寺"。

门口一棵高大梧桐,两人刚刚落脚站定,空中划过一道白光,爆响在身侧的木干上,碎声四溅。是只瓷瓶,似乎专门朝着他们而来。黑洞般的大安寺中传出一声瀛语叫骂。

子昭从容地掸掸衣袖,冷笑道:"脾气见长。"

飞雨正发呆,手被子昭一扯,拖进了那暗无光日的佛寺。

一入殿阁,便是一股酸腐气味扑鼻而入,好似许久未通过风。室内什物俱是狼籍,被褥泛黄污渍,几件长衫胡乱搭于床头,酒瓶子满地翻滚,想必用来砸他们的便是其中一只。白刺刺瓷器边上是一堆秽物,恶臭熏天。

飞雨正掩口欲呕,子昭却忽将她拉进自己怀中,手覆上了她双眼。她推开他的手,倏地看到面前跳出个骇人的幽长黑影,吓得登时尖叫着扑回他怀里。

这野人身材很高,可与子昭平视,然而身量要魁梧结实得多。他长发肮脏打结,污泥遮住大半脸孔,只余那一双眼睛,凶光慑人,狠狠钉在她身上,似乎想吞掉她。

子昭的洁癖将将要发作,恨不能将鼻子与眉毛皱在一起,厌恶地对野人道:"去洗澡。"

野人继续用瀛语咆哮,似乎是个"滚"字。

子昭笑笑,"不洗就算了,我将瀛国上下所有的酒俱倒入东海也不再拿来供奉靡室将军。"

听闻这话,野人像被掐住了喉咙,吼叫声戛然而止,无措地哑吧着嘴,只得低头投降。子昭拍拍手,初桃和晚樱便不知从何处冒了出来,听命伺候野人洗澡。

想来,要将这么个人弄干净恐怕得费些时辰,飞雨想寻个干净地方坐下等,却实在无处落座。子昭显然宁愿站一夜也不要弄脏衣服,于是她陪他站着。

这一站果就站了很久,看着身边男人陷入不知何境的沉思,飞雨道:"耽搁这么久,我要回去看父王。"

"从今以后,搬到常御殿来住。"他顿了顿,"带着平江王便是。"

常御殿乃瀛王内宫,早在数年前已被子昭占用。

第十二章 良辰尽·千山暮雪

飞雨眸子溜溜几番，含糊地嗯了一声，依依而去。

看过龙篦，走回大安寺时，却见阁内已收拾得干净整洁，面对面坐着两个英俊公子，一个自然是子昭，另一个是陌生人，衣袍整洁却有掩不住的粗犷之风，脸廓硬朗，臂膀健壮，只那双眼睛甚是可怖。

当那熟悉的霸悍目光落在她眸中时，她讶然，竟是刚才的野人，原来沐浴更衣后也如此的姿颜雄伟，观之不俗。

一张不华丽却擦拭得一尘不染的木椅摆在子昭身边，想来是为她预备的。

野人瞥了飞雨几眼，又灌一口酒，嘲讽数句。

子昭以汉话相答，看来此人懂汉话。"没有火眼金睛，就不要对人妄下定论。"

出乎飞雨意料，野人却仍自顾自地说瀛语，这对子昭来说不啻顶撞。想想看，整个瀛国，连瀛王都对儿子无计可施，又有几人敢对世子丢酒瓶、破口大骂？这野人定是个不一般的人物，才叫子昭如此容忍。

飞雨撇撇嘴，方要转身，靡室忽将脸凑了过来，狼狗般嗅着她的味道。飞雨很是厌恶，一掌挥开。靡室再探，飞雨再挡。几招拆过，双方都对彼此的武功有了初步了解，生了惊叹。靡室指着少女怒吼几声，狠狠瞪着世子。

子昭不动声色，"不需再试了，是兵工堂无疑。她熟背那其中每本剑谱心法。"

野人双眼从铜铃张成了茶杯盖，饶有趣味地挖掘着飞雨。

子昭牵起飞雨的手，轻松起身，"明日起，请靡室大人归座，我必有倚重。"

靡室从嗓子眼儿里哼了一声，算作是答应。比起归座不归座，他显然对兵工堂中的高妙武功更感兴趣。

自大安寺中走出时已近日出，子昭心底有几分雀跃，但自觉地没有显露，因为他觉出飞雨正在快快不快。不错，若非勾起靡室对兵工堂武学的渴求，他今日不会这么顺利地说服他归座。

那昔日百战百胜的海战枭雄靡室将军，由于瀛王执意将海上常备军全部搁置，这几年来成了骄奢淫逸俱全之辈。

天海约暗藏玄机,天朝想在海上折损瀛国军力,他不得不寻回这员大将,以作预防。

她……不会是气他的利用罢。

大手装作若无其事地探抚小手,却发觉它不曾攥拳。这么说她没有生气。

"你……不是说过不倾天下吗?"飞雨终于按捺不住,启唇相问,"那么,为何要说服一名航海的武官重新出山?"

仍是傻女孩,被人利用了也一些都不知的。

子昭落了心中大石,轻松不少,"我有说过他是航海的武官吗?"

"就算瞧不出那身形气质,至少他会武功,也必是武官了吧。"少女低头嘟囔,"而至于航海,你不见他那双眼吗?眼角裂痕,眼眶红肿。喝酒是喝不成那副样子的,是常年在海上吹海风才会那样。从前我见过许多渔夫,所以知道。"

子昭笑笑,"原来你不全然傻。"

"你答我啊——"飞雨摇晃他手臂,"不是说不倾天下了吗?为何还要增添航海的武官?"

"防卫而已。"

"骗人!"飞雨心神不宁,"子昭,你……不想要和平吗?"

"是你的天朝不想要和平。"子昭平静道出事实。天海约就是一纸迁回的战书,他不能不做防备。

飞雨倏然生了怒,"是你使手段在先!"

两人不知不觉间又冷眼相向了,家国之矛盾总是在不经意间就横跨在他们中间,让好不容易回暖的爱意顷刻转冷。

她意识到还被他牵着手,登时甩开。跑开几步,她不甘心地回头问:"子昭……若我嫁给你,可以不再打仗了吗?"

子昭亦没有好心情,"你拿你自己当什么?"

飞雨闭了唇,再也没有回头。她是极记路的人,可以自己走回飞香舍。

子昭凝望她背影,又为飞香舍中的男人而不快起来。这一整天,他为引她吃醋而处心积虑,到头来却发现她轻而易举地让他更加吃醋了。他提起脚走向飞香舍,必须把话对平江王说清楚。

然而刚刚走到半路,初桃急匆匆出现了。她焦急不已,对他附耳道了几

第十二章 良辰尽·千山暮雪

句话，他神色大变。"紫姬做什么去了？"

初桃为紫姬辩护，"若平江王要走，一个女人又哪里拦得住他？"

此刻，少许素然飘落的雪花微微播洒在子昭肩头，飞雨寻人回来时必定又全身冻僵了吧。子昭在原地愤怒地踱步，平江王跟飞雨一样是想到哪里做到哪里的人，从来不管后果，不顾自己，也不顾他的女儿。

子昭闭目沐雪，他不会再叫她受这种苦了。

"叫靡室去。"

初桃迟疑，"靡室将军大人？只恐他应付不得那……"

"他应付得。"

初桃领命而去，子昭迟疑片刻，使人找来了紫姬，吩咐道："待她回来，直接送到白滨。备辇，我现在过去。"

紫姬临走前蓦然回视。白滨是奈琅城中最宁静幽雅的一处温泉，历来只有瀛国王室可用。"主人……终要给那汉女一个名分了吗？"

子昭眼亦不抬一下。"与你无关。"

紫姬身体微颤，主人命她与汉女说一句假话，她说了，说得真实无比，全因为她心中无比渴求的希望那是真的。若她真是他的女御该多好，初桃晚樱早穗亦爱慕他，瀛宫中没有哪个女子不爱慕他，然而他只选了她来说这句假话，让她一瞬做起了美梦。

美梦很快过去，他冷冷说，与你无关。他说这话的时候甚至看也不看她一眼。

紫姬咬唇，瞳中闪烁。"妾僭越了，请主人原谅。妾有件事不得不对主人说——若主人真的有意迎娶飞雨小姐作妃，她必是极乐意的。"

子昭这才抬眼看她，因为听到了飞雨的名字。

紫姬盈盈笑开，"她真的极乐意呢！妾今日听她说了'和亲'之类的话，她说她作为汉宫郡主，若能下嫁瀛王，也算为天朝再次收复了瀛国。'和亲'什么的，的确是件好事。"

此时天边微白，玉带横陈，朝暾吐光，渗着斑点的血红色。

郡主，和亲，下嫁。

她刚刚还在问，子昭，若我嫁给你，就能从此不再打仗了吗？

他本以为她是个头脑简单的傻女孩，什么也不懂。其实她一直都懂，她依然在以大国千金的身份低头俯视东海瀛洲的蛮夷。本以为她失去了从前的记忆，又全心以为他是救命恩人，就可以倒转他们两人的强弱，让他成为拯救她的人，让他以强者的身份来庇护她。

却不料，他用了满身风雨去捡回的尊严，对她来说仍一文不值。

徒劳，还是徒劳。

有人来报："世子，天朝的使节到了。"

子昭点头。他强定心神，收拢了茫然随她的空落，眼神中厉意又生。若汉使再次绕过他直接与父王商谈，已经捅下的篓子势必要进一步扩大，他不能眼睁睁看着这得来不易的一切付诸东流。

错过一步便是错过一生，他们对美好未来的念想，终于断绝在那一日。

瀛国多发地坼，那次的地坼却永远印在了他们的心中。

那一日，天崩地裂，山河失色。

恍惚忆起对瀛国的初想，飞雨只记得这里的房屋俱矮小狭窄，方格子般紧挨在一起。室内或许精致典雅，却难免输给汉土那些高屋建瓴的宏大气势。若非那一场梦魇般的地坼，她大概永远也不会懂，为何这一方水土的子民终生必须住在低小屋脊之下。

瀛国多发地坼，又因近海，山脉狭长，威力来时被加强数倍。天亮时那场由濛转稠的血冰雨，便是征兆。她只觉转眼间遍地决破涌水，井水本湛静无波，倏忽浑如墨汁，泥渣上浮。

池沼之水，风吹成荇交紫，无端泡沫上腾，若沸煎茶。

海面遇风，波浪高涌，奔腾浮汹！

对着这从未见过的地动山摇，飞雨方寸大乱，忘了逃跑，愣怔瞧着身边土地开裂，吞噬了一座座房屋，来不及逃走的人被断壁残垣、飞沙走石击中，掩埋，一时哀嚎遍野。

此时，天地倒转，乾坤失定！

而她只知，要找父王，她不会让父王与那些方盒子般的窄屋一般，在这异土上被大地吞没。她闪避着面前豁然张开血盆大口的崎岖路途，耳边轰隆声若雷霆，人们尖叫着四散逃去，寻得空地便瑟瑟地站立不动。她怕得浑身发抖，却一刻也不敢停下脚步。

"父王——"

第十二章 良辰尽·千山暮雪

飞雨知龙箴不会回答,却还是抱着绝望大声呼唤。

然而,她的呼唤有了回应,腰间被人用力一揽,跃出百步之外。她撞在这个熟悉的坚实胸膛中,含泪讶然,却笑得灿烂。龙箴拉着她奋力奔跑,一手护着她的头,为她遮蔽不时如雨点般飞来的重物。

奈琅城的南隅依着一条狭长山脉,峰峦起伏,此刻风雨大作,和着地裂的怒吼,积了泥与石,咆哮着翻滚下高处。仿佛有巨人将一整盆泥石浆水倾倒至这里,卷走人畜车马,覆盖房屋街道。

飞雨被这天塌下来一般的景象骇去了魂魄。

龙箴经过这数月的行走,早已对奈琅城地势了如指掌。他紧紧抱住飞雨,朝着南隅吉峰下的一处架状岩石而去,躲在那里应可保得他们熬过地坼。

然而,长久生活在安逸汉土上的龙箴对如何躲避这天灾也不甚熟悉。

吉峰的巨石泥沙还在喷涌横流。水声如鞭,抽打着他们跑过的每一寸土地。距架石只余十步之遥时,龙箴手腕翻转,用尽全力将飞雨抛了过去。

飞雨脊背重重撞上岩石棱角,痛得直吸冷气。

紧接着,她眼睁睁瞧着他高大健挺的身躯被泥流卷走,就那样消失在她眼中。她脑中轰的一声,仿佛心神俱废,不能动弹。

父王,被卷走了?

然而,就在下一瞬,浑身泥浆的龙箴又从湍流中一跃而出,落在她身边。

飞雨咳出几个哭音,连眼泪都吓得不敢落下。她用尽全力狠狠扑住龙箴,挂在他脖子上嚎啕起来。

龙箴抹着脸上的泥,大吼一声,"死丫头,你要勒死我了!"

"我就是要勒死你!……被你吓死了!"飞雨哭喊的声音几乎压过了外面的隆隆。龙箴被吓了一跳,懊恼地揉了揉耳朵,用一只泥手拍着少女的背,不知不觉竟也抱紧了她,如同劫后余生。

待到地坼过去,声响平息,龙箴宠溺地抚抚飞雨的小脑袋,自夸道:"傻丫头,本王要死也得埋着汉土死,哪能叫瀛土吞了?"这话惹来飞雨一记怒搋,龙箴松开她的腰,抱头鼠窜,却抵不过飞雨的追打。

"你还敢说死,你还敢说!"

"哎呦……死丫头，反了你了……哎，雨儿，你父王一把老骨头，地坼没摇散倒要被你打散了！喂，你……别扯我头发啊，这头银发好看得紧，我还想留着呢！"

飞雨留意到龙篴的一头白发，心中黯然，停了手，又蜘蛛般张开手脚攀在他身上，紧紧搂着，才觉安心舒畅。她并不知道龙篴早已回复神智，是另有原因才刻意隐瞒，只觉从未有过的安全。

她鼻子酸酸的，想起逝去的姑姑，一时不知该对父王说什么好。

龙篴听着她的呜咽，心疼得无以复加。"雨儿，别哭……"

飞雨不依不饶地抽抽搭搭，仿佛也要连带着哭出这大半年来所有的委屈和酸苦。

龙篴抓耳挠腮地不知如何安慰，想起什么，从怀中摸出一支瀛国闺秀常配的扁圆金凤錾银钗，哄孩子般送到飞雨面前，巴巴地赔笑求饶。"雨儿，再过几日是你十七岁的生辰了，这钗子我瞧着好看，便讨来收着，想着……许有一日能给雨儿。"

飞雨抽噎着接过银钗，打量几番又恼怒地丢还给他。

"这样的钗子是嫁人女子才带的！"

龙篴讪讪地拾起钗子，捏在手里，两条剑眉拧在了一起。他恢复神智后的这些日子，为何能顶住心中的愧疚，瞧着雨儿为他着急伤心而继续伪装下去？无疑，是因为有东方子昭的守护。

他知道，即便雨儿受了冷掉了泪，东方子昭依旧会为她挂一只捕梦者，依旧会在她的窗外无言凝视，依旧会用自己的心口为她温暖双脚。他也知道雨儿开始喜欢东方子昭的陪伴，她夜晚有时会对着捕梦者含笑呢语，仿佛对面的是个人。

龙篴笑笑，东方子昭的警告言犹在耳——他之所以不杀自己，完全是因为怕她伤心。

苏醒之后的几个月，他在外游荡，将瀛国的地势天状、军力民情摸得一清二楚。他知道凝云身在瀛国，东方子昭挟贤妃以令天子，交换瀛国的独立。

他也知道，东方子昭想要的远不止独立，而是瀛国在东海上与天朝大国分庭抗礼，决胜天下。他还知道，皇兄绝不会放过胆敢扣压贤妃的瀛国，"军国之盟"是天朝开始削兵海岛的第一步。他的皇兄会运筹帷幄，让东海

第十二章 良辰尽·千山暮雪

掀起惊涛骇浪，吞没这一方孤岛。

天海约的缔结并非纷争的结束，而是开始。一旦凝云归国，天洲和瀛洲终要以鲜血和刀剑来决出一个胜负。

没有想到的是，东方子昭瞧出了他的伪装，一针见血地指出地小物薄的瀛国不可能蠢到在陆上与天朝作持久战。

这人坦诚到这个地步，绝然出乎龙篪的意料。

这狐狸般狡猾的小子，对雨儿却是真心的呵护，直至答应她不会争夺东洲霸主的地位。

龙篪从不是胸怀家国大志的人，他却想过，雨儿或许可以劝得东方子昭收手，继续做他富甲天下的一岛之王，不毁这繁华东洲，锦绣社稷。

而这，首先需要雨儿无负担地与东方子昭相爱，这份爱不染权势，是单单纯纯的爱。

这也是为什么，龙篪一直隐瞒女儿，没将他刺探瀛国的所得交给她，而是交给另一个女人，另一个堪当重任、也必须当重任的女人。

到最后他还是愿意他的雨儿不染皇权的咸腥，只为爱而痛而伤，那么这痛这伤，也美好得单纯无暇。无论结局如何，她总会不负这一场倾国之恋，回味时心有余香，惘然亦感叹。

他不会让雨儿背负这重任，更不会逼她成为背叛所爱之人的罪人。

在今日之前，他对雨儿说的最后一句话是，枉我养育你十年。他看着婉依被东方子昭的人射死在面前，看着殷红的血遮蔽了她一双紫瞳，还记得那在他怀中溘然而止的温热。

其实，天长地久有何用？久到生了厌，久到你不再记得你与她曾有过很多惊心动魄，很多悲欢离合。

后来他懂了，她也懂，其实那是他们有过的最好瞬间。

婉依终是在他怀中死去，那血流下的双眼在微笑，对他说"带我回家"，那一刻已足够久长，够他爱恋到地老天荒，够他带着所有悲痛欲绝，倾心用自己余下的生命照顾好雨儿，扶着小树苗长到参天，之后，去与婉依团聚。

龙篪将那婚嫁女子所配的银钗收回身上，拍着少女的肩，笑道："不喜欢就算了。明儿个父王再带你去买新衣裳作礼，跟你十六岁生辰时一样！"

飞雨笑容明媚如夏光，尽管外面冰天雪地。她抱住龙篪右臂，摇晃着说:"好啊,你可不许食言!不过,我还要件大礼。"

"什么大礼?"

少女嘟囔几个含糊却甜蜜的字眼儿,羞红了脸。"叫东方子昭给你敬杯茶,我恨死他了……"

龙篪哈哈大笑,"敬杯茶?死丫头,你那点小心思我看得清清楚楚。女大不中留,你既爱他,就大大方方爱。那些个劳什子的国之争端,断不能让本王的女儿不能爱她想爱的人!"

他收敛了笑容,一时不知该如何开口,"对于你和那小子以后的路,改日我要给你细说说……"

飞雨满不在乎,故意要气他,"谁说我爱他?我爱你呀。"

龙篪拊掌大怒,作势要打,"你屁股又痒痒了是不是?"

飞雨叉腰,高昂秀颈,一点不怕。她大声回嘴,震得架岩嗡嗡直响,"怎么?我就是爱你,姑姑在时她爱你,姑姑不在了我替她爱你,我爱你,我爱死你!"

飞雨说着说着,眼中盈盈有泪。是她害死了姑姑,她永远不会忘。如果父王不许她和子昭在一起,她二话不说地顺从。她应该为姑姑赎罪,而且应该为了这罪受到报应,任何报应。

龙篪心中酸楚,将她抱进怀中,温颜安慰,"雨儿,父王不怪你了,你也不要怪自己。"

飞雨听着,泪珠扑簌簌掉下。她抹抹眼睛,抬头对龙篪说:"父王,你就让我怪自己吧,不然……我会怪他。"

龙篪一瞬黯然,又扬起眉揉揉她的头,拍着胸膛道:"父王给你出气便是。"

"那你可不许食言。"飞雨幸福地拥住龙篪,不想深究他究竟为何恢复,何时恢复。她只知父王回来了,便再不会有人敢欺负她。

这时地坼已经过去,龙篪推着飞雨往外走。奈琅城中一片狼藉,碎瓦遍地,余生的人们俱在沉默地收拾残局,不哀怨,不嚎哭,面上都是淡漠而坚韧的神情。仿佛天灾是这个弹丸小国与生俱来的原罪。瀛人不能选择出身,便只得在历练之下逐渐认命,学会摔倒后重新站起。瀛国百年的外海探索,不畏狂风骤雨,不畏海盗劫掠,才有如今的资财倾世。尽管他们坚强的方式是自己也变成强盗,然而他们是伊露卡,表面依旧聪慧顺从。

第十二章 良辰尽·千山暮雪

飞雨看着远远近近的人群，问龙簆道："父王，为何汉人说瀛人都是残暴的？瀛人做过什么？"

龙簆笑笑，瞧这丫头说"汉人"的样子，仿佛她自己不是汉人，成了瀛人。"雨儿，我知道人人都告诉你，兵工堂一生下来就是瀛国的家当。但我要告诉你，兵工堂实是西域驾休国的宝库，天煊帝时驾休归顺，这宝库也就成为了历代天朝皇帝的管辖。我问你，你有没有见到过汉皇用兵工堂中的武学与兵器去屠杀无辜？甚至，他是否曾经染指过其中的一兵一剑？"

飞雨摇头，的确没有。

"可瀛国用了！用它来屠杀无辜！然达氏作瀛王时，皇兄刚与瀛国结盟，为表诚意，天朝与瀛国分享兵工堂的营造绝学。你可知道，然达氏用兵工堂做了什么？"

龙簆颇是愤怒，"他掏空了几乎所有绝学，全部真金真铁地铸造出来，之后挥兵入西域，入侵西域几国，屠杀数十万平民。

"结盟时，天海定约——皇兄为瀛王训练骠骑，瀛王为皇兄训练海师。几年后，天朝海军有称霸之力，却不称霸，只保卫天洲近海；而瀛国骠骑呢？用着汉皇军队的训练，用着汉皇分享的兵工堂，扫荡了整个西域，屠戮子民，侵占田地，起因不过是为了打通西域商旅，占有土脉宝藏。

"而西域诸国将全部责任推到了我朝皇帝的头上！雨儿啊雨儿，"龙簆苦笑，"这便是所谓'大国的苦衷'。西域小国理所应当地认为'天朝大国'是东洲的'家长'，应当保护他们不受伤害，可经汉皇手中分享出去的兵工堂，让他们遭受了灭顶之灾。"

瀛王的西域大屠杀之后，瀛人成了被整个东洲唾弃的禽兽。天朝也受其牵连，丧失了大国的威信与震慑，许多小国脱离其管束，再也不信任东洲曾经的主宰者。紧接着便是西域群龙无首的十年战乱，不信任带来了更多的不信任，死伤带来了更多的死伤。

这一切都因了瀛王的贪欲而起，然达氏陷西域于战乱，陷天朝于不义，他的瀛国却因了天然的海垩而隔岸观火，悠哉地与西洲交游，继续大肆敛财，发展国力。

飞雨听到这里，脑海中浮现的是上官哥哥。那沉默的驾休国侠客，瞳底总是无穷无尽的悲哀，他的沉默内敛，他对世玛无条件的顺从，无不打着深刻的小国烙印。

驾休国亦是小国，但比之大发横财的小国瀛国，它要么被汉军攻陷，要么被瀛军屠杀，百年以来俱是被欺凌的命运，从没有挺直过弯曲的脊梁。

龙篦瓮瓮笑道："那姓上官的男孩子有一半汉人血脉，这才能有幸在太子身边伺候！若他是个完全的驾休人，生于那里长于那里，那么除了被挫败就是被统治，可怜至极。"

他舒了眉睫，望向瀛宫的方向，竟有赞赏，"雨儿，我不是因为你才赞他，但东方子昭——我们且不说他走的是否是正确道路——他有胆走小国之主们从未走过的路，并一路走到赢，不可不说实在有胆魄有智慧。若驾休国有这样的男子，亦不会亡国了！"

平江王啧啧，"像皇兄那样的王者，都看重开土拓疆，让版图一步步扩大，我敢说世玛以后也会是这般的皇帝。可拓疆拓疆，能拓到天上去吗？世间应该有许多国，应该人人互不相同但彼此平等，这才是好的天下。如果我们都恃强凌弱，弱肉强食，强的为了更强而去践踏弱的，那么与野兽又有什么分别呢？仰望头顶大树的同时，也不要践踏了脚下的花朵啊。"

飞雨听不太懂父王的话，只轻轻复述了其中的一句。

仰望头顶大树的同时，也不要践踏了脚下的花朵。

很久之后，她才对这话的意义体会深远，那时的她已不是幼稚少女，而是剑悬天边的九天之凤。然而她仍会记得这关于和平与平等的最初启蒙，父王用最浅显的话教会她最深刻的道理。

仰望头顶大树的同时，也不要践踏了脚下的花朵。

有树有花，才是好的天下。

龙篦仍在喋喋不休，"雨儿，野心终究是不好的。若你嫁了东方子昭，做了东方王妃，或许可以说服他从此安静，还东海一个和平。"

飞雨双颊绯色，避开话头。"你继续说啊，后来的瀛王为何不是然达氏，而是东方氏了？"

瀛国西域大屠杀之后，天洲皇廷的威信用了十年的时间才一点点再次建立。但那死去的数万条无辜生灵，用再多的十年也不能回来了。

汉皇龙颜大怒，盟国关系那时开始破裂。然而汉皇龙胤并不想与瀛国开战，海岛势力他不会轻视，更不愿挑起战乱让更多人丧命。天圣帝便是在那时道出了那句话——弱帝养兵，强帝扶王。

第十二章 良辰尽·千山暮雪

不久后，然达氏毫无征兆地病逝，天朝皇帝暗中捧出贤士东方遥即位，从此瀛国安稳，再不侵犯别国。龙胤还封了兵工堂，再不许人染指。

飞雨瞥他几眼，"可你不是'染指'了好多年？"

龙篪扬高了头，"我可是他亲弟弟，能是'人'吗？"

飞雨翻起了白眼，"……你不是人。"

龙篪果然大恼，"死丫头，连你父王也敢骂！"她给他面子求了个饶，他这才作罢，望着不远处的吉峰道，"咳咳，还不是因为贤妃身在南垂谷中，他才破了例。而且，我只用兵工堂的东西保护你姑姑而已。"

飞雨无言，只挽住了他手臂，捏得极紧。龙篪揉揉她的小脑袋，一声原谅，在这至亲的两人之间本不需言语。

"东方遥是老实人，东方子昭却不老实，我真是奇了怪，瀛国这许多年也没出这等心比天高的人，他到底是打哪儿学来的？大约毕竟年少轻狂了些，野心太大，需有个在他心尖儿上的人去化解才是。"

飞雨暗暗觉得父王这是拿话敲打她，好像他野心大就该她去化解似的……

龙篪顿足，低头认真打量飞雨，神色凝重。这几日他在做着什么，雨儿不知道，东方子昭恐怕也没有察觉全部。贤妃归国之后，东方子昭手里其实还掌有一个重要筹码，可以用来要挟天朝。

飞雨粉颊黯淡，秀睫低垂。"父王，他昨天……"

"吻了我"三个字还不及出口，这句话被截断在嘴边，她被龙篪一搂，额头撞上他锁骨，痛得眼冒金星。

飞雨刚要叫喊，身体被他掀翻在地，几只弩箭擦着她衣裳滑了过去，嗖嗖的声音让人胆寒。她回眼一瞧，身后不知何时出现了一队瀛装死士，个个手持乌木镶金的弩器，朝他们袭来。她刚要起身，却被那更紧更密的弩箭雨逼回了地面，趴着不敢动弹。

吉峰脚下，奈琅城再度爆响如雷霆般的杀气。

人们四散逃开，生怕被殃及。

飞雨刚刚回复的心神又慌乱，耳边听得龙篪怒骂一声，拔剑击开弩箭，铮铮几声，剑刃出痕，可见弩器力度之大。他拽着她又狂奔起来。

这些是什么人？怎有人敢在子昭的脚底下追杀他们？

黑衣瀛人越来越多，围着他们的去路，冷眼瞧着他们如笼中困兽，被渐渐包围。龙篾迅速地四下探看,所有通往瀛宫的路都被封住。只有逃入吉峰了!龙篾一咬牙,后退几步,带着飞雨一同遁入重峦叠嶂的吉峰岭之中。

死士们眼看着两人如影子般迅疾消失,刚要追过去,脚底大地却再度摇晃,土石如雨点坠落,不准却狠,似乎夺人性命的阎罗使者。

是地坏的余震!

首领的一个惊慌失措,对手下大喊道:"回撤!回撤!"

此时飞雨已被龙篾拽着跑进山中,不然她会听到,这些着瀛装的刺客,说的竟是不带半点口音的汉话。

泥沙再次滚滚而下,飞雨与龙篾一同被困在了山中,后来是久长的暗无天日,她甚至不知他们被困了几天。

天降大雪,千山鸟飞绝,万径人踪灭,仿佛瀛国所有天灾都赶在那一日到来。老天弄人,她的十七岁生辰,却成了父王的死祭。她永远会记得血的味道,无关杀戮,无关仇恨,那是龙篾割破臂膀为她止渴的血,喂到她口中,腥甜温热,而且粘稠得像米粥,她几乎要咀嚼才能吞咽。

他们被困在一处山洞中,逃脱了翻滚如沸的泥石流,却也被封在洞中,不能推动那如天碎裂而成的石障抵门。

龙篾脸色煞白,后悔地自责道:"怪我,都怪我!凭几个瀛人哪里是我的对手?我该拉着你硬冲过去的,为何要退入这深山中?"这时周遭已冷如冰室,他脱下自己外衫,为飞雨披上,自己也冻得发抖。"……雨儿,别怕,我定会找到路出去的,本王绝不死在瀛土之上,区区石障能耐我何!"

飞雨皱眉,双唇已冻得毫无血色,一对星瞳还恶狠狠瞪着他。

龙篾自觉失言,一拍脑袋,"好,好,我不提死字还不行吗?雨儿,待我恢复片刻一定可打通道路的,别急,别急啊!"

可他也三日没有进食,如何还有力气呢?飞雨咬咬牙,道:"把那支银钗给我……"她接过银钗,褪下衣袖,在自己小臂上划出一道深深的口子,鲜血涌出,她痛得抽了一口冷气,举起手臂伸到龙篾唇边。

龙篾愣怔,眼眶渐渐湿润,他攥住她的细腕,唇齿压上那柔嫩肌肤,用力吮吸。飞雨知道他也看到了她手臂上的其他伤痕,他还不知道她曾被东方迟熏用酷刑折磨过。

她只想用自己的血为他解渴,尽管他不曾生过她,却值得她以血相还十

第十二章 良辰尽·千山暮雪

· 173 ·

年的养育之恩。

龙箎抹去唇边的血丝,对飞雨怒吼,声音沙哑,"死丫头,待我们出去,这顿打你是挨定了!一点都不知珍惜自己?"

飞雨裹着他的湛蓝衣衫,小脸虚弱地挤出一个笑容,却比哭还难看。她惧怕地想着要挨打,也欣喜地记着,他说过要为她买新衣裳庆生。在龙箎身边,她总是会变得无比天真幼稚,坚信一切都会好。他定会保护她,让她成为世间最幸福的女孩。他曾给了孤苦伶仃的她一个家,她感激上天的恩赐。

而当他最终把命也给了她,她却恨不得捅破天阙,将神灵一个个斩首放血。

那之后的无数夜晚,飞雨独立月下,对天诘问。

天神,你们是聋的、瞎的?

如果这是报应,都报应在我身上便是,为何要他替我受了?

那时的飞雨,看着龙箎仿佛被她的血激起了毕生的力气,双掌抵石,内力顿施。奋力一击之下,石障立刻碎裂弹飞,他们终于逃出了生天。

然而,龙箎第一步跨出去,就被漫天大雪逼了回来。六出冰凌仿佛曾经南垂谷中的桃林花雨,扑面而来,铺漫他们的视野前路,深埋至膝。在这白茫一片中,那些黑衣刺客出现得格外明显。

龙箎心道,绝不能让他们将自己和雨儿困在洞中,但雨儿此刻又冷又饿,根本跑不快。眼神一闪,他转身对飞雨道:"躺下,别做声。"随即由洞口跃出,引着追兵向另一个方向逃去。

飞雨来不及唤他,看着他第二次消失在面前,一时连呼吸都忘却。她盼着如上次那样,龙箎不过短暂浸入泥浆,下一刻便会跳出来,虽然脏乱狼狈得如同泥猴子,却好端端、活生生,轻蔑地说着不会被瀛土吞没。

然而他没有,洞口不断灌入绛雪,飞雨盯着那白花花的空洞,直到眼睛都痛得流泪,他还是没有回来。她没有耽搁更多功夫,闭目,吸气,披着龙箎的衣衫站立起身,跃入那险峻深渊、悬崖峭壁般的天地冰室。

那是冬去春来之际的最后一场雪,亦是最冷酷暴虐的一场。

飞雨在雪地中一脚深一脚浅地奔跑,四下张望。

她紧咬嘴唇,直到血几乎将双唇黏住。

飞雨双眼被雪色晃得眩晕,他在哪里?他把蓝衣给了她,里衫若是白色，该怎么看到他？父王，你在哪里……时时梦回那一刻，飞雨不知当时的自己在怕什么，或不怕什么。

父王是绝顶的高手，几个寻常刺客根本不会伤到他，他只是怕她受伤才引刺客离开。他一定在哪个山头上，正得意洋洋地等着他的雨儿，还会向她炫耀，本王这般的天才怎么会死在瀛人手上……

然而，若当时着白衣的他能被她瞧见，也只能是因为血，谁的血？

飞雨眼角忽融进一块黑红的圆圈，她下意识闭了眼睛，不愿去看。风愈疾，摧枯拉朽，山欲崩，地动天摇。她为何没听到龙篌的声音？她为何没听到他自夸的大笑声？衣袂撩风之声簌簌穿过她身，她蓦地睁目，一个肃黑身影自她眼角擦过。那野人般的凶悍目光，她记忆犹新。

她陪子昭一同去拜访了他，她帮着子昭启用了他。

他，杀了她的父王。

靡室，是靡室。

当她不想离开父王，他那样咬牙切齿地说，你会的。

飞雨瞳孔已成血崩般的通红。她跌撞地跑到了龙篌身边，他还温热，双眼还睁着，银发散乱在血泊中，渐渐也染红。"父王……父王……"

龙篌却听不到飞雨的声音了。他眼神遥遥坠向远方，那俊面上是笑的神情，这笑是自嘲，仿佛老天与他开了个最大的玩笑，玩弄了他一生的爱与救赎。

"婉依……我不在乎……你为何要瞒我，我不在乎的……就算我是你的……可我，不……"

飞雨愣在那茫茫雪风中，面上一阵刺痛的滚烫。

龙篌喷出一口血，染了她满脸。他合上双目，手重重垂下，再不动弹。

龙篌是甘愿赴死的，只为去与婉依说他不在乎。他终究选择了去对婉依解释，去跟婉依作伴。他将飞雨独自一人抛在了这覆盖千山暮雪的冰冷世间，独自恸哭，独自过活。

飞雨的泪水将双颊冻了起来，父王死了。

父王，死了。

怪不得，几个草包刺客却能伤到父王，怪不得，那要他死的人如此放

第十二章 良辰尽·千山暮雪

· 175 ·

心。原来他的武器是那个秘密,他曾经答应过她不捅破的秘密。在瀛国,除了他,还有何人知道这秘密?

飞雨紧闭双眼,恨得心痛欲绝。她自龙篌衣衫中摸出了一张素宣薄纸,那上面是奈琅城的地形图解,守兵分布。

她懂了,懂得太晚,懂到心全部绞在一起,绞到极致连血都绞干净了。

若她还曾妄想过一切都是误会,至此已绝望。

这时,一只手搭上了少女纤瘦如许的肩,飞雨早已毫无知觉,耳边飘进一句嘲讽的瀛语,"这个好像属于瀛国。"

靡室自飞雨指间抽走薄纸,蔑视着这玉雕一般的碧色身影,一不留神,飞雨却翻转手腕,掌风朝他袭来。靡室大惊,被她攻得节节后退。尽管他有剑,她赤手空拳,他却不能占得上风。在大安寺中他们都领教过彼此的功夫,如今血海深仇,她以命相搏,虽然虚弱已极,却是哀兵必胜。

飞雨早如行尸走肉,她不顾一切地顶着他的秋叶刀向前冲,以自己千疮百孔的身躯为代价,要将他置于死地。

血气四溅,靡室意识到面前的不是个女孩,而是个心神入魔的疯子。她全身伤口都被冻得开裂,那疼痛和麻痒像一千只虫子啃咬她身体,她却只知要让这凶手为父王偿命。

靡室这才明白飞雨为何要对他疯狂进攻。她是误解了他!

"我没杀他,不是我杀的!"

他的汉话不好,在这剑气如雷的时刻更不能听得分明。飞雨身手本就远胜于他,如今仇恨弥心一根筋地疯狂进攻,不出几十回合就将他逼至了悬崖边。他碍于世子,不能对她动手,却也快没了耐性。

就在他心浮气躁要爆发的一刻,天际忽传来渺渺籁音,如碧海潮生、远洋光射般,优雅却蛮横地倾倒入他心神。全身经脉顷刻被封,他踉跄几步,撑着秋叶刀勉强站稳。

白凤般的雪衣少女从天而降,绝美容颜上神色冷冽。紧随而至的黑衣剑侠,清俊脸孔满是担忧。

殷令雪,与天朝使者上官浩枫。

靡室心生赞叹,这便是汉土独步天下的凌波仙子殷令雪?"漫雪天音"神功果真名不虚传。而她身边的俊逸男人正是汉使上官浩枫,一黑一白,一对璧人。他们也是奉命来找寻平江王父女的?

可别也认为是他杀了那男人……

飞雨被上官浩枫制住双臂,不能再歇斯底里地发作。她呆怔地瞧着上官哥哥,没有落泪,她已无泪可落。姑姑死了,父王也死了,她的泪,从此还可为谁而落?这世间,还有一个她可以为之痛哭失声的人吗?

上官浩枫见她满身是血,消瘦到脱形,竟不敢相信这就是一年前分别的那个明媚少女。她怎么变成了这个样子?若是太子知道会心疼到如何的地步。

他向一边已断绝气息的平江王细细察看,与殷令雪交换一个眼神。

殷令雪立刻回身钳住了靡室。上官浩枫冷冷瞥他几眼,又看回飞雨,如今平江王和飞雨重要。若真是靡室杀人,他自饶不了他。

他出使瀛国只是为迎回贤妃,却不想撞上了连年不遇的天灾。

地坼,山崩,泥石流,大雪,天灾跟着人祸,乱世烽烟将起,冥冥中自有天意?

第十二章 良辰尽·千山暮雪

第十三章 天亦老·相思无岸

飞雨再醒来时身上已裹了温暖的棉被，初桃和晚樱忙着绞毛巾端热水。上官浩枫与殷令雪占了一边一个窗口，各自朝不同方向凝视，姿势却相像得如镜像。凝云亦在，坐在床边，焦急地瞧着她。唯独没有子昭，他的捕梦者还在她头顶摇晃，他却不在。

飞雨冷笑，不敢见我了吗？她蓦地坐起，众人听到声音都凑了过来。

"……父王呢？"

"平江王已薨。"上官浩枫据实相告，攥紧剑柄。

飞雨猛地咳出一口血，心口痛得几乎要裂开。她愣愣睇着那猩红一片，全身浸没其中，一点点被拖入海底深渊。她吐出的是父王喂给她的血，父王死了……

她全身鞭伤都被那弥漫千山的大雪冻裂，里外痛楚夹击着她，炼狱般的折磨。她竭力将自己身体挪下床，赤脚踏上那双碧玉缎鞋，却肿胀得塞不进去。她头晕脑胀地想向前走，每走一步都是钻心的疼。

她要去找他，她要亲耳听他承认或否认。

门帘半卷，冷风呼喝着灌入她衣领，霎时让她清醒不少。她摸索着跑出门去，上官浩枫出手阻拦，她用力推开。

此时寒夜凄凄，飞雨奔到东照台，却见一片黑寂，他不在。幽暗宫阁中几片月影如血可怖，樱枝枯哑，有鸦在上，嘲笑般地哇哇几声振翅飞走。飞雨茫然走出宫阁，抱住双臂，冷得不能呼吸。她紧闭双眼瘫坐在庭院中，泪如泉涌。

刚醒来，看到的就是他的捕梦者。他说过这会帮她捕住噩梦，让她安然入眠。

就在她以为可以抛开一切听从自己的心之时，他却又在暗处狠狠剜她一刀,看着她血流成河。伤她没关系,为何要去伤她父王?

飞雨正怔忡,面前却投下一抹绛浓色的孤影。举眸看去,是紫姬,似乎消瘦苍白,脸庞深深凹陷。这病颜美人,平白使人生怜。飞雨不顾一切攥住她双肩,语无伦次地问道:"他在哪里?"

紫姬瞳光幽索,满满恨意如刃犀利,她一根手指一根手指掰开飞雨握持她肩的手,捏在自己手间恨不得捏碎。她居然问他在哪里。他在白滨等了她三天三夜,她可知道?

飞雨刚要再求,却觉有冷硬之物抵在她腹前,剧痛不已。她猝然垂头,定睛去看紫姬持着的剑柄,这、这竟是……

白滨。

轻舆临太液,湛露酌流霞。湖光明镜中氤氲着清素的温汽,影绰间如仙境般静好。

飞雨缓然步下素石阶,立刻被暖意包围。不远处临岸独坐的男子,白衣高雅,修眉墨瞳俊美无双,衣领半敞,若隐若现的英挺身躯完美无暇。他那样坐着,安静从容,仿佛已如那样般等了半生光景。然而他是这世间最残忍的魔鬼,温言浅笑之间可杀人于无形。她静静走到他面前,明眸中已无半点波澜,他亦平静。

伤害至此,他们是否已对彼此麻木?

子昭启唇,"你来了。"他略微偏头,猛然见她小腹有一道伤口,不深,却渗血。她用手掩住,脸苍白如纸,毫无血色。他倏地站起身,颤抖着去触她的身体,将她紧紧抱在怀中。

他抱着她一步步走入那蕴暖水境,两人俱浸泡在温泉之中,身体紧贴。

飞雨慢慢闭了眼,他修长手指自她肩上抚过,褪去她血迹斑斑的外衫,又将她内里亵衣一件件脱掉,动作缓慢而轻柔。直到她光洁玉体如初生花蕾般盛放在他面前。她已受过太多苦难,每道疤痕都承载着疼痛和屈辱。

子昭将这柔软纤细的身体抵在自己心口,低头吻遍她脸颊和细颈。

飞雨想推开子昭,往常轻而易举,此刻却因他喷涌的情欲而举步维艰。她用尽全身力气,挣脱了他的怀抱,俯身自水底捞起衣裙。跨上石岸,将它们一件件穿回自己身上。岸边青石下,她趁他背对时藏下的一轮银光闪烁若现。

第十三章 天亦老·相思无岸

子昭怀中忽然空落,他的炽情戛然而止。他愣怔片刻,跟着上岸。衣衫浸湿,贴身勾勒出他修长而匀称的身躯,却孤廖寂索。

然而,他等来的是她冷冷沉默的剑锋。

六芒星标记晃过,他惊诧,这剑不是好好收在东照台中么?怎么会在她手里?

飞雨终究再次落泪,不错,她还是会为他落泪的,她就是这般没出息的人。姑姑和父王都死在他手上,他是残忍的禽兽,是违心的骗子,他巧舌如簧虚情假意,他一个个夺走她至爱的人。是她太软弱才给了他机会,连父王也杀害。

子昭身体渐渐僵硬,胸前肌肤剧痛,金属正咬噬着他的身体,她的剑锋已深深刺入。

第一次他不会躲,第二次还是不会躲。

十二岁那年,如果六岁的你没有冲到汉皇面前去求情,我是否已经死了?从那时起,我就将心和性命一并交给了你。之后,用十年的时间来苦苦否认这个真相。

想要变强,想要倒转我们之间的角色,却因此终究伤了你,也让我们的爱再无可能。

那之后很久,飞雨都会被噩梦惊醒。

滴漏声声,三更月光洒落庭院中的八重樱脚下。她睁开眼,恍惚地盼着天明。

那场让她失去童年记忆的血光之灾,火烟熏烤让她咳呛不止,她溺在火围中,仿佛被扼住喉咙。这种不能呼吸的感觉,就是她面对子昭时的感觉。

转眼,她又嗅到了清甜的芳香,周身冷却,不再炙烤……然后,她看到了那双如星辰般粲然的眼眸,仿佛北极星般指引着她的生命。

黑夜中有个男孩,身影若隐若现,还有道半弧光环。他把她揽到怀中,擦掉她脸上的烟黑,用清水为她轻揉手上烧伤的地方。他焦急地与身边伙伴商量,怎么办?拿她怎么办?

是他救了她,可他是谁?

飞雨费尽心神思索,直到太阳穴绞痛,双眼因劳累而流泪。她终于明白了神仙姐姐追思过去的辛苦。她们都是无根的飘萍，失忆，又失爱。

经船至瀛洲，她曾经痛得如同被剥了一层皮。

如今经船返回汉土，她的皮还在，却是空心之人。

心，早被那人挖成了空洞。

白滨之夜，飞雨又一次杀死了他。那一剑刺得又深又狠，他无论如何活不成了。在那之后，她将剑刺进了自己的心窝。

然而她终究没有死成，醒来时已经身处海上，身边是神仙姐姐，纤手焦急地抚着她额头，见她醒来，泪盈双眸。

"雨儿……对不起……"

神仙姐姐为何要说对不起？

因为曾鼓励她去守护和子昭的爱，如今却是这种结局？

飞雨勉强坐起身，瞭望窗外起伏不定的海平面。她头痛欲裂，反胃想吐。伊露卡的鸣声阵阵入耳，却似哀鸣。"姐姐，我要……"

凝云止不住地落泪，轻轻扶了她，让她靠在自己柔软的怀中。"雨儿，你要什么？"

"我要回去和他一起。"

浪花卷出素白的沫，黄褐的岸影粗硬地镶在视线那头，如凝结了风干后的血迹，牢固地建筑在彼岸。斗转星移，彼岸花落，任何美好的时刻都不再重复，她已经不能回头了。就一起在坟墓中腐烂吧，九泉之下她还可问他，为何这么狠心？

"雨儿……他还活着。"凝云轻声安慰。"只是我们走了。"

他还活着。

她已不知是喜是悲。

手腕上挂着他的捕梦者，银丝线的网兜，墨玉玛瑙的硬圈。她本以为会染了他的血，可干净得像什么也没有发生过一样。

飞雨四下顾盼，舱室内只有她和神仙姐姐。她定定视着她，后者习惯性地抿唇，语音坚定。"是的，只是我们走了——我和你。"

飞雨重伤昏迷，不曾见到贤妃离岸前的刀光剑影。在这几个月之间，众生殿的残部在护法鸾的带领下偷渡入岛，进驻八幡宫。成王究竟是早就想携贤妃潜逃，抑或在最后一刻做了垂死挣扎，终究没有人知道。

人所共知的,是汉皇只派上官浩枫一人来接贤妃归国,而上官浩枫也不负众望,一人一剑,周旋百里毫不费力,转战数千垂拱之间。可他战的竟不是瀛人,而是自己的国人。瀛国世子在旁边坐山观虎斗,静待着汉人为一女子自相残杀。

然而这一仗终究没有打起来,汉人并未在异国他乡颜面尽失。

贤妃坚定止住了上官浩枫已经出鞘的剑,直直走到成王身边,附耳一言。

之后,面对贤妃的离去,成王安静得如同已经死了,根本没有阻止。他眼看着自己爱了半生的女子一步步踏上甲板,随即青帆远影碧空尽,天边划成一截虚空如许的圆弧,框住他失去所有换来的一抹倩影,让他一生不能再重得。

飞雨忍不住问凝云她说了什么,凝云只淡然道:"我们有了一个约定。"

凝云喂飞雨饮了口水,又道:"锚已收起,船将离岸,上官侍卫却坚持要带你同行,硬是折返了回去。他心知肚明,救我,阻挠的不过是几个众生殿残部;救你,却要直面数目甚巨的瀛军。"

飞雨惊得一颤,牵动了伤口,疼的咧嘴。"上官哥哥……他又杀了很多人?"

"不,这一次,瀛国世子开门放行。"尽管难以启齿,却应据实相告,凝云道,"他叫我们带走你,说瀛国不受汉皇的和亲之礼。"

和亲之礼。

可笑,她不把自己当和亲,他却以和亲来看待她。

如果这样,为什么不把捕梦者拿掉?她从此不会再做噩梦了,何须他假意安慰?泪模糊了双眼,白茫茫的一片,什么都不再清晰。

两岸中央,她终于彻底地迷失了长久以来的所有诉求。

走的人,只有她和神仙姐姐两个。

留下的人呢?

父王。父王说他绝不会被瀛土埋葬,如今却客死他乡,和姑姑天各一方。

成王。他的绝望和疯狂彻底落空,从此只余消沉与颓唐。众生殿强弩之末,在瀛国的天空下根本不能呼吸。他已经失去了神仙姐姐,现在又成了叛国的罪臣,苟且偷生。

"他返回汉土的话,亦是一死。已经到了如斯地步,我只望……他不死。"凝云无奈,只能叹命运的无稽。

留下的人还有另外一个——看着上官哥哥重归孑然的身影,飞雨才知,还有一个殷令雪。她见殷令雪伴着上官哥哥一同来瀛,还以为他们已经和好如初,为他很是欣慰。却不曾想,凌波仙子是为了成王而来。

上官哥哥,该是多么伤心……他依旧沉默得如同磐石,愤怒悲伤都是看不出的。是神仙姐姐告诉她,那日众生殿第二次惨败,他赢了血战却输了令雪。

各为其主。

终究不过一句,各为其主。

漫长海旅,飞雨渐渐平静,如同心在含盐的风烟中被钝化,结成硬硬的痂,什么也感觉不出了。她不再提起那个人,只在午夜梦回的呓语中,将心事埋葬。她是开心了就笑、伤心了就哭的人,神仙姐姐却矜持不语,让人瞧不出想法。

"姐姐,一个跟你有前世,一个跟你有今生,你到底想和谁在一起呢?"

凝云浅笑着揉捏自己手腕,"无论选谁,有关系吗?"

"怎么会没关系?"

凝云用指尖划着自己纤细白皙的手腕,仿佛要将它割断。飞雨望之只觉可怖,神仙姐姐走得这般决绝,该不会是想好了再自尽一次吧?她惴惴地瞧着凝云,想问又不敢问。

凝云却笑,深幽道:"雨儿,你是怕我再自尽吗?不会了,不是我不想,而是我不能。"她面容苦涩至极,抽下一支珠钗,用力在肌肤上划了一记。

飞雨吓得跳了起来,抓住凝云的手,细细看去却发现只有一道干深的裂痕,无血。她初是松口气,转而又心惊起来,捧着凝云手腕不错眼地左看右看。为什么会这样?神仙姐姐怎么会不流血?

"自从众生殿之战后,我就知道了。"凝云笑笑,"我将刀锋割入自己脖颈,后来却发现根本无血。"

"姐姐……你痛吗?"

"不痛。用刀割出一道口子不会痛,被热汤烫到也不会痛,不流血,不起泡,就像在绣布上剪道口子似的。"

凝云话语平和,好似说的只是伤风之类的小病小疾,而不是这非人的

异状。

"不但不痛,还不知冷热酸甜。自我苏醒之后,所有菜肴入口都无香无味。美酒穿肠,对我来说像饮白水一样平淡。阳光洒于我身,我不觉温暖。夜风撩我衣衫,我不觉清凉。雨儿,我其实并没活着吧?我,还是个死人吧?"

飞雨震惊。

昔日南垂谷中她的确听姑姑说过,凝血霜有鬼狼之效,会让服用它的人遭受非人的折磨。要逆转死亡,果然要付出巨大代价。

不错,姐姐活着,但这样的活有何意义?

凝云被飞雨抱着,依旧冷定,似乎竭力忍着泪不流下。她自嘲,什么泪?她现在连泪都渐渐没了,仿佛血消失后,泪也会凝固。她不过是个不死不活的人,苟且时光。

凝云自唇齿间挤出的字句,冷硬如冰。"雨儿,你知不知道,他对我说……皇帝即便将皇后之位留给我十六年,瞧见这样的我,也会惧怕、会厌恶。他对我说,即便皇帝还爱我,那么群臣呢?嫔妃呢?他们会要这样一个不知是人是妖的女子做皇后吗?雨儿,你说我是人还是妖?"

飞雨胸中怒火燃烧。成王怎可以这样让姐姐伤心?他得不到她,就要让别人也得不到她?要不是他最开始的欺骗,她会离开他?

在心中大骂半晌儿,飞雨平息了怒气,绞尽脑汁地想弄明白这一切。是人是妖,这话未免无稽。姐姐身体的异状是凝血霜所致,一定有治疗之法,可姑姑如今不在了,谁还有如此高的医术可以治?

飞雨咬唇,她一定要治好姐姐,如果只有她可以治好。她坚定地看着凝云,道:"姐姐,我要回去南垂谷潜心研习,运气好的话,至多三五年,总能找到将你治愈的灵药。我的医术没有姑姑高超,但我也不会坐视你受苦。"

凝云摇头,伸手抚了抚飞雨玉软的脸颊。飞雨有点脸红,面前的女子实则年岁可做她母亲了,却保持着双十娇年的绝世容颜,真像她姐姐一般。

凝云轻声道:"雨儿,你有你的幸福,不要为我而耽误。况且……我甚至不知自己是否能等到三五年……"她没有再说下去,刚复生时,她是有感觉的,最起码知冷热。众生殿一役,她甚至可以用血来保护旁人。

而只不过一年到头,她就成了这副样子。

她晨起时,间或会有那心跳停止的窒息之感,而且最近渐渐频繁。

或许她能多活一年已是恩典，不可再妄想任何。

"雨儿，我还要拜托你一件事——回到汉宫后，不要对任何人说关于我身体的事，也不要对任何人说我已经记起了前一世的那个人。"

是怕皇帝嫌弃如今的她吗？可是……不会的。

飞雨在心底反驳，皇帝等了你十六年，这份深情，你怎能就这样推得干净？

回到汉土，该如何面对皇宫中的人呢？

飞雨陷入难耐的纠结。那人曾说，你的仇家是皇帝。她的父母姐姐，是因了触犯神仙姐姐之"亡灵"的宁静，被皇帝下旨诛杀。

可她不恨神仙姐姐，更不会对世玛有什么怨恨。她只想弄明白当年到底发生了什么，哪怕知道后独自咀嚼难言的伤悲，至少是她的选择。

飞雨闭目，努力将那人从自己心中清出去，如今他们之间再无可能。

然而一闭眼，满脑子都是他。他的拥抱和深吻。他对她说，你记住，我不会输。

再睁开眼时，飞雨已经下定了决心。她要回南垂谷，用这段时光找出治愈神仙姐姐的法子。可能会孤独，但父王和姑姑说过要她回家。

海旅的最后一夜，飞雨辗转反侧，踱步上了甲板，恰碰到上官浩枫孤影独立，黑衣仿佛遁入这一片苍茫海光夜色之中。

是夜，中天无月，头顶繁星浓密如稠。

飞雨走近上官浩枫，笑道："上官哥哥，分别这么久，都没问过你伤好了不曾。"

上官浩枫对飞雨忽然的交谈并不显意外，只漠然答道："原来的，都好了。"

飞雨自觉碰了个钉子——原来的都好了，是否说新添的还没好？不禁埋怨起殷令雪，那凌波仙子真是世上最奇怪的女人，放着这么好的上官哥哥不要，偏要留在成王那老头子身边。

然而飞雨不能不顺着上官的话说下去，她勉强微笑，"那当然最好。我是想着，若你还有伤，我回南垂谷也就顺便为你配些药。姑姑的药有奇效，你知道的。索性……方子也给你吧，姑姑定不介意的。"

上官浩枫略微讶异，只道："不要耽误过久，回宫要紧。"

飞雨倚上栏杆,她暗暗告诉自己,上官哥哥说的是神仙姐姐回宫要紧,定与她无关的。那件事现在不问的话以后就没机会了。她思忖几番,小心翼翼开口道:"上官哥哥,我认得你的剑,我知你与那场火有关。你给我讲讲那时的事,好不好?"

上官浩枫转眸瞧她,一时竟有她从未见过的徘徊与犹豫,就像那次世玙要他取她性命时的不忍。他答道:"不该由我来给你讲。待到回宫后,太子会告诉你的。"

飞雨有些头疼,只得实话实说。"上官哥哥,我不跟你们去皇宫。我要回南垂谷,那才是我的家。"

"我有命在身,必须带贤妃与你一同回宫。"

飞雨一凛。为何要她也进宫?

上官浩枫继续道:"若见不到你,太子恐怕不会放心。"

飞雨耐着性子劝解,"上官哥哥,你就对太子说,你见到了我,我一切都好,我不想入宫,想回自己家。"

上官浩枫蓦然转身,跨下木梯入了内舱,显然拒绝了她的提议,也不愿就此再与她多纠缠。飞雨被丢在原地,不知所措。明日便要登陆了,想必皇帝已派了大队人马迎接贤妃归国。那时,她一定要找个机会逃掉。

知道往事有什么好的?难道救神仙姐姐不是更重要?

海面光洁如银,翔起飞鸥簌簌,引吭高歌。瞧着那些羽翼灵物展翅高飞,飞雨不禁心有戚然。不久前,从汉土到瀛洲,她曾想亲身征服这片沧海,却半途而废,沦陷在小舟上那人的温暖怀抱之中。

世玙说过他希望她长大,凭自身之力自立于世。他说他要她自由地飞,不被任何人限制。可她初涉这尘世,不过悲然发现自己根本做不到,一次又一次被人欺骗,被人利用,弄到遍体鳞伤、凄惨可怜。

她垂首,仿佛眼前是世玙失望的面孔。他一定会失望的,经过历练,不过证明了她是渡不过沧海的蝴蝶,软弱如斯。

飞雨在心中对着不远处的天洲右岸喃喃道,死怪物,你一定对我失望透顶。连我……都对自己失望透顶。我要保护的人,一个个从我指间流走,而我连延缓片刻的能力都没有。

就让她保护神仙姐姐吧,让她代替父王和姑姑彻底治好神仙姐姐。

这是她最后能做的事。

双脚踏上熟悉的肥沃丰饶土地，飞雨瞬间有了无穷力量，能缓解她心中随时间而溃烂的伤口。天朗气清，惠风和畅，金缨白袍的数百名光华军将士列阵天洲右岸，远远望去如日光洒地，气宇轩昂，让人观之心生澎湃。为首的一名将军翻身下马，对着凝云的车辇跪地行礼，与上官浩枫一同保护贤妃回宫。

威武和平之势，却俨然是一场烽烟战争的开端。

估摸着要走到西南了，飞雨费尽九牛二虎之力逃脱了上官浩枫的监视，策马向西而行，一路卖掉那人给她的衣妆首饰，换得了不少盘缠。飞雨不愿再看到与他有关的任何东西，然而只剩捕梦者，她怎么也放不开手。

快到南垂谷时飞雨手头并不很宽裕，她尽量节省。她将捕梦者缝进里衣，就算露宿街头也绝不用它换钱。

几经辗转，飞雨终于走到了离南垂谷仅一步之遥的阡陌乡。人流熙攘跟往昔没有任何差别，"瑶台月"三个鎏金大字，生意兴隆，一日也要收进近千面云纹币，之后流向瀛国。飞雨顿足瑶台月门前半晌，终于忍不住走进去要了些茶点。

飞雨端坐小几边上，用手心使劲地摩擦着捕梦者，想将它捂热。一恍失神，回过神来又骂自己是天底下最无稽的大傻子。

她从木凳上跳了起来，将捕梦者掼在桌子上落荒而逃。

直到跑出瑶台月，风飒飒刮在脸颊上，飞雨才发现自己流泪了。若真是一场噩梦该多好，梦醒来，她睁开眼睛，还会有父王和姑姑，姑姑责她去采药熬药，父王带她上街买新衣裳，她偷学厨艺，回家做给他们吃。

如果她没有因记挂着驿馆中的童年而硬是出了谷，那么跟父王和姑姑厮守一辈子，有什么不好？

飞雨狂奔着，泪水模糊了双眼。忽然，嘭的一声——

她撞得眼直冒金星，额头突突的疼，一抬眼睛，还以为她又做梦了，这次是白日梦。头上半尺，那永远灌着阳光的俊朗面孔，挂着爽气微笑，不是世玛是谁？

的确，是又一场梦，是飞雨退回到梦起始的地方，走进了另一场梦。

第十三章　天亦老·相思无岸

第十四章 又逢君·落花时节

飞雨呆呆站在原地,等着梦醒,然而被那人拉进怀中,额头又嘭的撞上他锁骨,疼得她直咧嘴。世玙赶快道歉,伸手帮她揉。可怜她连受两次重创,委屈地扁着小嘴,话都说不出。

他吓了一跳,手掌在飞雨面前挥了几番,她眼珠定定不动。"你别是给撞傻了吧?喂,说说话——"他心急地摇晃着她,于是她被他折腾得又痛又晕。

飞雨愤愤拍开他的手,怒吼道:"别摇了!"

世玙眉开眼笑,"打人还挺有劲,看来没傻。"他板起脸,开始兴师问罪,"死丫头,你为什么不肯回宫?"

飞雨这才缓过神来,纳闷他怎么会出现在这里。她抬头仔细打量他,并不消瘦,但衣冠有些凌乱,似乎风尘仆仆,刚经过一场漫长而紧凑的旅程。他身后跟着的那匹马疲累异常,垂头蹬地,鼻孔嗤嗤作响,显然不堪折磨久矣。

世玙注意到她同情地瞧着那匹马,马上打断,恼怒道:"你关心它做什么?我比它累多了!从盛京至西南有五十座驿站,这段五十匹马才跑得下来的路,可只有一个我在熬。也不说体惜着些,还拿脑门子撞我,就知道你这死丫头没良心。"

"等不及见你娘了?"飞雨心领神会地点点头,看来前日迎接贤妃的队伍中,皇太子也赫然在列,只不过她逃的快没留心。

世玙从鼻孔里哼了一声,"等不及见我姨娘了。"

"你姨娘是谁?"飞雨傻问。话音未落,头又被他弹一下。

看飞雨可怜兮兮地揉头,世玙不忍心再训,缓了神色。她是瘦得多了,眼神都小饿狼似的发绿光,疲劳只怕也不亚于他。世玙叹口气,手腕用力将她托上了马背，牵着她一路朝目的地走去。

飞雨心道，也不知自他们到汉土有几日了，神仙姐姐到皇宫了吗？她趴在马背上，探身拍拍世玙。"送你娘回宫了不曾？"

世玙沉默片刻，道："没来得及。"

飞雨唉声叹气——她又做了件错事。"上官哥哥告诉你我不去皇宫的？他没对你说我好好的，什么事情也没有？"

世玙冷哼一声，愠怒还未消尽。"他的原话是'姿容憔悴，寝食不思，眉间常有忧色，语中未闻欢许'，这可真是'好好的'。"

他边走边回头瞪她，气得恨不能把她从马背上掀下来教训一顿，"怎么？居然以为上官会帮你骗我？他若有这个胆子就是活得不耐烦了。"

此话一出，马背上的少女沉默许久。世玙喜怒交融的心绪也平息了些，上官道，她问起了身世的事。当初父皇诛杀方家是有原有因、有理有据的，可怎么对飞雨解释清楚？

世玙无来由地自责起来，隐瞒了这许久都是为她的安全考虑，也不知她是否怪他。

他听到飞雨缓缓出声，说的却全然不是他忧心的事。她说："我真是很没用，只会在嘴上说要保护这个保护那个，却总是在做对他们不好的事。我害上官哥哥多少次了？这次他没帮我骗你，你可别胡乱怪他。"

世玙心中忽而暖洋洋的，全是欣慰。她还是一心关怀别人的，并没有被苦难磨没了善良的天性。这大半年来她的生活究竟怎样，他还没知道清楚。回宫之后他有充分的时间让她细细讲述所有故事。

"我怎么会怪他？上官此次护送贤妃有功，奖赏丰厚，还不至于被你拖累。不过，回宫后你得向人家陪个礼……居然偷偷跑掉。"

飞雨吐吐舌头，又在世玙后背上推了一记。"死怪物，你说过希望我自由自在的，不被任何人限制。我不想去你那座皇宫，南垂谷是我的家，我要回家。"

还要为神仙姐姐炼药。也不知姐姐在皇宫中幸福不幸福，她还真有点想她。

世玙顿住脚，回头转身，那双墨瞳中蹙着的冷怒让飞雨不寒而栗。

扑通——

　　白马四脚彻底瘫软,倒地不起,飞雨也就随着四仰八叉地摔倒在地,仰视面前那高高立着的顾身少年,觉得自己生平没这么丢人过。可是……居然连高头大马都被他吓趴下了,死怪物发脾气时还真是很可怕。

　　世玙走近她,半蹲下身子,挤出一个假模假样的冷笑,盯得飞雨瑟瑟发抖。"我当然不限制你。死丫头,我会叫你心甘情愿。"

　　他凝视她许久,语气因愧疚而温柔,"雨儿,我放你自由时就知道你会摔跤,会受伤害,只是没想到……会摔得这么狠,伤得这么重。"他朝白马丢了个眼神,它立刻爬起来,耷拉着脑袋继续尾随主人。

　　世玙牵着飞雨的手,一路在林荫下踱步。"不管怎么说,该吃的苦你都吃过了,以后幸福快乐就好。你既是四叔的女儿,就是天朝的郡主千金。四叔倾心力救治贤妃,父皇也必会善待你的。"

　　飞雨语塞,"可我是……"

　　世玙没留空隙,马上接上,凝重地看她,目光满是严肃。"雨儿,你是四叔的女儿,只是四叔的女儿。记清楚这一点,跟我回你该回的家。"

　　飞雨被他牵着,一刹那不知该如何自处。她就是没办法把世玙当仇人,或许皇家夺去她的亲人,皇家却也养育她长大。仇恨是胸中憋着不能舒展的一口气,有人甘愿被它憋死,有人大度将它吐出,如呼吸般坦然。如今的她不是记仇,只是一心要为神仙姐姐找解药,所以一定要留在南垂谷中。

　　飞雨深吸口气,"或许你还没好好与神仙姐姐相处过,可她还,嗯……有些未解的病,我一定得彻底将她治好。南垂谷中有各式草药与姑姑留下的医书,我必须留在谷中,潜心研习。"

　　世玙点头,深思片刻问道:"要多久?"

　　飞雨实事求是地回答:"不知道。"她心神紧绷,真要拖个三年五载是绝无可能的,神仙姐姐的境况比她想象的还要坏,即便拼命,她也要在半年之内拿出解药。

　　她举眸去看世玙,忧愁俱写在眼中,难以断绝。"不知道要多久,我自然会倾尽全力尽快炼成的,神仙姐姐她……"

　　她的话骤然停止,唇忽而被他封住,腰心收到他掌心传来的暖意,全身都被包得紧紧的。

　　她身体一僵,推开了他。从前她是个孩子,不懂得这些。现在她不再是孩子了,她不能在心中装着一个人之时,让另一个人吻她。

这个吻被冷酷决绝地打断，世玙愣住，显然从飞雨眼中读到了抗拒的神色。他勉强笑道："怎么了？半年不见，亲也亲不得了？"上官浩枫并没过多讲飞雨的事，只道她依旧与平江王同住，并没提东方子昭。他便也宁愿相信她仍是南垂谷中的她。

　　飞雨想了想，犹豫道："我发现一件很怪的事——吻这件事很不公平，因为你吻我时，我就也必须吻着你。"

　　世玙听着她伟大的发现，没做评论，无奈点头。

　　飞雨嗯了一声，仿佛这样就解决问题了。"那我不爱你，怎么能吻你？"她怀中空空如也，捕梦者好像根本没交出去，而是永远留在了她心中。

　　世玙一时心寒，脸色便也阴沉。

　　飞雨兀自向前走着，嘀咕道："死怪物，你为什么喜欢我？我不美丽也不聪明，你喜欢的女人，该是神仙姐姐那样子又美丽又聪明的才对。"

　　世玙笑笑，"傻丫头，我就是要在你一无所有时爱上你，以后你会变得美丽聪明，是因了我的爱。"他顿了顿，"雨儿，你独自炼药，是否也要像你姑姑那样以身试药？"

　　飞雨点头，自然是她亲身试药，难道还有别人？

　　世玙停了很久才道："贤妃断不会许你为她糟蹋自己的。"

　　飞雨摇头，"说起来，不全是为神仙姐姐，更多是为父王和姑姑。他们用了半辈子治疗姐姐，我必须完成他们的夙愿。"她转而安慰世玙，"你放心，我自有分寸的。"

　　世玙见她坚决，也不再强求，只定了心神，端视她道："我明日回京，你要好好保重自己。"

　　飞雨有些落寞，重逢的故人即将离去，她的孤独才刚刚开了个头。

　　她听得世玙轻柔道："我一定会来接你的。"

　　其后的三个月光景，飞雨如坐井底，每日干枯地活着，她几乎连怎么说话都已忘记。她知道，在父王寻来之前，姑姑在南垂谷独身住了五年。那五年，姑姑是如何过来的呢？

　　落花流云，晚霞繁星，美得如人间仙境，可不会说话，没有温暖，存在只凸显这空谷的形单影只。

　　飞雨每日采药、炼药，夜晚研读姑姑留下的医书，吞下时有毒性的烈

第十四章　又逢君·落花时节

药，以自己的心肺脏腑来试其效用。她终于明白了姑姑的辛苦，有时反胃到吃不下饭，吃了也会吐。夜晚她心焚如火，不能成眠。然而她没有哭过，一次也没有。只要咬着牙忍耐，终有一天能走到终点。

神仙姐姐还等在盛京，她一定要成功。

飞雨自问并没有过多思念那人，奇的是，越不想他，他反而越清晰。在她难得入眠的几个夜晚，便会梦到他，而梦的景象叫她面红耳赤、羞愧不已。

她是怎么了？他是残忍的魔鬼、可恶的骗子，她为什么放不下？

炼药的苦旅，三个月的久长如同过了三年。飞雨终于被辛苦打垮了身体。每次试药后她都痛苦地蜷缩在石板地上，仿佛被人用凿子钻出了千疮百孔。风从她每道伤痕中狠狠捅入，吹散五脏六腑。她干呕了一阵子，却无东西可以吐出，胃里什么也没有。

然而，一番折腾之后，她忽然通体温润起来，如有甘泉冲洗着，舒畅如沐。

飞雨惊喜，凝血霜有酷寒之性，可生暖意的药便对了路。凭着医者的敏感，她认定，试了三个月终于成功了。她挣扎着爬起，细细记下每味药的用量与火候。三四个时辰过后，温暖退去了，她便又记下应几个时辰服一次。

那夜飞雨难得的心情大好，于是早早上床歇息。世玙一定会高兴的，她终于可以治好神仙姐姐了。也不知这三个月神仙姐姐过得如何，有没有回忆起与皇帝的爱。治体病她可以用姑姑传授的医术；可是回复记忆只有姑姑用灵术才可做到，她是决计无法的。

只愿真爱能战胜劫难。

飞雨朦朦胧胧睡去，睡到第二天早晨日上三竿。一个缠绵的梦竟可做得如此绵长。她几番睁眼，总见到那玄色身影，刻着六芒星的剑柄很是显眼，人却是模糊的。他初时试她鼻息，见无大碍便倚至一边去了，时不时过来看看，脚步极轻，不想吵了她休息。

终于彻底苏醒时，飞雨惊叫了一声，坐起身来揉着眼睛，"上官哥哥……"她睡眼惺忪地伸了个懒腰，"死怪物叫你来的？真是凑巧，昨天刚刚炼成。不知神仙姐姐等急了没有……"

上官浩枫的石头德性万年不变，他淡淡瞧着这春睡初醒的半妆少女，目无波澜。

他子夜时到来,她竟睡在地上,和衣而眠,凌乱苍白。他能做的也不过是将她抱到床上而已,她那样的疲累,就算有人将她偷偷运走,她也不会醒来。

"是贤妃叫我来寻你回去,最好现在就启程。"

飞雨打点了药材,栓在上官浩枫的高头骏马上,欢欣十足。她完全忘却了心中对那座皇宫的矛盾,只想着神仙姐姐终于能幸福了,她也便跟着幸福。

阡陌乡高耸入云宵的棕榈木散着浓郁香气,南国炊烟与薄暮晨光交相辉映,既是人间又是天堂。飞雨刚要跟着上官浩枫上马,却听得身后有人唤着"姑娘!姑娘!"跑了过来。

飞雨回头,见是瑶台月的店小二,这男孩子跑得气喘吁吁,抚着胸口说不出话,只将一件物事递给她。镶有黑晶玛瑙的银丝网兜硌着飞雨的手,她只觉心被狠狠抽了一下,不知所措。

店小二终于将气喘匀,背书一样地说:"姑娘,我们掌柜的等你好久了!这东西……大东家叫我们还给姑娘,还要对姑娘说句话——他说,他不后悔给过,姑娘就不要后悔要过。"

飞雨被这寥寥数语狠狠击中,体内煎熬刹那成毒,她摇晃起来。

君不见外州客,长安道,一回来,一回老。

第十四章　又逢君·落花时节

第十五章　落云天·汉宫风月

　　东海态势是一触即发的在弦之箭,这朱红屋顶与华美楼阙却如同一座无风港湾,恢弘之势可遮蔽乌云黑月。

　　飞雨终于到了天朝之都盛京。她终于见了这座统领东洲的伟大皇廷,尽管只是一座典雅高华的毓琛宫。她也见了那气吞山河的英伟帝王,尽管只是一个怒悲交加的侧影,哀恸之心却未减分毫。

　　她呆立在毓琛宫门外,望着那道黑洞似的门,华羽小径上梨瓣尽碎,是被盛怒帝王踏破的晶莹与柔软,楚楚可怜。她随上官来到这里呆立了片刻,听到了毓琛宫中传出的声音——破碎声,咆哮声。

　　她哽咽得难受,怎么也想不到神仙姐姐回宫后竟过得如此艰难。

　　上官浩枫在旁静默,他们回来的似乎不是时候。贤妃失忆,对皇帝是灭顶般的打击。他无论如何不会料到十六年前的挚爱如今当他是陌生人,心中更记挂他人。漫长的等待,只换得这样的结局。

　　飞雨不需亲眼看到,只见皇帝怒气冲冲走出的样子,便知方才内殿是怎样的光景。难道皇帝真会嫌弃神仙姐姐了?

　　上官见飞雨想冲进毓琛宫,拉住了她。"在这里等太子。"

　　若是别人,绝无可能拦住飞雨。然而上官功夫着实在她之上,挣是挣不开的。

　　飞雨无奈收回了脚,上官浩枫马上放松了手,盯视着她右臂平声问道:"为何受了伤?"

　　这一抓,足够他察觉她右肩有伤,而且是很重的伤。

　　少女忍下手臂钻心的痛,下意识地掩饰,"没有啊。"

　　上官没再追问,无声出招向她右肩袭去,她身形还算灵巧,避了十几个回合,终究硬撑不下去了。"好啦好啦,我说就是了。右肩挨了一箭,现在已全好了。"她警觉地加了一句,"别告诉死怪物!"

话音未落,一个被逗笑的声音兀自从背后荡来。

"死丫头,不告诉我什么?"

飞雨登时石化。

见少女背对自己,世玙硬将她扳了过来,俊面一沉。若说在阡陌乡重逢时她还只是消瘦而已,如今根本成了皮包骨头。原本粉嘟嘟的鹅蛋脸成了个不折不扣的锥子,两颊都陷了下去,显得那双小鹿似的眸子格外的大,还含着泪。

她身上的衣服……不,她身上的破布,托出的腰身已然细得不成样子,破布居然还松垮得直往下掉。

世玙捏着飞雨下巴上下左右地看。"谁许你把自己折腾成这副鬼样子的?"

"你说谁是鬼?"飞雨打开世玙的手。难道她不知道自己是什么样子?要他来提醒。

"不行,我要宣个御医给你瞧瞧。"世玙竟也拿住她右臂,她叫苦不迭。

"喂,我知道我丑,可御医是治不好丑的啊——"

"太子殿下!"

互相拉扯的世玙和飞雨一同静止,齐齐转眼,瞠目结舌地盯着上官浩枫。石头人居然会急?世玙发现上官脸色煞白,觉出几分不对劲,"上官,你怎么了?"他终于放开了飞雨的胳膊,两人同时松了口气。

"贤妃命臣寻回飞雨姑娘,须得尽快复命。"

"知道了。"世玙不耐烦地挥手,"你先退下。我马上将人送进去便是。"

上官没有告诉世玙她受了伤。飞雨感激地看了他一眼,却见他根本没有释怀的神色,依旧忧愁满面。

星幕垂下一处沉重的低回,云迹如墨,与这落花宫阙的金碧檐牙如锋芒相对。

"神仙姐姐她……好可怜……"飞雨拉拉世玙衣袖,喉头苦涩。

世玙随着飞雨的眼神也去望那毓琛宫的方向,同是惆怅。他握住她一只柔荑小手,用掌心温暖,"那两个人,是一个比一个可怜。"

父皇的确暴躁,的确对贤妃诸多逼迫,可谁又能怪他?没有真正熬过十

第十五章 落云天·汉宫风月

六年心伤的人,不会懂他的恐惧。

世玛拍拍她的肩,苦笑,"才刚进宫就叫你瞧见这个,也没赶得及去面见父皇。今儿个晚了,想必你也累,就在毓琛宫住一宿,明早我再带你去圣泽宫。"

飞雨连连点头,已经等不及与神仙姐姐谈心了。她甚至有些自傲地想,姐姐能说知心话的必定只有自己。世玛正一脸渴望地端详着她,大概要她劝贤妃与皇帝和好。飞雨赶快抢着说:"我知道了。"

世玛却苦笑,拉拽着她向毓琛宫走去。"你自以为知道什么?"他停了停,"既在宫中,就别怪物怪物的叫,成何体统?叫太子又显生疏了些……"

他想起个好的,微微一笑,"还是叫表哥吧,我喜欢听这个,有个表妹宠宠倒也好玩。如今……"他俊眉忽收,面色凝重,思虑着朝事,"事事紧急,若天天这么一根弦绷紧的,可要催人发狂了。"

世玛将飞雨推进毓琛宫的朱红镶金大门,含笑负手在原地瞧着,"去吧。贤妃见了你必定会开心些。我就不陪你了,"他揉揉眉心,望着远处的圣泽宫,"待父皇把屏风都砸完,我就去与他议事。唉,活了四十多岁的男人居然像孩子似的发脾气,哪里还是个皇帝样子?"

飞雨跨进毓琛宫时屏住了呼吸。

月落星微五鼓声,清风摇荡窗前柳,她在世外的三个月时间,夏意已悄然而至了。从前听父王讲皇宫,只道那无帝王恩宠的白头宫人,春来秋往都是萧索,罗扇扑流萤,闲话前朝旧事,任时光蹉跎了如花的娇颜,无人来赏,孤寂开放又凋谢。

飞雨停伫在这庭院片刻,细细瞧着那金麒麟的曲栏伏槛,连着翠茵的莎苑芳郊,一草一木瑰丽且萦绕,如暖玉生烟,如明珠挽泪。

梅花窗格边上,几枝华贵紫藤纤腰略弯,似乎被这一方的馥郁压折了本高傲的风骨,楚楚可怜。

毓琛宫是圣眷之地,可为何再怎样的繁华盛放也显得哀戚不已?

飞雨加快脚步,瞧着不远处正殿未息的灯火,便道是神仙姐姐还没睡。她直统统推门进去,却见一年长女子立于锦榻之前,听得门开猛地回头,面色如霜,眉含愠怒,显然以为她是个不知礼数的新进宫女,厉声责道:"好没规矩的丫头,谁许你这样进来的?"

凝云定睛一看，赶忙下了床，搂抱住她。那含泪的笑，生生让飞雨心疼。

瀛宫中，劝她坚强劝她勇敢的神仙姐姐，如今亦泣涕涟涟。

毓琛宫的绝世美人是皇帝心头至爱，为何却与白头宫人一样，惆怅失索？

年长宫女见了此景再也不说什么了。她不知这女孩是谁，只知这女孩让贤妃娘娘重展笑颜。这笑颜，她与皇帝一样，十六年没见过，这三个月间也没见过。

飞雨心疼地打量着神仙姐姐，她长发如黑溪般披过双肩，有些散乱，身上只着一件单衣，在暖风中仍显单薄。

她轻捉住姐姐的手，看见那纤细指尖微有红肿，似乎是烫的。

刚才在外面听到了打翻茶杯的声音，是被茶水烫了吗？

然而……

飞雨忽然一阵狂喜，肿胀是血液充塞所至，如果可以肿，难道姐姐开始好转了？

凝云迎着飞雨企盼的目光，略微颔首，但不开颜。"境况时好时坏，我也不知为何好、为何坏。"她恍惚望着正东方向的圣泽宫。

飞雨安慰地抚着凝云的肩，见她这怔忡神情，想必还是回忆不起任何。她怀中揣着三只玉净瓶，其中丹药是她试过许多次的灵药，有暖润之效，应该能解凝血霜在姐姐体内织出的那将她血泪冻住、经脉失觉的冰寒痼疾。

然而飞雨也隐隐担心，毕竟她是她，姐姐是姐姐，各人身体底子不同，药效也会有区别。

"姑姑曾研习过此药，我见她在医书中有批注的，名为'休气散'。"

飞雨四下张望，想找杯水为凝云送药。

年长宫女见她持着一瓶丸药似的东西，更是戒备，出口阻止道："这是何物？娘娘不可随便服的。"

"秋涵，"凝云止住宫女，只静静接了玉净瓶，双手捧着。她端视飞雨，"雨儿，今夜过后，若有人问起，你一定不能对任何人说曾给贤妃服用过任何药物。而贤妃出了任何状况，也都与你无关。这药有效自然最好，而若它无效，我也不要你把后半辈子耗费在为我试药上，懂了吗？"

凝云亦转头对秋涵道："也请你，不要将今晚的事透露给任何人。"

秋涵立刻诚惶诚恐了,"娘娘如何说得这种话?娘娘的命令,秋涵自然莫敢不从。只是……"她仍对飞雨持着怀疑的神色,这凭空冒出的女孩是谁?就这样兀然出现,难免叫人妄生猜测。

凝云衣袖轻拂,任她再如何否认,那与生俱来的颐容贵气是掩不住的,毕竟她曾做了十四年的相府千金,六年的帝侧皇妃。

她吩咐秋涵为飞雨安排寝殿休息。

飞雨起急,"姐姐,你先服药啊,我总要瞧瞧它药效如何……"

"你不必再管了,我的命只由得我自己,不需拖累任何人。"凝云清冷如许,话语决绝。尽管此刻景象也狼狈凄清,却不改天赋的清高冷静。爱她的人,恨她的人,都最讨厌她这近乎偏执的自省与自责。

飞雨无法,只得起身随秋涵离开了正殿。

秋涵将她安置在距正殿颇远的一处偏殿中,起居还算舒适,却冷清非常。飞雨风尘仆仆一路本劳累已极,却怎么也睡不着,放不下神仙姐姐,不知她服了休气散有何反应。思忖几番,她蹑手蹑脚地下床,借着月色走回了正殿却不敢进去,只在西窗外偷偷观察。

此时未近子夜,并不算很晚,凝云受了龙胤一番折腾却也身心俱疲,此刻正殿灯火已息,她睡着了。飞雨眯眸瞧瞧窗内那罗帐后的素白身影,睡得安稳舒静,没有异常。她略微放心,料想休气散毕竟是柔和药材,即便不能解凝血霜也不会对姐姐造成更多伤害。

飞雨正想原路走回去,一回身与一个衣着华贵的少女堪堪撞个满怀。她没事,少女却身子一歪,被撞得跌了出去,坐在地上哎呦哎呦地叫着。

飞雨连忙将少女扶起,满脸抱歉地陪不是。少女着一件与秋涵相同的湖心蓝窄袖绣边纱裙,打扮却不似秋涵朴素清丽。她很有几分奢华,皓腕上的足金镯子一看便知是价值不菲的贵物。

少女打掉飞雨的手,没好气地骂道:"哪来的小蹄子,懂不懂规矩?"

飞雨有点恼火,怎么刚到这皇宫中一个时辰就被骂了两次,连话都是一模一样——没规矩。这些人规矩也太多了些。她怕吵醒神仙姐姐,于是拉着少女走到宫门之外才放掉,恼怒道:"如果你们一定要说我没规矩,就请你们先告诉我,规矩到底是什么,我也好改不是?"

少女没料到她会回嘴,不怀好意地打量她几番,念她衣着尚不如一般头面宫女，还有些肮脏凌乱，想是个低等婢子，便不把她放在眼里，纤指几乎点向她胸口，振振有词道："别仗着你们娘娘如今把陛下抓得死死的就目中无人。哼哼，真是个狂妄的丫头，果然哪，有什么样的主子就有什么样的丫鬟！"

飞雨咬唇，胸中火气却全因为她侮辱了神仙姐姐。

分明是皇帝对神仙姐姐不好，怎么这里的人倒都当神仙姐姐欠了他们？她一步逼近少女，眼神含了威胁，低声道："你再敢说一句，试试看。"

少女双目睥睨，丝毫不怕她。"我说了又怎么样？太子生得那般好，性子也随和可亲，怎么生母就是这么个祸国殃民的……"

啪的一声，她吃了一耳光，第二次跌坐在地，捂着脸喊疼。飞雨是习过武的，手劲自然大，一巴掌下去直打得她唇角泛出血丝。飞雨狠狠瞪住出言不逊的少女，反手将她从地上提了起来，以眺圣剑冷锋出鞘，抵在她喉关上，严声逼她收回刚才的话。

少女又怒又怕，不敢再胡闹，却也不肯示弱。

她们正僵持着，两行着烟霞灰裙袍的宫婢翩然列队而至，各自提着华贵富丽的鎏银八宝明灯，施施娉婷。

飞雨举眸去瞧，却听得手中制住的少女尖声大叫了起来，"淑妃娘娘，快救救珊儿！这贱婢要杀珊儿呢！"

淑妃一袭水红错丝白锦羽裳，紫金翟凤珠冠璀璨耀眼，难挡那双明眸中毫不让人的盛然光芒。她眼神划过飞雨面颊，落在那柄紫光如弧的宝剑之上，瞳光忽紧，转而也如秋涵似的戒备起来。

她却不发作，只面朝婢女道："珊儿，本宫不过叫你早来几步瞧陛下走了不曾，你就弄出乱子来了，瞧本宫回去不打断你的腿。"

珊儿被那双犀利凤目吓得不寒而栗，噤了声不敢再尖叫，只闷闷道："是她先动手的。"

飞雨紧蹙的雁眉略微松了松，倒没料到这叫珊儿的女孩会恶人先告状。不过她动手打人总是不对，剑锋锵的一声滑回鞘套，平声道："我跟你道歉，但你必须收回说贤妃的那些话。"

珊儿呀的一声，愁眉苦脸，不敢再看淑妃。

淑妃显然明白了发生的事情，面色愠怒地瞪住珊儿，从唇间挤出一句

话,"真是纵了你……掌嘴!"

劈里啪啦的声音在庭院中此起彼伏起来,飞雨眼瞧着珊儿重重的自掴,俏颜没几下便红肿得惨不忍睹,有点不忍。她刚要开口相劝,却被另一人打断了话头。

"淑妃娘娘大驾光临,怎也不进来坐,竟默不作声地在外面站了这许久?"

是秋涵。她冷冷对淑妃施了个礼,将"默不作声"四个字咬得死死,言下之意不啻告诉淑妃,她宫中的婢女说了什么话,毓琛宫没一个人听见,也就不会捅到皇帝那里去牵连了她,她不必再多生事。

淑妃何等聪明的人,微微一笑,喝令珊儿停手,作出个温颜道:"这丫头在信宜馆中便张扬跋扈、不知礼数,本宫念着还算是个会照顾人的,便容了她。她对本宫不敬尤是小事,可若对贤妃不敬,本宫便不能饶恕,定要重重惩戒。秋涵姑姑可放心,信宜馆中绝无任何人敢对贤妃不满。"

秋涵在毓琛宫中早便听到了外面的争执,看贤妃睡着不愿吵她,走出来察看却等到珊儿挨了打骂才出声阻止,可见根本是听到了这婢子的口出狂言,又不好亲自责罚,于是顺水推舟旁观淑妃责罚了。

如今宫中不满贤妃的人不在少数,若连个婢女都能肆意无礼,毓琛宫的威信可是大损。珊儿鲁莽,淑妃却是聪明人,知道皇帝的心在贤妃身上,传出去少不得迁怒于信宜馆,因此先出手惩罚了珊儿,免得后宫们道她纵容奴婢是因为心中对贤妃有微词。

秋涵得这身份尊贵的一品正妃尊称一声姑姑,解释的话语也甚是谦恭,只颔首客套了几句,不好再过苛责,岔开话题问道:"不知淑妃娘娘今夜到此,有何贵干?"

淑妃睨了飞雨一眼,也不知对秋涵的话信了几分。"太子妃方才到信宜馆中给本宫请安,说是太子还没回来。我这做母妃的便帮着媳妇瞧瞧儿子去了哪里,是否在毓琛宫。"

飞雨恍然大悟,原来她就是世玚的养母——丹芳淑妃林若熙,怪不得气势如焰。神仙姐姐这一回宫,不但后宫粉黛尽数失色于皇帝,只怕连太子也不再对养母亲厚如昔了。这么说这淑妃也有些可怜,养了二十年的儿子,一夜之间成了别人的。

可,等等——

太子妃？

世玙居然已经成亲了？可从没听他提起过。飞雨登时起了好奇想见见。

秋涵从容向淑妃答道："太子殿下未曾来过毓琛宫，内监李长倒来传过，陛下打算今夜在正元殿与太子议事。"

淑妃笑笑，霓袖一拂不再追问。"既然如此，就不打扰贤妃了。"她这才重新打量起飞雨来，缓缓道："毓琛宫的侍女可真是厉害，本宫却不知，这后宫之中何时许侍女带剑了吗？莫非贤妃认为有人要害她？"

飞雨听得话头扯到自己身上，而且还莫名其妙地绕到神仙姐姐，连忙出言辩解，"我不是侍女……"

然而她的话再次被秋涵打断，"让淑妃娘娘见笑了，"侍从女官面无波澜，语气也平稳，"贤妃自不会允许任何违犯宫规之事，这位姑娘并非毓琛宫的人。"

淑妃美目悠转，那玲珑心思已绕着飞雨思索过千百遍，送出个暖融笑靥，"不是毓琛宫的人，又是谁？"

飞雨这时才为世玙不在身边而惴惴起来，神仙姐姐亦睡着，如今她是孤身一人在这众人面前焦急。

想到三个月前世玙在阡陌乡嘱咐过的话，她坚定道："我是平江王的女儿。"

一语出而四下惊，珊儿眼睛瞪得如铜铃般大小，秋涵亦惊讶但只是挑着秀眉，淑妃神色却忽而诡离，似笑非笑地玩味着飞雨的话，半晌儿才道："这倒奇了，平江王的女儿是堂堂天朝郡主千金，怎么回宫也不曾向陛下禀报？陛下也没知晓后宫，迎接郡主？"

她走近飞雨，锋利眼神盯得她满头冷汗。

珊儿会了主子的意，尖酸嘲讽道："好大胆的丫头，郡主可不是人人做得的。有无皇家骨血一眼便知，你这粗鄙样子怎会是郡主？你可知假冒郡主是何罪？"

飞雨万万没想到皇宫中的人会如此刁难她，却也不退缩，心道：等到世玙回来，看这些人还怎么神气。她昂着秀颈，刚要说是由太子亲自迎接她的，却被秋涵掣住了手肘。

飞雨转眸看去，她目光中满是忧心和恳求。她一凛，将出口的话又憋回

了腹中。不错,若提到世玙来过毓琛宫,秋涵方才的托词便也不攻自破了。

瞧这态势,神仙姐姐在宫中已经遭人嫉恨,如果说出世玙今晚在毓琛宫,淑妃少不得吃儿子的醋,要对贤妃越发不满。她可不能害姐姐。

看来淑妃不是易对付的主儿,姐姐会不会受过她刁难?姐姐那般敏感又自傲的女子,是受了委屈也不会对皇帝说的吧。飞雨心一横,极力按捺着火气,讪讪闭口不言。

珊儿抓得空子,得意洋洋地指着她道:"果真是个骗子!你是哪个宫中的侍女?长宁宫?瑞安宫?不对,穿得这般破烂定是辛者库的,是不是?"

飞雨咬牙低头,随她乱说。横竖只熬过今晚,明日世玙来找她时便什么都明白了。

秋涵感激地看了她一眼,如今的毓琛宫的确是多一事不如少一事。小事一桩,淑妃应不会过分难为这孩子。

淑妃长袖谦然叠在体前,对秋涵道:"秋涵姑姑,既不是毓琛宫的人,本宫要审她为何身携利器,毓琛宫便一定无异议罢。"

见秋涵变了面色,淑妃又微笑道:"贤妃不在这十数年,一直是先贵妃主理后宫,六年前贵妃殁,六宫便成了本宫的职责所在。一个假冒的郡主而已,姑姑不必舍不得。出了什么岔子……"淑妃眼神忽而深邃,"也只由本宫承担,姑姑可以放心,必不会牵连到毓琛宫。"

秋涵拱手,后退一步,示意不再反对。

飞雨只觉头晕目眩,这些后宫中的女人的心究竟有几窍,她无论如何看不懂她们。然而,她就这么被秋涵交了出来,最后得到的不过是女官一个安慰的眼神,示意她不需害怕。

飞雨无奈地瞧着珊儿肿的高高的双颊,她怎么能不害怕?她握紧了腰间的剑柄,发誓决不让她们欺负自己。

信宜馆。

淑妃步至正殿,端坐在木椅中,借着灯光明亮又将飞雨看了一遍。她早就听说过她,今日才得一见,自要好好瞧清楚。

片刻后,淑妃悠然开口道:"珊儿,拾掇个地方出来给她住下。"

这语气并无多少客气,珊儿却惊异,"娘娘,您要她在信宜馆服侍?"她鄙夷地瞥瞥飞雨,意思是说飞雨不配。

淑妃漫不经心地抬抬目，对珊儿道："掌嘴。"

少女错愕，忍着疼又一轮自罚。

淑妃这才继续，"本宫说的是叫她住下，不是叫她服侍。往后你再敢对她不敬，不用本宫也自有别人会狠狠修理你，几个嘴巴子倒算轻的了。别打量太子平日给你几个笑脸，你就不知轻重起来。刚才在毓琛宫说的是什么话？路贤妃是你能指摘的？"

可怜的珊儿再度瞠目结舌，呆立不动。

淑妃不耐烦地捻捻纤指，只道："珊儿，这许多年来你也算是信宜馆中的头面宫女，居然还没长一点眼力见识，连毓琛宫那女官的半分气度也无，我真是白疼你了。下去吧，别叫我心烦。"

珊儿被教训得摸不着头脑，又嫉恨地瞪着飞雨，恨不得将她扼死。这时另一名宫女自内堂焦急步出，对淑妃禀报道："娘娘，太子妃还候在里面呢。"

淑妃眼神再度飘向飞雨，那慑人的威吓已叫飞雨熟悉到连恐惧都提不起来。

宫女请来了太子妃。

只见一个仪态万方的妙龄少女款款自内殿而来，折纤腰以微步，呈皓腕于轻纱，月貌花容，娴静端庄，气度竟与神仙姐姐有几分相似，若以四字概括，便是柔仪天下了。

飞雨见过的丽人已太多，却仍忍不住为这一个动了容。

真的好像神仙姐姐呢。姐姐还年少无暇时也该是这个模样的吧，怪不得世玙会娶她为妻。

淑妃认定飞雨是在嫉妒太子妃，满面收紧，只对太子妃道："湄儿，玙儿是去圣泽宫见他父皇了，大约少顷便归，你回宫等他吧。"

言湄施礼退下，临走时瞟到了立在珊儿身边的陌生少女，目光鬼使神差般没有移开。虽是初次碰面，言湄却觉这少女很是与众不同，眉眼间英气袭人又不失柔美娇俏，纯净的勇气略显生涩，却生生叫任何一个瞧着她的人都心生澎湃，不能移目。

这是何人？

言湄没有回头，只觉淑妃的眼神灼在她后颈上，似乎观察她的反应。她没多做停留，只加快了回东宫的脚步。

第十五章 落云天·汉宫风月

203

玛哥哥被耽搁在哪里了？怎么这么久都不回家？

太子只有一个，太子的母亲、妻子也只能各有一个。如今，太子妃是淑妃的人，而飞雨已被划定为贤妃的人。淑妃知道飞雨是谁，一直知道，不过不挑明，只将她要到了自己身边。刚才飞雨投向言湄的眼神有羡慕，或许也有嫉妒。

淑妃眯起眼看她，玛儿多个偏妃本是无所谓的事，但若飞雨要的比那还多，就必须防备。

珊儿将飞雨安排到一间又黑又小的屋子中，床单被子都生了霉斑，夜晚阴冷而可怖。然而比起去瀛国海旅时被囚禁在货舱中，受那酷刑折磨，小黑屋也是可以忍受的。

飞雨实在懒得与她们计较，抱着剑合目成眠，反正明日世玛一来就什么都清楚了。

世玛一来就什么都会好，类似这般的念头飞雨从前也有过。那时是想，父王一来就什么都会好。叔侄两个似乎承接得如此自然，只因在她心中俱是亲情的温暖。

然而飞雨第二天没盼来世玛，第三天也没盼来。宫中人道，太子与皇帝不知为何事又吵了一架，太子离开了盛京。飞雨于是讶然，转而自嘲，世玛毕竟不是龙簇。

他是当今的太子，明日的帝王，他要考虑的事比父王多得多。

上官哥哥大概也跟着世玛一同离了京。

神仙姐姐自顾尚不暇，更在那晚对她说，从今以后我的命不需雨儿照顾。只要秋涵对贤妃说飞雨走了，她只会欣慰不会深想。

于是，在这座宫中，飞雨只有自己。

究竟要走过多少弯路，才会明白没有人生来注定为你？

那时的飞雨也担心凝云，她渐渐明白后宫是藏不住秘密的处所，神仙姐姐的境况没有恶化，却也依旧没有对皇帝顺从。

在淑妃的愠怒中，飞雨知道皇帝夜夜临幸毓琛宫，越是求不得便越要去求。淑妃口不择言时也曾怒道，贤妃这是欲擒故纵，故意要皇帝得不到她才惺惺作态。

飞雨当时丝毫没有犹豫，将剑锋架上了淑妃修长白皙的脖颈。

淑妃自然不是珊儿那样浅薄胆小的女子，她凤瞳飘摇一刹，马上镇定，射出炯炯光神，逼视着这胆大包天的女孩子。飞雨没有退缩，静静道："请淑妃收回那番话，神仙姐姐不是那种人。"

淑妃霎时失了神，愣愣看着飞雨，瞳光已渺茫得不知瞧见了谁。

她苦笑，"孩子，你这样子倒叫我想起了先贵妃——思晴贵妃……陛下硬将'思'加在她头上，她也甘之如饴，用自己的生命去祭奠她爱的男人对另一个女人的毕生相思。

"你们究竟是中了她的什么毒？竟都可以这样维护她，不许她被人玷污一点点？陛下只爱她一个，就连贵妃都真心对她诚服。你叫她神仙姐姐……不错，这后宫中只有她一个是神仙，是珍宝，其余人全是无用的泥沙、蝼蚁。"

飞雨忽被这高贵女子的落寞沾湿了睫毛，怔忡放下手中的剑。她曾经很善于面对人的惆怅，很善于安慰他们的难受。如今淑妃褪去了铅华颐气，只不过是个芳心寥落、凄苦自怜的女子。她已过了最韶好的年岁，回首平生，却发现一直独自花开，无人来赏，无人来识。皇帝或许信任她，可将儿子托付给她，却从未真正爱过她。

"淑妃娘娘，您还有太子啊。"飞雨温声道，"他只称神仙姐姐为贤妃，却叫您为母妃。"她坐在淑妃面前，小手胡乱抚着自己膝盖，兀自说下去，"我知道您不是他的生母，可父王也不是我生父。若太子爱您与我爱父王一样深，就一定也当您作珍宝了。"

淑妃听得这话，仿佛欣慰，"玙儿……是的，还有玙儿……只有玙儿……"

飞雨脸颊滚烫，死怪物，小字偏偏跟她一样的读音。淑妃好像也同时在唤着"雨儿"，又是那般慈爱的口吻，叫她浑身不自在。

母亲……无论以血相连的或以心相连的母亲，她全都失去了。

突然很嫉妒世玙，有两个爱他也宠他的母亲，一个重他也纵他的父亲。人生如此，夫复何求？

飞雨双颊绯红被淑妃看在眼中，心知肚明地蹙了眉。

世玙与父皇时有不睦，却对母妃亲厚爱重，有个女孩他对母妃提到过，并且提了很多次。几日前他神秘兮兮地说去接个人，日后要带给母妃看，淑

· 205 ·

妃便料到是何人了。一见飞雨,觉得这女孩儿倒的确怜人,怪不得玙儿迷上了她。

"孩子,你是否爱着玙儿?"

飞雨连忙摇头。

淑妃不快,将这决绝的否认当作对世玙的不敬。"你不爱他?你凭什么不爱他?他那样的男孩子怎会有女孩子不爱?"

这话中凌然之势叫飞雨听着好笑,完全是一个全心捍卫儿子荣耀的母亲,执拗偏激却叫人觉得亲切可爱。

"他是很好的人,真的……比我爱的那个人好多了。"

淑妃有些不解,眼角不经意飘向圣泽宫的方向,仿佛凝视着那近在咫尺却远似天涯的英伟帝王。"爱的人,自然是最好的人。时光荏苒,他甚至会成为你生命中唯一的人,你有再多的骄傲都会为他放下,放下再多的骄傲也不后悔。"

飞雨托着腮,拼命点头。捕梦者爱抚着她的肌肤,那刺痛感忽而轻松,因了时光的流逝而成为印留在她心中的痕迹,不再痛,却深刻。

淑妃眼神此刻慈祥而柔和,她拍拍女孩的手背,"我竟怕你会与言湄争宠,才刻意将你放在信宜馆中瞧着,却不想是以小人之心度君子之腹了。"

飞雨微笑,她从没怪过淑妃,毕竟是养大世玙的母亲。"君子我可不敢当。淑妃娘娘,我只是很感谢太子罢了。"

"你要怎么感谢玙儿?"淑妃笑问。

飞雨被问得一愣,是啊,怎么感谢他?

正在这时,珊儿进来通报道:"娘娘,圣上派人来说,太子今儿个黄昏时便要抵京了,此趟出使可是久,可咱们太子又立功了呢!"小丫鬟满脸霞飞,说起"咱们太子"也是真情仰慕,令听者含笑。

珊儿眉飞色舞道,"太子最爱吃杏仁鹅脯,奴婢这就吩咐御膳房去做,做好直接端到信宜馆来,"她愤愤,"绝不能叫毓琛宫那边抢了先!"

飞雨听在耳里,心道不但神仙姐姐未必会抢,只怕秋涵连世玙回来了都不会告诉她。如今贤妃独宠,身处风口浪尖,不可能再主动招致事端。

一时间,飞雨又可怜起神仙姐姐,信宜馆这边喜气洋洋地迎太子回宫,毓琛宫是否还是冷清一片?即便皇帝会去,也徒给姐姐增伤悲而已。皇宫还真是复杂,淑妃与贤妃不但要为皇帝的恩宠明争暗斗,还要为太子的去留而钩心斗角。

珊儿见飞雨满面惆怅，白眼一翻，樱唇一撇，气呼呼对淑妃道："娘娘，叫她去御膳房帮着做饭好不好？日日的什么也不做……"

淑妃不置可否，只会意地瞧着飞雨。飞雨跟着起身，听珊儿道了御膳房的方位。给世玙烧菜吃也好，算作感谢，从前他就很爱吃她烧的菜。

此外……还要去毓琛宫看姐姐，她实在是放心不下。

汉宫果真大过瀛宫许多，飞雨走得腿酸脚软才到了御膳房。御膳房便也大得紧，一间房子也大过瀛宫许多间合在一起，奇珍异品琳琅满目，一物一事讲究非常。掌膳的尚宫是个和蔼的年长宫人，已为皇帝掌膳近三十年。珊儿将飞雨丢在这里便消失得无影无踪，似乎一刻也不愿与她多待。

这样倒好，飞雨没急着为世玙做什么杏仁鹅脯，反正离黄昏还早得很。她思忖片刻，问尚宫讨来原料，做了一盏清热解毒的清露，随手拿了个瓶子，想给神仙姐姐送去。

尚宫瞧着她一双纤手上下翻飞，随即便有清爽香气萦绕于室，赞不绝口。飞雨亦是开心，忙道："尚宫可尝尝。"

尚宫连连摆手，只道："姑娘就用那汝窑耸肩美人觳给贤妃娘娘送去便好，我们是不当碰的。"

飞雨端着那名贵器具，将清露送到了毓琛宫。她小心翼翼地从外面张望几眼，叫一名侍女请出了秋涵。秋涵显没料到她会出现，有些迟疑。

飞雨将清露递给她，道："请拿给贤妃喝吧，伴着她的药饮下对身体很有好处。"

秋涵睇视着那清澄飘香的清露，眼神缓和了几分，向飞雨躬腰施礼。贤妃服下这女孩带来的药的确很有好转，如今皇帝来了，她也终是肯平静面对，虽然……还是什么也想不起的样子。

宫中有传言，道这女孩来头颇大，是否真如她所言是平江王的女儿尚不确定，但至少不是普通人。

飞雨忍不住问道："贤妃怎样？"

秋涵秀眉低垂，话含忧伤。"我不信贤妃会忘，那般深的情，可以让她连命都舍掉的情，怎会轻易就忘。"

飞雨无言以对，她无权质疑姐姐的选择，也不知姐姐究竟心向何人。

第十五章　落云天·汉宫风月

· 207 ·

她只琢磨着,待世玛回来便会带她去面见皇帝,那时,说不定她能帮帮他们。

飞雨此时一心关注神仙姐姐的幸福,就如同众生殿之战时,她糊里糊涂的沦为助纣为虐的帮凶,也还是因为全神集中在凝云身上,不去留意身后袭来的暗箭。

返回御膳房,她想着要做酸笋鸡皮汤、油盐枸杞芽儿和杏仁鹅脯,再烧些桂花栗粉糕作为甜品,红枣粳米粥收底,溜缝儿的嘛,就西米牛乳羹好了。

飞雨先做了西米牛乳羹,尚宫却对着那素盏中的晶莹玉乳笑道:"太子一向不喜食牛乳,嫌它黏腻恶心。圣上少时也是如此。"

飞雨诧异,可她做的西米牛乳羹,世玛分明吃得津津有味。说起来……似乎她做什么他都喜欢吃,连眉都不会皱一下。她登时有些愧疚,向尚宫细细问明了世玛的口味,这一餐可不能再叫他忍着恶心夸赞她了。

夕阳西下,飞雨独自一人在御膳坊中忙碌着,身边渐渐安静下来,下人们见帮不上忙也就识趣地退出了膳房,想必淑妃关照过他们不要太干涉她。门扉被小心而无声地掩上,是何时被反锁的,飞雨根本毫不察觉。

人的一生都是梦与梦醒的轮回,而火,便是飞雨梦关的开合。

御膳坊中有四五只锅子放在火上烹着,她忙得脚不沾地,满头大汗,也就没注意到热度蹿升得太过异常。噼啪一声,天花板被渐生的烈火熏到裂出一道长缝,飞雨才惊觉御膳坊已被熊熊烈火包围。

她死命拉着门闩,却怎么也拉不开。咬牙去摸腰间的以眺圣剑,脑中闪过一丝阴冷的记忆。珊儿方才叫她把剑留在信宜馆,说是带着家伙在宫中走来走去总不成个样子,淑妃笑得温暖,也软语劝她留下武器。

飞雨苦笑,后宫的女子啊,究竟一人有几面?她思念着江湖中那刀光剑影的比拼,也不要这杀人不见血的矫饰温情。

光焰冲天,火舌疯狂地舔着这间摇摇欲倾的房室,黑烟缭绕,吼叫着侵入女孩的喉咙双目。

死怪物,我还在给你做饭呢……却没想到,被放在锅炉上烹煮的,竟是我自己……

飞雨忍住咳喘,迅速思忖着逃出生天的出路,她不要困在这里烧死!

这时火舌已舔入门扉,一根柱子呼啸着轰然倒下,几乎是擦着飞雨的衣角而过，险些将她压在下面。火焰扩张得极快，挡住了飞雨的去路。

她告诉自己冷静下来，眼角收到灶台上的油布，马上奔过去用力一抽，大小刚好够覆住她上身。她定下心神举起菜笤子，里面是满舀的清水，她从头浇下，应该能保护她冲出重围。

世玛快马加鞭赶回盛京，习惯性地先到信宜馆见母妃。

淑妃一如既往地问他政事，中间有人来报，御膳房走水，还有名侍女困在里面，她也只淡淡应了声，对世玛道："本来说给你预备道杏仁鹅脯的，湄儿想去做，我拦着没叫去，她一个十指不沾阳春水的千金哪能做得好，幸好没去。毓琛宫那边说派了个心灵手巧的婢女去帮你做菜，也不知是哪个丫头，可怜得紧。"

不动声色之间，淑妃已将一切推得干干净净，飞雨若葬身火海也不是她淑妃的错，而是贤妃的错。一箭双雕之术，后宫中的女子最懂。

世玛闻言自不会认为是飞雨，只听得提到言湄，便冷冷道："湄儿是不会做，我也不要她做，当初父皇逼我娶她是用来做饭的？"

淑妃听着这冷言冷语，心生叹息。

世玛起身，作势要告辞，"儿子去毓琛宫瞧瞧，"他挑挑眉，"也不知贤妃宫中的屏风还有几片是好的。"

淑妃听得这话，心倒有些绵暖。那女孩的话无端又在她心中铺开，果然，世玛只叫她一个是母妃，贤妃只是贤妃，纵是生过他，毕竟不曾养过他。况且，那十六年容颜不老的路凝云真像个妖精似的，哪里是"母妃"的样子？

淑妃苦笑，原来容颜老去也是有好处的，至少像个母亲。

世玛跨出几步，又回头道："本想叫母妃见个女孩子的，父皇一个急令就给耽误了。我这就去带她来让母妃瞧瞧。"

淑妃起身，水袖半拂，遮住了袖下一双纤手的颤抖，却遮不住声音的颤抖。"玛儿，先回东宫去瞧湄儿吧，她是你的妻，是你该珍视的人。这话还要母妃说多少遍？"

世玛脚步顿住，沉默许久，扬长而去。

"母妃想说多少遍就说多少遍，听不听是我的事。"

"你……"

第十五章　落云天·汉宫风月

·209·

　　淑妃气得说不出话，不错，她可以再用鞭子教训他一次，可这孩子何尝真正被打服过？

　　世玥心中沉甸甸地走至毓琛宫，想着能见到飞雨，终于有些轻松。然而秋涵却禀报道，她一直在御膳房，未曾再来过。
　　御膳房？
　　世玥脑中轰的一声，一片空白。心灵手巧的婢女……难道是她？
　　他来不及分神深想这到底是怎么回事，他只知道，第一次他将她从火光中救出，就绝不许她第二次再沦陷在火海中央。无论承认与否，世玥和龙篪一样，是从心底中希望着飞雨一辈子单纯天真，等他来救的。
　　然而，当看到飞雨终于学会依靠她自己的力量逃出生天，他满心庆幸中竟有一丝落寞。要她长大，要她脱离他的羽翼，是否就一定要这样怅然若失？

　　御膳房门外的庭院中，飞雨满身都是烟灰，脸颊红彤彤的滚烫，口干舌燥，还咳喘着挤进她喉头的煤烟。但她没有受伤，清水油布很好地保护了她的肌肤，不然那遍体伤痕若被火再烧灼一遍，怕是一生也不能平复如初了。
　　她眼眸被熏烤得不太清晰，眼前的一片混沌开启了通向过往的梦之关口。
　　黑暗之中，那双璀璨如星辰的眸子，让她的世界一片明亮。她犹豫着伸出手去，触到了他的脸庞，指尖顺滑而清凉。她被他温柔地拥入怀中，融化了她周身欲燃的干涸焦躁。
　　她终于知道救她的人是谁了——是世玥，他回来了。
　　星瞳如许，跨越的不是三五天，而是十数年，回到她的梦中，与现实渐渐契合。

　　飞雨知道自己脸上很脏，不敢蹭到世玥衣服上，赶忙推开他。"我没事。只可惜那些菜肴，都做好七八成了呢……"她转身从地上端起一个小锅子，她拼命抢救出了一道菜，低头去看，却是西米牛乳羹。她有些尴尬，懊恼道："怎么就抢救了这个，唉，杏仁鹅脯摆得远了些。"
　　世玥冷哼一声，然而看着那灰扑扑的小脸，看着她可怜巴巴地递过来瓷蛊，还是心疼得不忍心训斥了，只道："谁叫你来做饭的？宫中这么些人，你一个也信不过？"他以为是意外起火，幸而一场虚惊。

飞雨用手背擦着双颊上的烟灰，"你别嚷嚷了，我这不是好好的吗？"

世玙将她上下左右看了几遍，似乎真没什么事，然而还是放心不下。"回宫，我叫御医来为你诊治一下。"

"不用！"飞雨马上制止，若是御医看到她身上被鞭笞过的伤痕、右肩射穿的伤口，再禀报给他，她哪还有活路？

她绞尽脑汁找出个由头，"你不是说要带我面见你父皇，现在去吧。"

世玙叹了口气，不知她突然急的是什么。"那也要去毓琛宫整理一下……你这副样子，都看不出哪是鼻子哪是眼睛，不是在父皇面前给我丢人吗？"

飞雨委屈地咂咂嘴，有这么严重吗？她又抹了把脸，去毓琛宫也好，现在她真的没办法去信宜馆再对淑妃微笑。她偷偷瞥着世玙俊朗的侧脸，如果她说淑妃要害她，他会信吗？不论信或不信，都少不得惹出事端来吧。

第十六章　帝妃对·妃策若何

毓琛宫。

凝云见到飞雨未曾离去，便知是秋涵故意向她隐瞒。飞雨略微叙述了事情始末，凝云一双黛眉紧蹙起来，眸含担忧，思来想去无多时便知这一切是何人所为。秋涵劝了几番，凝云仍没有放下心，只淡淡嘱咐世玒照顾飞雨便只身朝信宜馆去了，神情肃然且隐怒。飞雨目送神仙姐姐的背影，刚要说什么，面颊就被一块白毛巾覆上，用力揉擦起来。

"喂，死怪物，你碰到我眼睛了！"

世玒没手下留情，扶着她的脑袋继续擦，换了三盆清水，那张俏脸终于白皙如初。世玒心想她还算机灵，用湿布裹住上身，想必不会有烧伤。他眼神游离到她纤腿上，命令道："裙子撩起来。"

"不是说了没事吗？"飞雨依旧嘴硬。

世玒很是不耐烦，"不让御医看就得让我看。"见飞雨依旧沉着小脸不就范，他慢条斯理道："你顽抗也可以，我不介意自己动手。"

提到动手二字，飞雨反而更不害怕，真要动起手来，他的身手可不一定就在她之上。

世玒咬牙，有时这丫头就是欠修理。

秋涵听到内殿乒乒乓乓的声音，在门外张望几番，掩口一笑没有进去。太子真是像极了陛下，霸道起来毫不讲理。

飞雨咬唇捏着扭痛的手臂，恨不能在世玒额头上瞪出个窟窿。从前龙箴说过，论习武的天赋，上官浩枫无疑是第一，而论悟性，世玒当仁不让。可也没想到，他一个养尊处优的皇子，身手竟比她好那么多。

世玙此刻窃笑，面上却冷冰冰地瞧她，伸手将她细伶小腿挽在臂间，飞雨一颤。他也有些不自在，潦草地扫了一眼，换右腿。飞雨明显恼了，咬着牙想踢他。

世玙抬头威胁，"再乱动，小心我拆了你的骨头。"

两人沉默一会儿，飞雨漫不经心道："你怎么从没提过成了亲？"

世玙没料到她已经从别人口中得知这件事，掩饰地清清喉咙，隐隐担心，觉得自己有必要解释清楚。"没什么好提，那是父皇逼迫的，跟我无关。言湄是我自小的好友，我们之间只是友谊，没有其他。不爱就是不爱，谁也不能勉强我。"

飞雨哦了一声，"你不必说这么多的。"

世玙死死盯着她，"我想让你知道，不行吗？"

飞雨捻着衣角，也不知要答什么话才恰当。两人一时尴尬，她又没话找话地问："听说你跟皇帝吵架了……"

世玙眉宇忽冷，从喉头挤出一个哼字。"父子无缘罢了，他不喜欢我我也不必喜欢他。此次出宫倒的确是正事，我不至于为小事耽误朝事，父皇就更不会。说起来，他心中就只有朝事，没有其他事。"

看来这人怨气不小，飞雨兀自道："他真够可怜的，神仙姐姐不待见他，你也不待见。父子无缘？无缘又怎会做了父子？"

世玙不动声色手上使劲，飞雨吃痛地哎呦一声，也不敢再说什么。他趾高气昂地帮她揉了两下，用眼神警告她别再逆他的意。御膳房意外起火，也不知父皇得知了没有，若是得知了，少不得她要受责备。因此，还是别等着圣泽宫有令，他先带她过去比较好。

"趁着天还不很晚，随我去见父皇吧。"

路过御膳坊时，飞雨颇忧心地瞧了一眼，幸好只是烧坏了一间房阁。汉宫的琼楼玉宇都高大且相离，起火也只烧毁一座。而瀛宫那片纸盒子似的小房屋连在一起，只要起火便会殃及旁边房屋，不留神就酿成大祸。

观览过汉宫之后，瀛宫显得寒酸且小气。她对世玙说了这话，世玙嗤之以鼻，"瀛国是天朝属国，属国的规制自然不能超过主国，即便宫廷楼阁也必须依制比汉宫楼阁低相应的分寸。"

世玙眼神不经意似的扫过飞雨脸庞，颇有戚戚，好像心中藏了什么事。

飞雨没留意他的异状，只道："我倒觉得，即便不是属国，瀛国也不会

第十六章 帝妃对·妃策若何

建造高楼。瀛国天灾众多，地坼时楼高便难以逃离。"

世玼笑道："雨儿，看不出你还有些洞察力。父皇当然知道这一点，但还是坚持要主动在规制上压瀛人一头。瀛人最是欺软怕硬，我们愈强，他们就愈弱；我们稍弱，他们便会强到头上来。"

他微微抿唇，想着自己出行这些日子之间完成的重任，又觉心头沉重。

世玼偏头去看飞雨，却见她在腰间翻找着什么，轻纱中勾勒出一个圆盘带流苏的网兜状小物，她见了才安心，开心道："幸好还在，从御膳坊冲出来时我还怕它掉在里面了。"

"那是什么？"

"捕梦者，挂在床头就不会做噩梦。"

世玼有些烦躁，不由分说抢过来仔细打量。捕梦者是瀛国风俗的造物，一般用树枝编出个小巧玲珑的网兜状物事，悬挂在床头便会替睡梦中的人捕住噩梦，使她免受噩梦侵扰。而这个捕梦者却并非用树枝编成，而是卷卷银丝，镶有玛瑙黑晶，流苏似是小小的橄榄叶，花纹繁复精致，显然价值不菲。

想来，若不是瀛国世子还有哪个会出这么大手笔？

世玼一阵窝火，她竟贴身带着……

他没好气地捏着捕梦者，想象那是东方子昭的脑袋，"死丫头，你做过噩梦吗？梦见什么？"

飞雨缄口。现在她知道了，噩梦中冲天的火光，突然出现的眼睛很亮的男孩是世玼，而六芒星是上官哥哥剑上的。因此，那时救她的应该是两个人，而他们多半是将她给了子昭，叫他带她走。

她醒来后第一眼见到的是子昭，便将子昭当做了救命恩人。

原来，救她的人是世玼。

可十年的时光，终究不能折返了。

世玼见她沉着脸不说话，更是酸火不止，嗤嗤冷笑，"这东西倒也好看，送给我吧。"

"不行！"

世玼眯起俊眸，"反正在我手里，你有本事就来抢。刚才比试过一次了，我也不介意再指教你一次。"

飞雨气得说不出话——她还真是打不过他，这怪物也没那么好的风度会让她。世玛步子迈得轻松，不出片刻便到了圣泽宫门外。

飞雨朝世玛翻了翻白眼，决定见过皇帝再跟他计较。

紫铜鎏金三足离龙铜鼎岿然立于圣泽宫正元殿门前，威严之势，如铜鼎般重在人心。

若说瀛宫是简约清素的茗茶之道，汉宫便是盛荣颐复的天庭御宴，对茶的纯醇是有人爱有人不爱，却无人可对饕餮盛宴视而不见。这是种让人望之便生敬畏的巍巍雄风，三十六离宫，楼台与天通。

万国来朝的天朝皇廷，不该有稍微逊色的样子。

飞雨在正元殿庭院中屏住呼吸，被这瑰丽宫阙吸去了心神一般。

世玛见她如此，笑道："雨儿，往后我再带你去看置怡阁，区区正元殿便将你迷成这样，置怡阁可是汉宫祭天之所，那种'刺破青天锷未残'的流光溢彩，乃当天洲大陆之圣地。"

飞雨回过神来瞧他几眼，没显出什么兴趣，只低头道："我再留几日，确保神仙姐姐没事就要走了。"

世玛猛地立住，回头盯住她，神色可怕。

飞雨连忙解释，"我要再观察几日姐姐对休气散的反应，只要能达到我的预期，就……"

世玛逼近她，脸庞距她的不过分寸之外，呼吸灼热的烫在她颊上和唇边，毫不留情地打断她的话。"别再装傻了雨儿，是我要你入宫，是我要你。"

面对世玛忽如其来的怒火，飞雨哑口无言。

世玛冷笑几声，伸手握紧她双肩，低声却咬牙切齿地道："雨儿，你不必顾忌什么，你不欠我们任何人。若十年前我没有为了那一面之缘去救你，说不定你已经白白死在那场大火中。你根本无谓多活这十年还尽是为皇家受苦。"

"可那些事我都已经忘了。"飞雨瘁然相视，她看到了世玛无奈又孤独的一面。十年前他救她是为了什么？不是为了违逆他父皇一次，他便有叛逆的快感吗？言湄那样才貌双全的女子有谁会不爱，而世玛不爱，不也因为是他父皇的逼迫吗？

因为站立在这世间最高的地方，因为高处不胜寒，因为在这华美壮丽的

第十六章 帝妃对·妃策若何

宫阙中如此孤单,他才会喜欢她。

这不是爱,而是对自由的向往。

世玥制住她的挣扎,低声道:"雨儿,我不怪你恨我。我唯一愿的就是当初,如果我没把你托付给瀛王多好。我会叫你在我身边长大,我会宠你护你不让你受任何伤害,让你死心塌地地爱上我。"

最好不相见,如此便可不相恋;最好不相知,如此便可不相思。

飞雨定定看世玥,他俊朗面庞仿佛发着淡淡光晕,星辰灿烂,如日中天,奈何她独爱的,只是瀛洲低矮屋檐下那一片寂寞阴影。此刻她只想要回她的捕梦者,因为时光不能倒流,因为如果不能成真。

她终究到了子昭身边,终究和他牵绊纠葛,终究为他在心头刻下此生最深的伤口。

世玥紧盯她,在等一个审判。

飞雨无甚好气,"你已有个那么好的太子妃了!"

"那个位子本就该是你的,如今别想着逃,你逃不掉了。"世玥亦不示弱。

李长这时自正元殿步出,眼神复杂,显然已经听到了他们的谈话。年长宦官拱手施礼,缓缓开口道:"太子殿下,陛下有令——太子与郡主若要吵架就走得远些,他还有折子要批,不想被打扰。"

飞雨被世玥攥着手腕拖进正元殿,帝王端坐宽大书桌后的龙椅之上,剑眉朗目,天纵英气,那般的气度相貌,让人看了只觉世上唯有他一人堪在"俊"之前冠一"英"字。

若不是此刻心神纷乱,飞雨险些要感叹——神仙姐姐的绝世相貌与才学,果然只有面前这俊挺轩举且成熟睿智的男子才配得上。这对帝妃果真是人中龙凤,命中注定要成为那相逢便胜却人间无数的金风玉露。

世玥,也该有个合适的女子去配他。

帝王自案上微微抬眉,似乎漫不经心,锐利双目却已将女孩外表内里瞧了个通透。他没客套半句,只淡淡道:"听那说话的气势,跟你父王确有几分相像。欢迎你回家。可曾叫淑妃安排了宫阁?"

回家。

飞雨鼻子一酸,皇帝并不多言,只寥寥数语就肯定了龙篪是她的父亲,再加这"回家"二字,都叫她心头松软。神仙姐姐温柔若暖风,世玙关切如兄长,如今这皇帝竟也像父亲,尽管不是慈父是严父。这样的一家人,叫她怎能对他们有什么仇恨?

她刚要施礼致谢,却听得世玙的声音冷冷响起。

那声音冰冷得丝毫不似一贯的他,"她要与贤妃同住毓琛宫。"

皇帝银毫笔微顿,然而不动声色,"不方便。"

原来是这件事,飞雨汗颜。她有些不自在,皇帝居然直统统说出有她在毓琛宫会不方便,可见他对神仙姐姐的心是多么重,乃至于不介意在她一个小辈面前昭然若揭。再深想,他毕竟是帝王,想要什么无须跟任何人避讳,其余人自该任他予取予求。

世玙却不以为然,从喉头闷笑几声,顶撞道:"父皇也知叫人看见了不方便,就别再那样逼迫贤妃。"

飞雨耳中收到啪的一声,皇帝将笔拍在了案上,勃然大怒。她唉声叹气,原来这对父子真是一见面就吵架,怨不得世玙说父子无缘。可他那话也真是太不尊重了,不怪皇帝发怒。

龙胤显然有些顾忌飞雨,儿子不给他留面子,他却要给儿子留面子,于是坐回椅中,按捺着对飞雨道:"你就暂居信宜馆,改日朕再细问贤妃的事。去吧。"

飞雨想退下,奈何被世玙死死箍着手腕,怎么也挣不脱。

龙胤见此情此景,略有诧异,也懂了八九分,"玙儿?"

听到这两个字,面前两个孩子同时抬头,神色各异。飞雨脸颊依旧通红,咬唇不语。世玙眼神却十足挑衅,剑拔弩张。飞雨马上知道不是叫她,重新贯注了全神想挣脱世玙的手。

然而她想逃跑的念头被皇帝打断了。

龙胤端端开口,"好,既然他不让你走,朕就现在问。——贤妃有没有恢复记忆?"墨瞳射出威慑光芒,让飞雨不由自主被其笼罩。她听得这话,停止了手上动作。也幸好皇帝解围,不然她手腕要被世玙捏断了。

神仙姐姐记起了那个人,却没有记起那份爱,这要怎么说呢?

她惴惴道:"……没有。"

龙胤盯视她半晌儿,轻轻道:"朕要听真话。"语气并不重,却沉沉地压在飞雨身上,让她头也抬不起来,仿佛在被他责备。龙簏教训她时向来是怒

第十六章 帝妃对·妃策若何

吼战略,而龙胤,不过轻飘一句话已足以震慑于无形,而且让人惴惴不安着他何时会真正发怒,真正发怒了该有多可怕。

不愧是世玙的父亲,天朝的帝王。

世玙此刻也仿佛忘了刚才与她的不愉快,只低头附耳对她说:"雨儿,我想要你一句真话。"

他忍住,没加那个"也"字。

飞雨怔然瞧着这父子俩,不知他们为何断定她没说真话。她问龙胤道:"陛下因何认为我在说谎?"

龙胤注视着她,缓缓出言,"因为,她已承认了。"

一语落地,飞雨惊得瞠目结舌。

姐姐她……承认了?

回忆着那一幕,龙胤抬眼瞧向面前那破裂后回复如新的云纱白鹤屏风。

凝云既然自称织女,他便成全她做织女。毓琛宫中因他发怒而毁于一旦的名贵屏风,尽数被交给贤妃缝补。龙胤只道凝云从未做过如此的织绣活计,从前在宫中不过是兴起时绣块锦帕打个络子,徒作玩乐,哪里懂如何修补屏风?

龙胤在试探凝云,凝云也知道他的试探。

直到屏风完完整整地回到龙胤面前,他才讶然苦笑,不错,他的云儿的确是矜贵千金,却也是心有玲珑七窍的绝世才女,若有人曾教习过她这些,她是不费吹灰之力便可学会的。华裳?笑话。她可以换一千个一万个名字,但依旧是他的人。

若仅仅是这样,龙胤也不会像现在这般心如火燎。如果凝云只是不原谅他、不爱他才刻意隐瞒,他也不会逼得这样紧。

只是自打那云纱白鹤屏风搬回毓琛宫,龙胤便发现了修复后的不同。

霓纱如幻,柔丝如水,一切一切宛若时光倒流。只有那屏风中的竹条,已被凝云悄悄换过,原本用的是硬竹,不易弯折,因此只要略有强力就会断开,划伤龙胤的手。她全部换了有韧劲儿的软竹,即便重击也只会弯曲折腰,让他解气又不伤手。同时这样的屏风不易坏,她也就避免了以后再需要缝补。

龙胤还记得自己甫一发现这暗藏的秘密时是如何的哭笑不得。他的云儿一向是最沉稳惠智的女子,无论何事都能想出万全之策,保护自己同时也保护她爱的人。她曾是他的解语花,也曾是他的贤内助,还是那如今看都不愿看他一眼的冰霜佳人。

凝云怕不会懂,为何龙胤对着那屏风,背手独立,笑得肝胆俱裂。

龙胤自己也不会懂,然而他就是在那里大笑,仿佛将十六年的哀痛灵魂都笑了出来。许久后回忆他才懂得,那样的开怀,是因为相思终于有岸可泊。

他回身,紧揽住她的纤腰,深深凝视她双眼,想从那之中找出真相。

凝云有些慌神,风度却依旧,只道:"华裳绣工拙劣,怕入不得陛下的眼。其实,在宫外便可绣出嫁衣,在宫内却只能缝补坏掉的屏风。华裳愿意日日如新,也不想天天修补。"

龙胤掌心抚上她兰腮,用拇指轻轻摩挲那香软脸颊,数月来头一次有了真实之感。他笑意暖融。当日神终于降下万顷光芒,江山随之生色。

然而他眼中只有她而已,江山再如画,只是江山不是她。

"云儿,朕知道了,你记得我们的爱,只是不承认而已。这样……便最好。"龙胤微微前倾,贴上她身子,这样她可以感受到他心头涌起的温暖,"若是你不愿,朕没办法;但若因为别人而使你不敢,朕办法便多得是。朕因此,开心得很。"

凝云玉颜上泛起一丝红晕,她生生将他的手推开。

龙胤一步逼近,"是谁,如此大的胆子敢强迫你?"

凝云眼见龙胤的急切,忽而无法,又恍然起来。

在众生殿时,她对龙晟确实有熟悉之感,当时的她以为那是爱的记忆,因此欣然接受;而当回到皇宫,她才明白前世的爱究竟是何模样。再不是浅显的熟悉之感,而是如浪潮般的心伤,呼啸涌来,将她整个人填满。

她的前世,给龙晟是情愫,因此不相忘;而给龙胤是情深,因此不自知,只因这情已与她生命同来同往,熟悉到忘了想起。

那晚,她坚持称自己是华裳不是凝云,他那强硬的深吻,那纠缠的唇舌,他双臂的坚硬,铜镜中他因思念她十六年而生的经年沧桑。

自回宫以来,她是真的不可能认识这帝王了。如今的他柔情荡然无存,冰冷似铁。他要的是屈服和顺从,如果她不从他就强迫。不错,皇帝夜夜留宿毓琛宫,可后宫诸妃又有何人知道,她是如何痛苦着他的索取和掠夺?

　　龙胤知道了,他终究还是识破了她,看透了她的假装。他只是习惯了用折磨的方式来获取答案,这十六年来他已经麻木冷漠地不知道爱还有温暖,而非只是那轮孤月散落一地的暗色萧索。

　　纵使相逢应不识,不是因为时光匆匆,而是因为他已不再是那个他。

　　而真正重识,是因了龙胤刻骨铭心的一句话。

　　那夜,惯常的追问威逼,与惯常的强硬索取。凝云紧闭双眼,反正如今的她不知痛,只是心中的苦难以吞咽。龙胤解下自己宽大的龙袍,为她覆盖夜晚的凉风。他声音沙哑而沧然,"云儿,若朕不老,你是否不会嫌弃?"

　　凝云一副无血无泪、无感无觉的躯体,听闻此话,竟又泪如雨下。

　　不是嫌弃,不是!龙胤,你怎么能以为我嫌弃你?我只愿你不嫌弃如今的我啊……

　　在那一刻,凝云至爱的那个龙胤终于复生。原本心中的彷徨消失大半,她只觉自己无稽,她与龙胤的爱本就是生生世世的。

　　爱无悔,永相随,无论时光,无论年华。

　　凝云闭目,心中下了决断,她必须结束这一切。

　　龙胤不依不饶地抱着凝云,尽管她偏过头去不看他。她许久才开口,那话语浸过百种凄苦,却最像他的凝云。他的凝云,永远为别人考虑,永远沉沦在自苦的深渊。

　　"若我是凝云,是陛下的贤妃,而我装作不是,必是为了一个缘由而不得不如此。"

　　龙胤一阵欣喜,他轻吻她的耳垂,"缘由,是的,朕就要这个缘由。云儿,只要你说,一切都由朕来解决。"

　　凝云定定看他,"陛下可知,妃策若何?"

　　龙胤目光轻柔,这也是他的凝云会说的话。他宠溺地抚着她长发,"云儿,朕要的是真相,不是你用以独自背负真相的种种借口。"

　　凝云勉力撑起四肢,想去摸索自己的纱衣,然而龙胤将他的衣袍强按在她肩头,不许她脱下。她只得作罢,裹着温暖龙袍,兀然起身,踱至窗边,沐在那泓月光之中。

　　"为君付出,是妃的荣光,可加褒奖;而如何为君付出,却是妃的尊严,不容干涉。妃爱君,以她自己的方式,无论生死都是她自己的路。这爱不是百依百顺,不是奴颜媚骨,不是匍匐乞求,而是她自心而发的愿意。妃策,四字而已——全心，如愿。"

帝与妃之爱，并非谁在依附谁，而是在这人间至高无上的位置对彼此的深厚默契，互相慰藉，共同支撑这朗朗乾坤。

凝云轻轻吐出一口气，既然你看得出我的心，就不要再勉强我，不好吗？

她与他，同处于这世间最高的地方，注定了要为江山社稷付出自我，放弃真心。她在守与另一个人的约定，也是守龙胤的盛世百年。

责任永远高于恣情，为责任而自尽过的凝云，最懂这其中的无奈与无悔。

龙胤踱步至她身后。月光下，他身躯泛着小麦色的光芒，依旧俊挺如昔。年已不惑的帝王，竟是貌由心生，在这盛世云端，越发丰标如神。

"云儿，朕懂了。然而，君若要爱妃，也想以他自己的方式，也是他的尊严，不容干涉。"他环抱住她，在她耳边浅笑，"你可知玡儿说过何话？朕听到他对言既等人道，帝之策，四字而已——舍己，为人。听听，玡儿还年少就有如此深识，他的聪明真真与你一模一样，"

他微皱了眉，"惹朕生气的本事也与你一模一样。"

凝云浅笑，不经意间娇媚顿生。

胧月夜，花前临风，双影立华楼，恰似良宵奉指间，爱意如浓。

龙胤从背后抱着凝云，幸福油然而发，"……云儿，那是我们的儿子，他长大了，他即将接过这江山社稷。待到他羽翼真正丰满，朕就带你归隐于世，只伴岁月静好。"

事后回想，那夜龙胤却真正懊恼。

凝云再次用她的方式化解了他的进攻，他想要的真相，终究得不到。

而那真相，可能就在面前这女孩儿的心中。

飞雨听着帝王的讲述，因感怀而唏嘘。世玡手心出了汗，不由自主地越捏越紧。飞雨朝他翻着白眼，蹂躏她手腕大半夜了，还不松手？

原来这龙座之上的帝王并非一味强硬霸道的人，他的铁骨下藏有柔情，这柔情尽数在神仙姐姐身上，十六年不改。神仙姐姐的身体状况如何就更不

会令他转移。她原先还怕他真的嫌弃她而不敢说，如今看来是多虑了。

飞雨恶狠狠地瞪了世玙一眼，抽出手腕，揉着胳膊。"贤妃的真相有两个。其一，姑姑还没完全治好她就去了，如今她依旧身有痼疾，呃……很奇怪的痼疾。她实是怕陛下嫌弃她。"她解释了凝血霜的恶性，皇帝与太子耐心听着，神情变化如出一辙。

"其二，姐姐说过，她与成王有一个约定。"飞雨摊开手，"而至于这约定是什么，我就真的不知道了。"

龙胤与世玙交换了一个恍然大悟的眼神，渐渐忧虑。

说回天朝与瀛国的纷争，一切都将复杂起来。

世玙心有些发虚，推着飞雨，"你回去睡觉吧，我与父皇还有事要议。"

飞雨被他推得难受，头顶又飘来皇帝幽幽的一句命令，语调和姿态都与儿子像得严丝合缝，只不过更强硬罢了。

"不准去毓琛宫。"

飞雨仰天长叹，也不怨神仙姐姐不想认他们，这对父子一个赛一个地颐指气使。"那我去哪里睡？"

"出门直走，瞧见福香亭向东拐。"世玙忙不迭接道。

龙胤一怒，这孩子竟明晃晃要飞雨去东宫住了。他究竟有否意识到，他已是有家室的人？"你未免太放肆了。"

世玙瞥着父亲，嗤之以鼻。"父皇可真给儿子做了个好榜样。"既然他不十分善待贤妃，就没有立场说他放肆。

飞雨耳边接到龙胤叫她去信宜馆的命令，逃也似的出了圣泽宫。她谅自己没那个胆子见证这一大一小两条龙又掐起来。面颊初被夜风拂上，她才想起捕梦者还在世玙手中，然而无法，只得明日再讨了。

世玙瞧着飞雨逃命的背影，哑然失笑。若她知道了他瞒着她的事，不知会否兀然掉转头，用她的剑直直刺过来。他纵是能把捕梦者拿走，却不能拿走她心中那人。

父皇沉默片刻，语声平淡，"玙儿，你仍然不信东方子昭的'病危'，对吗？"

第十七章　捕梦者·今夜未央

这就是父皇，开始谈政事时稳当自如，仿佛刚才那个大声呵斥儿子"放肆"的人不是他。

世玗在心中很自大地道，不跟你一般见识。当然他暂时还没胆子大声说出来。而东方子昭之"病危"，可远比他父皇的喜怒无常耐人寻味得多。

瀛国如今与天朝是"盟国"，然而东方遥做了这么多年的奴才，还没那么容易摇身一变成主子。

瀛国表文还在正元殿书桌上摆着。瀛王请罪的语气，诚惶诚恐。

"犬子不肖，触怒天颜，险酿灾祸，臣悲甚至哉。如今既结友国之盟，必有意表，该当严惩犬子，以戒之。然犬子之微命，尚不当汉皇之少忧。臣欲惩，奈何犬子病危，不日将终，臣犹有不忍。命如朝露，去日苦多，臣自惜三尺薄命，将谨守天海约，规诫犬子。如再有犯，当杀之，献其头于盛京。"

东方遥的诚惶诚恐溢于言表，甘愿杀掉儿子来平息汉皇的愤怒。

世玗冷笑几声。"这东方遥可真是个不世出的贤人、仁者，可以拿自己儿子的头来献给他旧日的主子。"

龙胤却不动声色，修长指节轻弹着桌面。

天海约缔结，天朝绝不能向瀛国出兵，然而又不能再容这东海大患。

兵者，不战而克为最上。

龙胤对东方遥略施压力，东方遥立刻忘了自己已经可以挺着脊梁骨做人，马上吓得屁滚尿流、卑躬屈膝起来，信誓旦旦要严惩犯下大错的"犬子"。

世玗又接着道："不过照儿臣看，焉知他们父子不能同仇敌忾、同舟共济一次？"

龙胤这才开口,"你记住一件事——若东方遥不是万全之人,朕就不会将瀛国交给他。"他皱紧了眉,"朕没有想到的是,他会养出一个这样的儿子。"言及此他自嘲地笑笑,好像没料到瀛国会有这么个东方子昭是他犯的不可原谅的大错。

父皇为何这般肯定,世玥终究不能知道,可一想到那人老谋深算的样子,的确难想象他会拱手待毙。他缓缓道:"儿臣依旧认为,东方子昭不会这么轻易地被他父亲摆弄,病危也多半是佯装。"

龙胤并未再追问,只盯视着儿子,眼神全是君臣之间的刚正严律。他问道:"这番出行,你是否完成了重任?"

世玥点头,"夜寐元帅已被儿臣追回,现在府中。父皇要去说服?"

龙胤冷哼,"朕不说服,朕只要求。"然而夜寐元帅的不愿对瀛,他比任何人都理解,的确棘手,的确难办。

夜寐之事要解决恐怕需要费些周章,而另外一事,龙胤心中已有了些推测,"玥儿,飞雨说的你娘与成王的约定,你可有主意是何约定?"

世玥深思,"东方子昭把握着成王,把握的可不仅仅是名人质,而是一条汉皇血脉。为今之计,他是想暗中支持成王抢夺汉皇宝座,一旦汉皇成为他的人,莫说盟国之约,连整个天朝都要反过来沦为瀛国的属国了。"

此番世玥回京,父皇就对他将姑息成王的原因和盘托出——成王龙晟实则是世玥的另一个皇叔。少年时夺储成功之后,龙胤将龙晟驱逐。而后他们与凝云的纠葛,其中自有一番复杂曲折,都是上一代的纠葛了,按下不表。

龙胤赞许,"果然,你与朕想的一样。龙晟如今失了她,又被东方子昭蛊惑,怕是又起争夺皇位之心了。你娘与他订的约,应该是他不争皇位使江山飘摇,她不与朕相认成为皇后。真是笑话——从前云儿自尽时,他是如何跟朕闹的?好啊,朕赔他一座坐大江南、门徒千万的众生殿,如今他又恩将仇报起来。"

世玥冷笑,"成王且不说,他不过是东方子昭的武器而已。真正的幕后依旧是瀛国——我们还未着手除去瀛国,瀛国倒先筹谋着如何反攻汉土了。"

龙胤最后结言道:"东方子昭此人必除不可,有他在,东海就不会安生。容朕再细想想,今日就议到这儿吧。"

世玥凝住,国事已说尽了,该谈家事。而与父皇谈家事,是他最最不愿的一桩。他索性单刀直入，开门见山，"儿臣只拿言湄当知己，儿臣爱的是飞雨。"

龙胤微拢双眉，"不奇怪。"他稳稳端视儿子，眉间竟有一丝笑意，"是否很难相信，你的父皇也曾年轻过？"他走出那把龙椅，踱出了书桌，"玙儿，你并未瞧见父皇也曾年少过，也曾爱得如火如荼过。"

或许，不仅仅是"也曾"。

然而爱都需要时光的检验，世玙对飞雨那从少年就开始的爱恋能否挺过时光漫漫长河的冲刷？

龙胤站在世玙面前，父子两人已可平视对方。他不再是高高在上的君王，而只是个与儿子谈心的父亲。"你会倾心于飞雨那般的女孩儿，朕不奇怪。你或许不知，当初选后时，你娘也是其中一名，朕却忽略了她，因为少年男子的眼睛，永远只瞧在活泼明丽女子身上，而忽略了那娴静温雅不多言的。对你娘的爱，是静静默默的，待到朕终于发现这份爱，她已在朕身边多年。然而，那时的她已无机会坐到后位，于是又有了后来的一切悲欢离合……第一次错过了，便是一生的错过。父皇只是不希望你许多年后，后悔年少时轻率的错爱。"

世玙自然是听不进这番话的。

年少时轻率的错爱？三个词依次撞在他心中，越是恼怒便越是逆反。说到底，父皇还是因为言湄像贤妃才把她塞给他。

湄儿是个好姑娘，但弱水三千他只取一瓢，已取了一瓢就不会改变。

世玙定定道："那是父皇，不是儿臣。"

龙胤失望地摇摇头，"朕不会让你废了言湄，找任何由头都不可。而飞雨，她心并不在你身上。"

世玙冷笑，只想出言相讥讽，"父皇这么喜欢湄儿，何不亲自收了她，却要塞给儿臣？"

龙胤勃然大怒，"逆子，你这是什么话！"

眼看皇帝与太子本还和谐的对话又要崩於一旦，李长在旁边提心吊胆，又不敢相劝。他祈祷着哪位神仙能突然降临，叫他们任何一位熄个火，可别又吵得天翻地覆。老天仿佛听到了他的祈愿，真的送来了一位神仙。

"贤妃觐见——"

正元殿内的父子俩俱是一凛，同时偏头瞧向殿门，各自忐忑。凝云自殿

第十七章 捕梦者·今夜未央

门施施步入,一抬眉瞧见他们眼神俱直勾勾钉在自己身上,怔了片刻。

世玘有点脸红,也不知自己与父皇顶嘴的声音有没有叫她听到。正踌躇着,耳边响起一句酸话,果然是父皇恼了,"你那叫什么眼神?放肆……"

世玘忍无可忍——看一眼都不行?那是他老婆,可也是他娘!他硬邦邦对凝云道:"儿臣告退,有劳贤妃了。"这几个月过去,他仍然没办法对贤妃称母妃。

父皇当然巴不得他这个闲人赶快消失,好只剩他和贤妃两个。她既能"屈尊"主动来见他,他晚上做梦都要笑醒了。

世玘扬长而去,身后,凝云依旧是那宠辱不惊的声音。

"臣妾恰好在信宜馆,瞧见飞雨来了,听得她道陛下命她与淑妃同住。臣妾可否请求让她在毓琛宫暂住?"

世玘略微顿住脚步,竖起耳朵听着。

"好!朕准了!她住毓琛宫,你从今往后就住圣泽宫。"

父皇的声音,这才叫放肆至极,根本是头狼,眼巴巴盯着到手的羊。最丢人的是,简直像第一次吃羊的狼——他那四十多年都白活了?

世玘倒没吃贤妃的醋,这点上,他自认没父皇那么幼稚。然而亲娘果真是亲娘,世上唯有亲娘最好。他回头瞧瞧那夜色中朦胧暧昧、逐渐升温的金碧神宫,想必今夜父皇不会放她回毓琛宫了……如此说来,毓琛宫会很安静。

适合幽会。

父皇一句"轻率的错爱"莫名让世玘心头惊悸,他想看到飞雨,他想证明这份年少的爱恋并不轻率。他想与她携手,一生一世。他恶狠狠捏着掌心中的捕梦者。

东方子昭是死是活又怎样,她现在在他身边,而且将永远在他身边。

头顶星阙,天上星辰,都可望而不可及。而那女孩儿,何时摘下了其中最粲然耀眼的一颗,却又懵懂地不知自己已拥有了凡尘至宝?

飞雨正独自立在庭院中,秀颈扬得高高,眼神投向遥远天际,凝视那漫空繁星,宛转银河,感叹其间壮大与瑰丽。至少,世玘是这么想的。他走至她身边,与她一同昂头远望。她沉默,不似一贯的她,难道为良夜美景动容至此?于是他依旧陪着她。

半晌儿之后，飞雨低头，纳闷地瞧着身后长身玉立的太子殿下。"你在看什么？"

世玧道："你看什么，我就看什么。"

"我什么也没看。"

"你不是抬着头吗？"

飞雨莫名其妙的步回寝殿，丢给他一句。"我流鼻血了。"

果然高估了这丫头的品味情怀，世玧勉强止住想揍人的冲动，紧跟她走了进去。

他转而心头一凉。鼻血？她瞧上去是身体颇好的样子，怎么突然流鼻血？他跟上她，寝殿内没有灯火，飞雨点燃小灯，那火苗映出的光点便在她灵动瞳孔中跳跃起来。

世玧忧心地拉过她，手掌覆上她额头，寒凉如冰，并不发热。她脸色苍白，双手也冰凉，然而他臂弯之间的纤软躯体却温润。他皱眉道："怎么手脸都凉，身上倒如此热的？"

飞雨没好气地推他，"都是让你捂的，不热才怪。对了，把捕梦者还我！"

世玧神色一变，咳嗽两声，道："丢掉了。"他等着飞雨发脾气，然而少女只是紧紧咬住唇，盯视他的眼神中凄凉且无奈，生生让他心疼。

飞雨丢给世玧一个背影，行色匆匆，"我去找。"

她衣袂带起的急风几乎扫灭了烛火，世玧一怔，握拳回身，赶在她前面将门狠狠按住。

飞雨猝不及防，撞到世玧怀中，被他就势揽住，"别走。"他不信，绝对不信。若是错爱，那么错的是她，她不该爱别人。

飞雨怒而拔剑，然而被世玧紧紧抵着身体，手肘竟分毫力也用不上。他在她耳边轻声道："我没有错，绝没有错。雨儿，如今我不后悔把你托付给东方子昭了。若我当初没那样做，今天绝不会这么爱你。我说我们两个必须荣辱与共，也没有错，一切的欢乐与苦难都该有个人分享。我想要你，而你就在这里——这怎么会是错？"

飞雨不知被什么愕然了心神，或许只是那句，一切的欢乐与苦难都该有个人分享。她的欢乐与苦难，都与谁分享？在她流血时，谁站在她身边，不知实情却仍然沉默相伴？

　　她不再紧攥剑柄。只是这样稍一放松，以眺圣剑就被世玛强硬地扯了下去，哐当一声丢在旁边。

　　他力道极大，剑套带脱了飞雨腰间细扣，刹那衣衫半松。他瞳中顷刻跳出火焰，灼热地燃烧在她身上，亦在他心中，让他喉咙因渴望而发干。如今暖夏，她纱裙并不厚重，轻易便能被他撕扯开。

　　飞雨竭力想保护自己，原本的缠绵成了一场你攻我守的角力。最终世玛占了上风，他盼她能顺从些，却觉她此刻正不惜搏命般地抵抗着他。她的顽抗只换来他更多的镇压而已。他想要她，发疯一样的想……

　　刺啦一声，飞雨右肩衣服被世玛撕开，她一阵心惊，那丑陋的伤痕不能被他看到……她用尽全力踢了他一脚，勉强裹上衣裳，夺门而出。

　　夜声如漏，月轮已悄悄避到窗的另一端。飞雨没跑出多远就在这偌大的皇宫中迷了路，兜兜转转，眼前迷茫。她停伫片刻，那碧色绣珠鞋前忽有点点血光，一滴一滴漾成可怖的一片。她又流鼻血了。

　　神仙姐姐如今服的是她试后的休气散，温性药绝不伤身。而一服好药，便要经过九服坏药的哑摸挑选，那九服烈性过大的坏药，都由飞雨服下、试出，再改良成好药。因此，她服的不仅仅是酷毒的凝血霜，还有烈性的休气散。

　　飞雨头晕目眩，周身摇晃，簌簌如落叶。就在她将要倒下时，脖颈挨上了一个宽阔结实的胸膛。

　　"头向后仰，靠在我肩上。"世玛将她打横抱起，托在双臂之间，走回毓琛宫。飞雨不能张嘴说话，却急切地想推开他。他会意，静静道："捕梦者还在我身上，是骗你的。"

　　抱着她踏上小径，落花与树都融进了月色，世间再没有其他景致。

　　除了——

　　世玛耳边风声忽密，黑衣人几乎是从夜空中钻了出来。风灌进飞雨衣襟，她缩了缩。世玛面色不好，这人出现在不恰当的时刻。

　　猛然想起上官浩枫出现的原因，他暗道不妙，今晚的策府有群臣议事，他给忘了个干净。

　　上官浩枫出言提醒，"策府所有人已到齐，只待太子殿下一人……有两个时辰了。"

"是是是，我正要去呢。"世玥笑道，将怀中的少女递到上官手上。上官将她送回毓琛宫歇息便可，他议事结束后就去看她。

黑衣人没有远离，托着个人却丝毫不沉甸的步伐牢牢跟在世玥身后。

太子忍无可忍，"上官，我现在是要去策府，你这……"

"臣也去策府。"

"劳您大驾，转个弯先去毓琛宫？"

"策府事重，臣不敢迟到。"

世玥嗤之以鼻，"策府中的政事，你倒好好听过？太阳打西边儿出来了。"

上官浩枫不发一言，垂头继续跟随，竟用内力将脚步调得平稳，那双有力的臂成了飞雨舒服的床榻。她渐合了双眼，呼吸颇虚弱，嘴唇透着病态的紫白。在上官钢铁般的手臂映衬下，她杏子似的小脸儿格外楚楚可怜。

世玥霎时心酸，还是别将她送回毓琛宫了，相较于后妃的领地，东宫是安全得多的港湾。他忽然这么认为。

上官静静出言，"臣想对她稍作诊治。"

东宫。

策府中众人正运筹帷幄，决胜千里，却无一事关乎上官浩枫。他在偏殿中全神贯注于飞雨，她右肩的伤实在太过蹊跷。他不能褪去她衣物直接瞧，只并了食指与中指，缓慢探过一遍，已知究竟。

她右肩被人以弩箭射穿，受伤很重，虽然没伤到筋骨，但一定没有及时疗伤，直到恶化至此。

上官以内力为她打通经脉，消弭了淤积的血块。这条手臂应该会渐渐好起来。

而指尖触到的其他深浅凹凸让他没有再迟疑，解开了她的衣衫细细查看。她的伤果然不只一处，肌肤上那么多的鞭痕，让历经阵仗的他也触目惊心。何人会下这样的狠手？这些细小的伤发作起来可以痛死，却没有办法缓解，只能交予时光。

上官叹息。

除去外伤，她还在试药时服了太多烈性毒药。她毕竟不是纳兰婉依，没有弩休血统的庇佑，她无力承受鬼狼之药的摧残，病根已然落下。

以眺圣剑在床头泛着莹紫的光芒。纳兰婉依将圣剑给她时，可否想过会给她带来怎样的劫难？

三柄圣剑就是三个诅咒。她的以眺，他的绝巅，成王的众生，都是厄运的起始。绝巅以眺众生，走上高位，便要忍受难言的凄苦。

天朝皇太子心中有她，也只有他能给她幸福。只要她入了东宫，太子就不会再像十几年前那样将她放走。

如果有一柄圣剑幸福了，其余的两柄也会打破宿命吗？

上官浩枫在黑暗中为少女敛上锦被，踱步至窗边，安静冥想。

至少，先让她幸福吧。

偏殿之外，太子妃言湄定定睇着月光下惨白的石凳，起初只是在考虑该站着还是坐下。思来想去，答案还没想好，问题已渐渐忘了。

策府议事世玥从未耽搁过，今晚却耽搁了整一个时辰。他带着一个女孩子回来，而这女孩子她曾见过，在信宜馆中。彼时淑妃那样关注的眼神让她费解，就好像，那个衣衫褴褛、不着珠碧的丫鬟似的飞雨与她们这些名门闺秀一样高贵。

甚至，更加高贵。

即便她不是丫鬟而是飞雨郡主，又怎么样呢？不过是平江王的养女，平江王更因她而死；她曾助纣为虐，帮着瀛国劫走了贤妃要挟天朝。最终那卑贱的弹丸之地瀛国竟独立，真是滑天下之大稽，耻古今之大辱。

尽管为了这个郡主，清高绝世的贤妃走出了毓琛宫，警告淑妃不要再加害于她，不然毓琛宫就与信宜馆斗到底。贤妃甚至面见圣上，请求他允许这个郡主住在毓琛宫，由她庇护。

不过圣上似乎并不喜欢她，宫婢们道，圣上不准太子为她废妃。话说得板上钉钉。

这个郡主，有人唾弃她，有人宠爱她，有人警惕她，有人希望她远离。

但所有的其他人，又能怎么样呢？

言湄依旧盯着石凳，原本冰凉的眼神渐渐融化成水，不知不觉有泪流出。

玥哥哥将她带回了东宫，命他最信任的心腹上官浩枫照顾。

对于太子妃言湄来说，从此刻开始，世人、贤妃、淑妃乃至皇帝都不复存在了。现在是玙哥哥爱了这个郡主，于是，这个郡主真正开始高贵了。

只有他的看法，才是重要。

言湄心中涌起的好奇，片刻之后便被刺痛代替。

从何时开始，她已经习惯自己是东宫中唯一的女人了？

"咳咳——"

言湄思绪惊回，殿内响起虚弱的咳嗽声，飞雨醒了。

"呀……上官哥哥？怎么是你啊？"

"这里是东宫。"沉然的男声，"太子在策府议事，请郡主稍等。"

"噗——"看来上官浩枫递给她一杯水，她一口水含在嘴里，听到郡主二字就喷了，"咳咳……上官哥哥，你怎么这样叫我？"

"请郡主换右手持杯。"

"……咦？力气比从前大多了呢！上官哥哥你帮我疗伤了吗？可是……"

"今后臣必须常为郡主诊治。"

"可是……"

"臣亦会继续教习郡主剑术格术，对恢复有益。"

"可是……"

"臣告退。"

听着殿门吱呀转开，言湄闪躲到一边树后。门内女孩急切的叫着，"可是上官哥哥，这样的话，就会被怪……太……嗯……表哥知道了啊。你去哪里？你要去告诉他吗？上官哥哥！"

上官浩枫根本不答话，颀长的黑影转瞬消失在策府的方向。

殿内少女唉声叹气，翻身下床追了出来。

言湄管不住自己双脚，跟着她疾走几步，太子在议事，她可不能现在去打扰。这是……不合礼数的，该阻止才是。飞雨尽管有伤，脚步还是快过她不少。稍微赶上时，策府大门已敞开了。

太子果然面色青黑，不想在群臣面前吼她，压低声音狠狠问："你不好好躺着，跑到策府来做什么？"

飞雨一时语塞，伸脖子去瞧里面静静独立的上官浩枫。黑衣少侠双臂抱剑，一脸淡然，眉间有不易察觉的欣慰。

世玙极神通地转眼去瞪上官，后者耸肩，表示与己无关。他咬牙，上官

这人看似石头一块,花花肠子可不比别人少一条。飞雨愣在门口,一屋子的人跟着尴尬。

太子望天,从容笑着对宫婢挥挥手,"为郡主赐座。近十年来,我们之中去过瀛国……"他拿眼神剜上官,"……而且会说句完整人话的,就只有她了。"

少女赶快点头,跳过门槛入了殿内。

那一瞬言湄忽被泼了一捧凉水。

她看到,飞雨轻跃过槛的一刻,世玗右臂迅速护至她腰间,托了一记,似乎生怕她跌倒。而她跳了过去,他的手还留恋的停在那里,不愿放开。

飞雨被世玗塞到一张椅子中坐定,举目四望,只觉东宫这一间议事殿已大过整座东照台了。乌檀木雕嵌寿字镜心屏风大气非常,世玗书桌上置的紫檀商丝嵌玉八方笔筒与皇帝书桌上那只竟是一模一样。

策府之于东宫,恰似正元殿之于圣泽宫,天朝皇太子宫中其实有一副完全复刻朝廷的规制,左庶子右庶子正如同皇帝的左丞与右丞。汉宫中的皇帝父子作为君臣绝无倾轧争权,和谐有加,共同为社稷谋利而已。

飞雨不禁又可怜起子昭来,若他也可如世玗一般立在如此一个父皇身后,将减多少辛苦抑郁呢?

策府中有不少人,或站或坐,形状自如。

飞雨熟识的只有上官浩枫,他身边端坐一名麒麟绣紫衣男子,清然若风,面容也朗致俊逸,唯那一丝不乱的发髻中已渗着根根早生的白发,神色气质颇有些眼熟。飞雨一时想不起从何处见过。

他瞧见飞雨被世玗拖着进来,第一个不悦,蹙眉道:"怕是不妥吧。"

世玗衣袂一扬,坐回主位,一句硬话将他顶了回去,"言既,妥不妥不是你说得的。"

飞雨噎住,是太子妃的哥哥,策府最受重用的谋士言既。

除却上官浩枫和言既,坐得稍远些还有一男一女,男的玄袍银缨,脚踏铁靴,一眼瞧上去身形魁梧,气度不凡;女的凤绣白衫,金瓒玉珥,容貌皎若秋月,媚而不妖。

飞雨隐约认出了那中年男子,是众生殿之战中曾下令向她放箭的夜冥军领袖夙兴将军。而那女子她却不认得,她只是薄粉敷面,未曾细妆,却依旧闭月羞花。她长裙曳地，窈窕如巫山神女，眉宇间凌然大气，一瞧便知出身高贵。这般英气与美貌兼备的女子，可谓百年难遇。

飞雨心道，难道夙兴将军竟带了自己的宠姬来？

这么说，这所谓议事本不十分严肃的吧。

然而佳人见她盯视，被逗笑了，肘重重抵向小几，纤指轻拂秀领，举手投足间很是高雅。她对世玥道："太子殿下却不介绍我，只怕人家姑娘以为我是夙兴将军的美人了！"

夙兴凌乱虬髯下的脸孔红了不少，又不敢反驳，只讪讪道："卑职怎敢。"

佳人哈哈大笑，声音爽朗如男子。她偏头瞧瞧夙兴，调笑道："既然如此，不如夙将军就从了本帅，做本帅的男宠，如何？"

世玥脸色习以为常，上官浩枫脸色依旧冷漠，言既却是看不惯的要把五官扭在一起了。他平和出语道："请夜寐元帅收敛些，我们在议事。"

飞雨惊得掩住了口——夜寐？这佳人竟是光华军领袖夜寐将军？她老早听说过光华军随皇帝征战各地，所向披靡，横扫千钧，其元帅夜寐更是一人敌万人的兵法奇才，与夙兴齐名，号称镇守天朝北方与南方的两根擎天柱。

这大名鼎鼎的镇国将军竟是个……女子？

飞雨正惊讶着，那边厢夜寐已兀自对言既回了嘴，"言既，本帅倒也中意你，然而你年纪小了些，本帅无啃嫩草的习惯。不过，叫你家太子快给你选门亲，哪天本帅饥不择食起来可别欺负了你。"

言既面容一阵青一阵红，甩甩袖子，只装作没听到。

飞雨瞠目结舌，传闻中如战神一般的夜寐将军，不但是个女子，还在明晃晃地调戏一整屋男子。她啧啧，方才夜寐沉静时可也是个娴雅美人，怎的一张口就如此放浪形骸？

这样的女子，却是战场上的不败神话，被光华军所有将士爱戴服从，甘愿为她出生入死。

世玥把话头接过去，仿佛被夜寐有趣的言行舒缓了心神，眉间还有忧郁，却已紧紧掩藏了起来。他笑笑，"夜帅，若你答应征海，本太子便允许你从战俘中挑选美男，任君调戏。"

夜寐摆摆手，绛唇微翘，"少来这套！别以为本帅不知你们是什么居

心——以征海为名,是要对瀛国下手。"她纤细手指轻轻点着小几,不经意间却显得她有些紧张,"即便皇帝来劝都没用,太子劝就更没用。"

言既投给世玛一个眼神,似乎早知道劝说是注定无果的。

世玛哼了一声,正色道:"夜帅,别说如今瀛国王室不姓然达姓东方,即便姓然达,难道夜帅不曾在改名夜寐、接过光华军帅位时就放弃了瀛国公主的身份?"

夜寐微微一凛,那万不在乎的娇颜上现出一丝涟漪。

"太子说笑,天朝不过是出钱雇我作帅,我一介雇佣之兵,却也不必受你们强迫。我接过光华军帅位时就道明了,你们给钱,我给你们打仗,但,有生之年绝不与瀛国为敌。如今你们怎么说都没用。"

飞雨懵懂一忽才明白了面前这女子究竟是何方神圣。夜寐将军是个女子已经够意外,更叫她意外的是,夜寐从前还有另一个名字——然达琳,曾经瀛国来求天朝之盟时送来的和亲公主然达琳。

彼时年轻的天朝皇帝却并未将她纳入后宫,只收为义妹,封为弼宸公主,位尊天洲。她既是瀛国的公主,也是天朝的公主,其尊贵身份放眼整个东洲也无人匹及。

世人皆道公主自由散漫,在瀛王然达氏死后不愿染指王位,视女王宝座如草芥,只愿徜徉江湖,随心所欲。却没有人料到,这瀛国的前朝公主,就是今时天朝的光华军元帅。

难怪她不想与瀛国为敌,毕竟是家乡故土,谁愿反目成仇呢?

世玛沉默半晌儿,缓缓道:"也好,看来我说不动夜寐元帅,罢了。交出帅印,从今晚起夜寐元帅与光华军脱离一切干系。"

夜寐有些意外,却分毫不慌乱。她身边的夙兴倒是紧张,身子前探,紧攥着扶手,几欲起身劝阻。

夜寐浅笑道:"太子殿下,光华军从上将到下士都只听我一人命令。"

世玛也随之浅笑,从容将手伸出,掌心朝上,"交出帅印,我们走着瞧。"

夜寐蓦地站起,纤腰如素,走到世玛面前摇曳生姿。飞雨默默瞧着,真不知这般的绝代佳人上了战场是什么样子。只见她从从容容交出了帅印,置于世玛平摊的掌心之中。

夙兴终于按耐不住,起身拱拳,焦急劝道:"太子殿下,临阵换帅是兵家大忌,末将求太子三思而后行。"

夜寐站立原地不动,一双钻石般的明眸炯炯视向端坐不动的太子。

世玥却比她还要冷静,俊目止水,只道:"夜帅,本太子策府中绝不收回头客。懂了吗?"

夜寐施施退后,挑衅地睥睨着世玥,无动于衷。凤兴刚要再劝,她却媚眼一勾,佯装脉脉含情道:"凤兴将军答应做本帅的男宠了?怎的如此不舍?"

凤兴年岁比她大不少,被她噎得脸涨成了青紫色,再不发一语。

上官浩枫与言既都是坚定不移的太子党,看看世玥眼色就知道此刻什么也不许劝。

夜寐优雅转身,步出了策府,昂头挺胸。

在她身后,言既笑道:"好计,光华军离不开夜寐,夜寐却也离不开光华军。叫她闲个几日,只怕会巴巴地求着要回来。若非天朝给她的万贯家财,她能在盛京养了几房……"他皱眉,似乎觉得说出男宠两字不合他身份,转而唾弃道,"瀛人没有不爱利的。何况,易了主的瀛国对琳公主还有几分亲情可言?"

世玥微微点头,修长手指揉捏着下巴,思考时姿势与他父皇像的出奇。

"不尽然。仗一打起来,瀛国对西洲的商旅在短时内必定骤减,瀛人的荷包也必定会瘪下去。夜帅自己富得流油,也不忍她的家乡父老少赚云纹币。"他站起身,开始逐客,"今儿个晚了,你们都走吧,光华军不会失去它的领袖,本太子胸有成竹。"

世玥对凤兴附耳口授了几句话,凤兴也笑逐颜开,啧啧叹着太子英明,施礼告退。

上官浩枫很快消失,临行前凝重瞧了飞雨一眼。言既对飞雨摇头嗟叹,悻悻而去。殿内只剩世玥和飞雨两人,气氛登时湿润。

"在想什么?"他玩味着她若有所思的样子。

她抬眸看他,诚实相告。"汉军中有瀛人作元帅,瀛宫中议事都讲汉话。所谓一衣带水,此岸与彼岸,你中有我我中有你,其实分不出个彼此的吧。但越是相通,就越是看对方不顺眼,真奇怪。"

世玥温然而笑,揉揉她的小脑袋,"雨儿,别再说自己不聪明了。你聪

第十七章 捕梦者·今夜未央

明得很，不该自卑的。"

飞雨有些不好意思，转而问道："方才你说'征海'，'征海'是什么？"

"天潮洋的海盗泛滥东西洲之间十年有余，屡禁不止。他们扰乱航道，骚扰过往东洲商船，实是一大祸害。征海策，就是铲除海盗，还大洋安稳。"世玥欣然解释。铲除海盗是他一直想做的事，而今命瀛国从征，顺手除去瀛国，便是一箭双雕。

烛油尽了，乌云遮月。

殿内渐暗，世玥攥起飞雨的小手，"贤妃今夜不会回毓琛宫，你留在这里。"

飞雨打了个寒战，警觉地看他，"不行！"

"还没跟你算账。"世玥恼怒，"死丫头，刚才居然敢踢我。你知道我要做什么不成？跑得那样快。"

知道他要做什么吗？

飞雨轻闭双眼，不知怎的蓦然想起，那事有另一个人曾经做过。同是昏暗的月光，僻静的地方，他先是吻她，她也容他吻了，而且……她喜欢他吻。可后来一切都变了，他想脱掉她的衣服，惊惧与伤痛融在一起，他让她痛，并且毫不在意她痛。

不由自主地环抱住自己。

要做什么呢？

世玥见她此举，心仿佛被踢了一下，咣当的声音撞得他耳鸣不止。

"雨儿，难道你知道？"

飞雨试图逃走，立刻被他箍住，推回到宽大木椅中，四目相对。

世玥用眼神扫荡她片刻，冷哼一声，"说。"

"……会痛的。"飞雨吐出几个模糊不清的字，一垂头就掉泪了。

那个男人毫不留情侵入回忆。他按住她右肩，明明瞧见那里偌大伤口。会痛的，抽筋动骨的痛。

世玥心怦怦跳着，几欲跳出胸腔，脑中惨白一片，继而怒火填膺。瞧见飞雨的眼泪，他硬是将火气掐灭，轻轻抱了她，为她擦干泪水，没有再逼问，是何人所为他再清楚不过。

"不早了，我给你寻处寝房。别跟我争，若我一开始就留你在此地……"

待到将飞雨妥帖地安置在床上，他静静看着她，无论如何不想离开。

"雨儿，对不起。"

飞雨吸吸鼻子，不明白为何世玛忽然这么凝重，又没有什么严重的事，更不懂他为何道歉。"什么对不起？"

"无论如何，你在我心中都和当年南垂谷中一样，不会改变。"世玛认真道，怜惜与爱恋夹杂着愤怒，让他握紧了拳头，"我会掀了那座岛，让那个伤了你的人付出代价。"

飞雨吓了一跳，转而安抚他，"我没事，只痛了那一下而已，后来便没事了。"

这句安抚起了截然相反的作用，世玛看她的眼神足像看一只被脱了毛剥了皮的小白兔。他推推她，"向里面挪些。"

飞雨没动地方，他索性亲手将她挪至里面，自己躺下在她身边，比肩而居。

早能这样保护她便好了。

世玛枕着自己双臂，兀然问道："雨儿，即便他伤你，你仍然忘不掉他，对吗？"

床榻的那边，沉默。

世玛用了片刻咀嚼失落，斟酌几番才缓言道："那么，若他死了呢？"

飞雨猛地坐起，"你说什么？"

世玛一笑，也颇凄楚。果然是如此。"睡你的，他命大着呢，定是死不掉的。"他顺手将捕梦者塞还给她，想抱着睡就抱着睡吧。天可怜见，抱着他这个大活人睡不是比那小网兜舒服多了？

"……东方遥是个唯唯诺诺的面主儿，却生了个狐狸儿子。你也好对东方子昭有些信心，狐狸是不会输给面团的。"

当然，若东方遥是装了这许多年的面团，也就难说。不过，狐狸即便战胜了面团也不能战胜龙，这又是另一桩必然。

世玛登时有些郁闷，她为何对那人如此死心塌地？他哪里比不上他？

飞雨安静片刻，仍忐忑不安地问："到底怎么回事？"

世玛气哼几声，勾勾手指，"躺过来些，我讲给你听。"

飞雨听着他的讲述，及到"病危"两字，猛地颤抖了一下。病危……虽然世玛一口咬定是阴谋，她还是隐隐觉得不祥。他受过那样重的剑伤，是她亲手造成的……谁说一定不会病危？

第十七章 捕梦者·今夜未央

飞雨想下床,世玙不依不饶地阻挡。她终于恼了,捏着他手臂开掐。

世玙无动于衷,他就让她掐,有本事掐死他踩着他尸首过去。飞雨见这法子没用,又闷闷地嘟囔打不过他,只好开始求他,求着求着,一句话也说不出来,她喉头哽咽得直发堵,秀睫一闪,泪就盈满了目。

怎么自打来了汉宫见了世玙,哭得这么多?

世玙见她哭得伤心才有些后悔,随着坐起身,帮她拭去眼泪。"别哭了,乖……别哭了行不行?……别哭了!遇到个什么事就知道哭,你有出息没有?"

话说得是重,飞雨倒也不生气,觉他教训得对。泪痕渐干,她不再哭泣,只低头道:"我知道我没出息,可没出息的是我,为什么要他死?他是个坏人是个大坏人,可……"

世玙悻悻加了句,"可坏人都长命。你宁愿病危的是我,是不是?"

飞雨瞥了他一眼,眉睫依旧含忧,答他这话也显得漫不经心。"当然不是。"她沉下脸,犹豫片刻,故意软语唤道,"表哥……"

世玙心中一酥,渗着些暖融的爱恋,便放松了警惕,飞雨挣脱他的手,燕子般越过他,双脚轻盈落地。他火冒三丈,马上侧身拽住她,硬拉到自己腿上放稳,"死丫头,你找打?"大半夜的,她就是不让他安生,非要折腾到天明不可?

她还在挣扎,他出声警告几番未果后,愤而将她反扣在自己腿上,扬手在她小屁股上打了几下,着实不轻。女孩委屈得不敢再动,被他卷回棉被中,撅着嘴甚是难受。

世玙笑笑,"真是三天不打上房揭瓦,四叔怎么忍了你十年的?"

飞雨恨不得找个地洞钻下去,马上拉被过头,遮住了脸。世玙猝不及防的被她甩到一边,只来得及看到那俏脸涨得通红。他猛然发觉,她屈服不是因为害怕而是因为害羞。他掩饰地咳嗽几声,告诉自己没什么不对的——管教孩子嘛,还能打哪儿?

他耳边一遍遍重响着飞雨那句甜腻的"表哥",满心舒畅,隔着厚厚一层被子,敲敲飞雨的脑袋,"打几下怎么了?还跟表哥计较?"

被子底下的小人儿一动不动,世玙都能想见她可怜兮兮的表情,缓了神色,温柔道:"出来出来,别闷坏了。"见她还是没动静,他板起脸,"又找打是不是?"

被沿悄悄下移，她露出一对晶莹若水的眸子，戒备地与他对视。

世玧笑笑，不由分说搂着她躺下，嗅着她发间的清莲香氛，"我哪舍得。"他下巴触着她头顶，臂弯中她的身体柔软而温暖，"睡吧，一切留待明天再说。"

飞雨猛推他，"你走开。"

世玧懒得理她，"本太子受了父皇的气，还要受表妹的气？"

飞雨愠怒。"你不知道自己成过亲吗？"

世玧一怔，翻身下床，隔开一段距离，冷冷瞪着飞雨。

"这话是谁教你的？"

"没有人教我。"

人人都要来提醒他成过亲，有谁在他成亲前问过一句是否愿意？如果其他人都可以说，而她难道不懂他，也要来强迫？

飞雨缓缓起身，双手抱膝与世玧对视。方才策府一观，汉宫中的议事与瀛宫全然不同。这里群臣都挺着脊梁站立，这里没有人将耻辱挂在嘴边。世玧是个亲切和善的主人，谈笑从容之间，雄关旌旗齐整，天海将定。

他是她的表哥，陪她玩闹给她依赖，但他更是天朝太子，迟早有一天会被全天下依赖。

他所拥有的正是那所谓完美人生。那样好的父皇，那样好的母妃，那样好的臣子，想必妻子也是那样好的。

她无权让这样完美的他为了她而生出污点。

世玧声色严厉，"那所谓的成亲，你根本不懂是怎么回事！只因我是太子，就必须娶一个我父皇喜欢而不是我想要的女子为妻？"

飞雨失望摇头，"你真是不知好歹。他们所有人都重你信你，关怀你爱惜你，一切都为你思量过，无事不为你计划好。他们是这世上最爱你的人，你却一点也不体谅他们，更不珍惜。"

世玧气极反笑，听这话多么像他父皇和母妃。其实，在他心底深处并非对这一切没有感恩，真正的道理自在他心。所以他尽管与父皇向来不和，却依然与父皇和颜悦色地谈论国事，父皇一声令下，他依然会抛下刚重逢的飞雨，不眠不休出京去追回夜寐元帅。

他是知轻重懂分寸的，他堪当这储君之位。

第十七章 捕梦者·今夜未央

他只想把最率性本真的心留给她而已,因为她看到过,因为她会懂,因为他们在心底是同样向往自由的人。

为什么她不能理解?

世玛苦笑,"雨儿,你说我不知好歹?"

飞雨略抬下巴,见到他那被伤害的眼神,也有不忍。但她不能牵绊着他,她并不妄自菲薄,却也有自知之明。"是的,你就是不知好歹。你这种明明什么都有还不满足的人,我最讨厌。"

飞雨忍着喉头一阵阵涌起的愧疚,告诉自己做的没有错。

世玛怒极反笑,"死丫头,你说我不知好歹,你才是不知好歹!十年前就不知,现在依然不知。别说那些冠冕堂皇的话了,你拒绝我,是因为心里还有那个人。他稍有不测,你便心神不安了,是不是?"

他发疯一般的嫉妒,醋意很快成为悔意。她本是该成为他太子妃的人,当时他本可以光明正大地留她。如果早知今天的爱恋,就不该有十年前的分离,就不会有她爱上别人。第一次错过,就是一生错过,父皇说得一点都不错。

错过,真的错过了吗?

世玛闭紧薄唇,心意难平,他会将一切摆回原本的位置。即便迟了,他也要将时间倒转过来。

他摔门而出,留下惊愕的飞雨,不知所措。

她自己也不曾意识到的思念,他却看得清清楚楚。眼角收到以眺圣剑的莹莹紫光,看来它怪主人将它丢在地上了。她长叹一声,下地拾起了它。脚甫一着地,却又头晕目眩起来,她抹了把鼻子,不禁骇然。

血,成了黯淡的黑色。

刹那,思绪也遁入了那黑洞洞的虚无之境,将她魇住。

这成了一场大病的开端,飞雨昏昏沉沉不知睡了多少日。有时她会朦胧地有些意识,想起身,却通体酸痛疲累,睁不开眼。

身体沉重,心亦沉重。

那个死字,牢牢压在心口。她无数次梦回海岛,低矮屋檐之下,瘦削苍白的男子,精致俊美的脸廓,十年未曾舒展开的眉睫。

汉皇因天海约而不能对海岛出兵,也因天海约而暗藏了对瀛国的杀机。

不除掉瀛国世子，天朝的东海就不会安稳。他因此向瀛王东方遥略微施压，瀛王立刻软成了一滩稀泥。

人人说东方遥不是儿子的对手，但那人若真的病着……

东方子昭，那样冷酷到固若金汤的你，是怎样被逼到现在地步的？

"你记住，我不会输。"

他信誓旦旦的话，一如既往的清晰。可他面对父亲，其实从没赢过。

若他有世玙那样的父亲，有世玙可以依凭成长的大国脊梁，有这汉土天洲的天赋神威，他不会活得这么辛苦，不会迎着刀林剑雨去争取那一点点尊严。

都说人生命将终时想得格外多，飞雨眼黑心痒地病了多日，再清醒时，似乎过了百年的久长。

独自起身，东宫清冷。面对华室锦榻，她忽而满目疮痍。

眼前过来一个湘妃色裙裳的靓妆女子，玉骨冰肌，娴静端庄。是太子妃言湄，她立在面前一瞬，微咬的唇透了揪心。最终仍走过来，不卑不亢地相视。"郡主醒了，我这就去叫御医诊治。贤妃候在正殿，担心着你，几天不曾好好合眼了。"

飞雨左右看看，"怪……太……表哥呢？"

言湄有些发抖，心头冰凉酸涩。"太子被陛下召去了圣泽宫，得会子才能返来。"

这样也好，飞雨看着窗外弥漫的夜色。行人之月，游走不定。

她想下床，被太子妃温柔却不失强势地挽住。"妹妹还是躺着吧。有何事，吩咐我便是。"

从郡主到妹妹，称呼并非随意而改。

飞雨活动四肢，并无大碍，于是执意下床。"太子妃姐姐，谢谢你，不过我要走了。"

"走？"言湄惊讶，"走到何处去呢？太子他……"

"他既然在和皇帝讨论国事，我不能去打扰。"世玙不会准她走的，她只能趁他不在，"姐姐帮我向他道别，好吗？"

言湄眼瞧少女飞速理好衣衫，将剑跨在腰间，忽然道："妹妹这样，倒好像我故意赶走了你，又对他说谎呢。"

飞雨停下手中动作，持剑与她对视。

第十七章 捕梦者·今夜未央

两个少女一时谁都不讲话，各自都明白了些事情。

言湄不再否认胸中烧灼的嫉妒，飞雨也自有堂前之燕在栖梧之凤面前的自卑。尴尬在沉默中渐渐滋生，太子妃终于首先张口，"说到底，这是你们两人之间的事，我管不得，也不想管。"

这时的太子妃才显出了十七八的小女儿情态，娇羞中渐有幽怨。这天底下最尊贵的少妇，忧愁如尘坠地，听不到声响，积累起来却成沧桑。

飞雨抬眼看看太子妃婉丽面容，又感叹一遍她的美。这般的女子他都不爱，还要爱什么呢？"我不……"

言湄扬手打断她，"不必说什么。郡主大概不知，汉人有'风骨'二字，若要你解释，倒显得是我失了风骨。"她对飞雨微有睥睨，因为这女孩与瀛国人纠葛颇深。

飞雨有些隐隐的不舒服，她听出了言湄话中的蔑视。"太子妃，我也是汉人，没有不知风骨。"

言湄深深凝视她，隐忍的怒气仿佛再也按捺不住。"我从未觉得郡主是汉人，郡主可否告诉我，你哪一点像汉人？"

飞雨深吸一口气，双拳攥得紧紧，"汉人会做什么？"

言湄倏地站起身，走近飞雨几步，"你可知礼仪？若是汉人，就该向我敬杯茶，施个礼，从此我们也可姐妹相称。"

见飞雨迷惑，言湄越来越气，勉强耐心，"你不懂的规矩，我日后会慢慢教你。与瀛国人在一起染了些个粗俗的恶习也无所谓的，好好改过便是。"

飞雨被这高人一等的话压着，不免难受。她定然道："瀛国人有值得我们学习之处。"

她印象最深的便是地坼那回。躲避之得法，重建之迅速，都让她佩服。

言湄不以为然，见飞雨对她并不信服，毕竟还是女孩子，也起了争胜之心。她咄咄逼人道，"你是汉人，当然要事事都以汉为荣。"

飞雨笑笑，"我是汉人，但我以自己亲眼所见为实。瀛人有值得我们学习之处，就不该否认。"

太子妃双手依旧完美交叠腹前，头却昂了起来。"瀛人的血是坏的，脑也是坏的，因此生不出好人。他们劫持了贤妃要挟圣上，你还说什么'值得学习之处'，真是叛徒。"

飞雨可没那般好姿态，双手叉腰，瞪起杏眼，"你到过瀛国吗？你见过一个瀛人吗？若你到过瀛国，见过瀛人，便可以说他们全是坏的，但如果什么都没见过就闭上眼睛否认敌国有所值学习之处，这不是风骨，是短见！"

言湄被驳斥得哑口无言，瞠目结舌地与她对视。

然而，还是不愿承认十几年来的想法有任何错处。

这时忽有淡云色宫衣抚门而入，殿内顷刻被那明眸女子照亮，贤妃始终有使人静心的力量，不知来自何方。

"神仙姐姐！"

"贤妃娘娘。"

异口异声之后，言湄屈膝施礼，眼角瞥见飞雨蹦跳着跑过去抱住了贤妃，不由心下生忿。真是不知礼数。

凝云先对言湄道："免礼。"

太子妃站起身，飞雨瞧瞧贤妃瞧瞧太子妃，再次觉得这两人真是像。淡云色与湘妃色本就伯仲之间，言湄发髻竟也与贤妃很像。怪不得汉宫中人称太子妃为"小贤妃"，怪不得皇帝硬要将她嫁给世玙。

世玙……那夜他的愤怒她从未见过。

"只因我是太子，就必须娶一个我父皇喜欢而不是我想要的女子为妻？"

不知怎的，她怀念南垂谷中那个恣意挥洒的不羁少年，也欣赏策府中运筹帷幄的光华太子。她总是有那些偷偷的想法——若那人有世玙的幸运，若那人可以像世玙这样生来得到一切……

可世玙心底的无奈，又跟谁说过呢？他只给别人看愉快亲切的一面，而隐隐作痛的伤口，他全部埋藏，不予人知。

"请太子妃让我和雨儿单独讲几句话。"

神仙姐姐威严十足的声音将她拉回了此刻。

言湄面色不十分好看，却不是因为一个是"太子妃"，一个是"雨儿"，亲疏之分实在太过明显。而是因为，那两个字的音，她以为是只属于玙哥哥的，现在却让玙哥哥和这个郡主几乎不分你我。

太子妃恭谨退下，凝云引飞雨坐下，心疼的抚了抚她消瘦的脸颊。"雨儿，是姐姐累了你。"

"我只是完成父王和姑姑的心愿。"飞雨并不觉自己值得感激。"姐姐，你好了吗？"

凝云取下发簪，刺入食指，偌大血球钻了出来。飞雨看了欣喜若狂，有

第十七章 捕梦者·今夜未央

血,那么就定然是好了!

凝云按住雀跃的女孩,柔声道:"雨儿,从今以后,你不需再忧心我,只管自己幸福便是。"

婉言如溪般润人心脾,飞雨定定看着神仙姐姐,凄凉地苦笑,"可是姐姐,我凭什么得到幸福呢?你可知这几日我一直梦见……那人?他杀了姑姑又杀了父王,我却爱他。这样可恶的我,凭什么得到幸福?"

如果再去找子昭,一定会受到报应。

幸好的是,现在她身边不再有至亲的人可以被她的报应牵连了。

她笑得悲凉。

凝云目光忽转深邃,一眸的水中现了倒影。瞒了许久的秘密,渐渐水落石出。犹豫片刻才讲话,话出口前留三分,这亦是言湄与贤妃的共同点。或许,这是闺秀们与生俱来的品行。

飞雨自认没有她们聪明,只是再不走的话,世珏就真要回来了。

"姐姐,我真的要走了……"

"雨儿,平江王并非东方子昭所害,你……误解了他。"

疾风扫入,穿透了初春的暖意。她每一处伤痕都滚烫的痛,持剑的手酸软得毫无知觉。

"你说什么?"

"雨儿,若真是瀛国世子派人刺杀平江王,天朝怎会这样忍气吞声?若真是瀛国世子犯下罪行,就是瀛国挑衅在先,违逆盟约,天海约就是一张废纸,天朝现下便可出兵海岛,亡了瀛国。雨儿,这些你都没想过吗?唯一的解释就是,杀你父王的根本是汉人,是我们的同胞!"

那夜的世珏抚着她的头说,雨儿,别再说自己不聪明了。你聪明得很,不该自卑的。

可她是真的很笨,一直都笨。

凝云站起身,踱向圣泽宫的方向。"雨儿,你父王的死与东方子昭无关,而是汉皇室的同室操戈,手足相残。平江王在你面前装作痴傻,是不想你知道他一直的努力,不想你卷入天朝与瀛国的争端。他一直在劝成王返回汉土,他不想大哥留在敌国庇佑之下,成为叛国的千古罪人。"

大哥?

凝云看出了她的疑问,惨然而笑,"成王龙晟是当今圣上和你父王的胞兄，当年夺储，龙晟兵败后被他逐到江南，隐姓埋名……龙晟和他们本已经和好，十六年前他们三兄弟联手平叛，如今却又针锋相对，全是因为……"她垂眸咬唇，忽然说不下去。

她不说，飞雨也知是因为谁。

皇帝和成王，都等了神仙姐姐十六年，成王舍弃了半生基业众生殿，仍然失去了她；皇帝抱得美人归，却也舍了一座属国，如今东海小国瀛洲竟与汉土大国并列，这件事将令他被钉上历史的耻辱柱。

汉皇室的男人个个是痴情的种子，天下繁华，怎及得挚爱女子的一颦一笑？

"我劝不得龙晟，亦劝不得龙篪。"凝云对龙篪直呼其名，完全回到了二十年前，看着那个冲动的弟弟，"龙篪他……真是万年也改不掉急火的性子，他对龙晟大吼，'莫说她本就是二哥的人，即便为了任何人也好，你怎能和瀛国狼狈为奸？'

"而龙晟……全怪我，都是怪我。龙晟一门心思阻止我归国，而海岛之上唯一武功强过他的就只有龙篪。我也想不到，他竟……派了众生殿的残部想要除掉龙篪。

"雨儿，他是怎么了？那是他的亲弟弟啊！他怎能对他下手？"凝云泪流满面，"我当时骇住了，没有办法，只能去找东方子昭，希望他阻止他。"

靡室。

飞雨若还能清醒，她会想起那漫天大雪中出现的靡室。难道，子昭是派靡室去救她和父王的？

"在返回汉土的船上，我不敢告诉你真相，我怕你会冲回去复仇。"凝云的愧疚溢于言表，"雨儿，龙晟他……真的什么都没有了。我只盼他活着，只是活着，便好了……"

飞雨憷然。

捕梦者依恋地贴在她腰间，一向冰凉，却从未离弃。

"神仙姐姐……"她牙齿止不住打颤，吐不出一个清晰的句子，"你、你放心，我不会……去杀成王……我、我只……你放心。"

话未落地，她已消失。

圣泽宫，正元殿。

　　天朝帝王的宽大书桌上轻陈一张小笺，他眯起龙目打量半晌儿，在心中估量这一切究竟要走向何处。太子对面而立，看不出是喜是忧。若飞鸽传书属实，则东海将平。天海约也好，征海策也好，都再无用武之地，可以束之高阁了。

　　"玙儿，你会否有壮志未酬之感？"

　　"与我无关，只是父皇不应仅凭这传书便放了心。"世玙捏着下巴，"东方子昭那人，不到他的尸首被提到我面前的一刻，我都不会对他有丝毫掉以轻心。"

　　他咀嚼着东方遥这出乎意料的举动，"瀛王……他终于下了手，竟派重兵软禁自己的儿子，待他如同对待囚徒。东方遥到底是怎样一个人？一个瀛人，为汉皇廷卖命至此？"

　　皇帝平声，"朕说过，东方遥是万全之人，不必对他有疑虑。他是一心向汉的，一生不会有违。"

　　弱帝养兵，强帝扶王。他捧出东方遥时，自是因为对此人一百个放心。

　　世玙不知父皇为何如此肯定，亦不知东方遥究竟是如何一个人，然而没有再问，只笑笑，"若东方子昭那家伙真的挺不过这一回，却也可惜。天朝失了一个强有力的对手，更失了拓海的大好良机。"

　　说出的是这等话，未说出的却是，雨儿那傻丫头不知会如何伤心。

　　帝王浅浅笑开，面前小笺并非是颗确凿的定心丸。瀛国的命运，仍在毫厘之间，稍有风吹草动便差之千里。

　　然有一点是肯定的，他以赞赏目光看着儿子。

　　征海策——铲除海盗，拓海西洲；打通航道，交游天下。

　　帝王将小笺关合。

　　盛世之下，大势不会为小国而改。

　　他的儿子，自当胜过他。

　　"玙儿，无论彼岸如何，你都必须征海，这是开拓纪元的伟业，是千秋万代的功绩。父皇老了，大航海纪在你手中，你，必须前进。"

　　父子相对，沉默中澎湃渐生。

　　即便世玙再不愿给父亲好脸色，此刻也按捺不住心底的欢欣。探索与开拓本就永无止境，父皇将权柄授予了他，他必将把好航向，超越乃父乃祖。

大航海纪，四字铿锵。

当然这本就该是他的。太子十分愉悦，俊眸融光，轻松耸肩，"父皇现在是否心情很好？"

"你这么看不得朕心情好？"龙胤低头翻开折子，以防这眼下还是个人的孩子突然变成混账。"退下吧。"

"我要娶飞雨。"世玘转身提脚，"退下了。"

"混账！"父子之间的和平总不能维持过半柱香，龙胤大怒，"她是你四叔的女儿，你委屈她做侧妃？"

"自然不委屈她做侧妃。"世玘懒得跟父亲吵架。离开东宫已经太久了，他要回去看她。

"玘儿，"皇帝声音忽转冷酷，"你是一定要废妃，是吗？"

世玘顿住脚步，没有回身。

帝王深叹，"玘儿，你去问她，她未必肯嫁你。若她肯嫁你，我们一切从长计议。然而，只是侧妃，朕劝你不要再妄想其他。"

"为什么？"世玘猛地转身，终于还是忍不住爆发了。

皇帝倏地起身，并不急怒，只那一股震慑让任何人不能抗拒。"众生殿之战天下皆知，天朝皇后可以是曾经叛国的女子吗？"

原来如此啊……

世玘嗤嗤冷笑，南垂谷中她就曾说，他们都认为她与瀛国狼狈为奸。

——你是雨，我是玘，虽是音同字不同，唤着你却就像唤着我自己。

——我们两个必须在这世上荣辱与共，人们憎恨你就必须憎恨我，人们爱戴我也必须爱戴你。

——与有荣焉，与有损焉，百年之内共荣损，百年之后任评说。

无需再多说。

"谢父皇恩准，儿臣现在就去问她。"

人人背负着难以承受的真相，在波澜壮阔的大航海纪即将揭开幕布之时，不变的是你我之间的追逐与守望。当明空暗去，参商南北，无论哪一颗帝星更加闪耀，都脱不开这红尘爱恨的牵绊纠葛。

少女启程，她曾因贪恋温暖而在汉宫享受所有人的关怀，几乎沉醉。

可她因为误会而丢了他。

携剑向东,身后那看不见的思念之线却忽然拉紧,将她截留在半路。

飞雨终究晚了半步。高瓴宫墙之外,她被两个少年围在中间,就像十年前情景的重演,只是,那时的他们将她送走,这时的他们再也不准她走。

世玛没想到她要离开。至少父皇肯让他娶她,而至于正妃侧妃,自有来日方长,他总可争取。他只没想到父皇看人精准到这个地步,父皇叫他来问她;父皇说,你去问她,她未必肯嫁。

世玛持住飞雨双肩,灿烂烟火落地,灰烬随风飘散。他语调中是透心的苦涩,"死丫头,你到底要折磨我到什么时候?"

飞雨咬唇,不肯抬眼看他。"……我听到了你与皇帝的谈话。"她是改了主意,想去跟他道别的,不然不会耽搁到让他可以追上她,可站在门外听到的话,让她再不能停步。

——子昭被瀛王软禁,至今生死未卜。

世玛僵住。

飞雨缓缓抬眼,"若不是我自己听到,你本不打算告诉我的,是不是?"

那是怎样的眼神啊?他从不知他的雨儿会有这样的眼神,恐惧交杂着失望,仿佛她再也不会信他,再也不会走近他。

世玛霎时心寒,放开了她的肩。

与有荣焉,与有损焉,这些话对她都是废话。皇帝的包容,贤妃的庇护,太子的爱恋,汉宫中所有人对她的宠溺和守护,终不及瀛国那一处低矮屋檐和那一个歹毒之人重要。

"走。"世玛用尽全身气力说出了这个字,他只盼她快些离开,不然他会忍不住将她抓回去,即便使她恨他,也不要第二次放走她。

他不知不觉怒吼起来,"东方子昭现在还没死,但过几天就说不定了,你可别误了时辰。去告诉他你爱他,一辈子也忘不了他。告诉他你病得不省人事时喊的也都是他,去啊!"

"我爱你,但我不会匍匐在你面前求你爱我!"

飞雨愣在原地,她病时真的呼喊过子昭的名字吗?她什么都不记得。

太子的暴怒让天阙为之摇动,星辰坠落。他转身吩咐上官浩枫,"上官,送她走。"

"太子殿下……"

"送她走!"

金袍扬起,太子拂袖而去。

我爱你,但我不会匍匐在你面前求你爱我。

终究无法强迫她,终究放她自由,让她去飞。他始终是她头顶的天,是她讨好唤着的表哥,是她心口最后一个好人。

可爱情中好人必定会输给坏人,这是怎样讽刺的命缘折磨?

上官浩枫跟在飞雨身后,如影子般静默且恒久。如他送她进京,现在是送她离京,一样的路程,走起来却大不相同。他曾想让飞雨得到幸福,以此来抗击宿命,若抗击成了,他便可鼓起勇气去追求自己的幸福。然而想要抗击宿命的人只会被宿命狠狠的报复。

上官浩枫道:"太子不是刻意隐瞒你。"

飞雨静静看他,微苦笑靥,将捕梦者放在心口温热。她什么都不想,什么都不求了。捕梦者冰凉着她的心口。

"上官哥哥,我对他只有感激没有埋怨。"

只有感激,没有埋怨。

也没有其他的所有。

人情自厌芳华歇,一叶随风落御沟。

琉璃钟现出浓郁的琥珀之泽,世玙只兀自坐着,不知时辰将息,不觉旭日已跃上天际,光芒万顷。花落一片萧索灰影,他不知不觉又开始守望,在这宫阙之中,暗数将老去的年华。

言湄默默走近他身边,轻轻跪下,有泪滑下脸颊。

自那个郡主进入东宫,体贴的他,愤怒的他,悲伤的他,她都看过了。难道那个郡主不曾看到?如果看到,怎会不要这样的他?

"湄儿,你起来。"世玙俯身扶起了她,神色平静。"这与你无关。"

他刚在东宫听完了御医对飞雨的诊疗结果——她的病并非凝血霜和休气散所致,而是蛊毒。毒根已深种,经烈性药一激,适才发作。然而这也不是全部原因。

御医愁眉苦脸道,盛京地处内陆,气候干燥,阳春时节时更是沙石常发,干燥异常,才是蛊毒发作的主要原因。使这蛊毒的人用心极深,想将飞雨一辈子陷在气候温润的海岛,不能离开。毒来自瀛洲,旷其天洲也无人

第十七章 捕梦者·今夜未央

能解。

世玙曾想过,天朝在南沙有七个属国,个个是海岛,也都气候温润,若送飞雨到那里安居,也可暂时抑制住蛊毒。然而毕竟只是暂时缓解而已,还是治标不治本。解铃尚须系铃人,谁下了药,谁才能解。

言湄道:"那件事……我去跟陛下说。"

世玙笑笑,"我怎么能让你替我受过?要说,一起去说。湄儿,你我既是知己,就该坦诚相对。不要你作太子妃,全是因为我们两个都不愿……跟别人无关,明白了吗?"

言湄一怔,他是怕她在皇帝面前说飞雨的不是吗?在他心中,她是否已成了歹毒的妒妇?她与他是青梅竹马长大的伙伴,怎么竟不及那女子不过一年多的短暂相处?

她坐在他身边,凝视他俊朗的侧脸,"玙哥哥,现在你已经没有她了,如果再没有我,你会孤独的。"

世玙踱出几步,含笑望着初升朝日在他身后拖出的长长孤影。

"我何时不孤独过吗?"

言湄自身后抱住了他,紧得仿佛要强行把两个人合成一个。

"你不孤独。再也不会孤独。"

疏疏几只星子,挂在万顷霜天之上。人生不相见,动如参与商。她总是被误在海之中央,此岸一向花落,彼岸从未花开。坐拥天下的是世玙,剑指天下的是子昭,在这世上,究竟有无属于她的一处温暖屋檐,不要繁华不要富丽,只要倾心相对、一世相守?

又或者,各自零落好活,各自幸福开怀。

飞雨将捕梦者重新缝回亵衣之内,怕这一路的奔波又将它丢弃。世玙说,坏人都长命,那么子昭绝不能死,她不许他死。她日夜兼程赶往瀛国,想要填补因了温暖而逗留在汉宫中耽搁的时光。

那时他们共同坐在客栈中,上官浩枫如守护神般坚韧不移。他抚着绝巅圣剑剑柄,玄黑锋芒耀眼夺目。飞雨侧眼瞧见以眺圣剑的莹莹紫锋随之而震,如相鸣相合,琴瑟在御。

她不知上官哥哥为何如此失落。

"圣剑主人的宿命,总是不能打破的。"黑衣剑侠只这样回答,"我,懂了。"他直视前方,继续对飞雨讲话。

看着那柄剑,他有其余的话要说。如果圣剑主人注定不能离开纷纷扰扰的颠沛流离,他至少可以用自己的伤痕来让她少走些弯路,让她学会与圣剑共同生存要遵守的法则。

"从此之后你要记住,为了自保、或保护重要的人,永不要吝惜先发制人。你不伤人,就是人伤你,没有转圜的余地。"

"上官哥哥……"

他知道瀛国正是瀛王与世子相抗的格局,两方短兵相接,她要去守护爱的人,就必将面临一场血光凶险。

"以后要保护任何人,都不要挡在他面前,而是对他的敌人率先出手。你保护他的心,不需用挡在他面前的方式来让他知道;你要做的,是告诉他的敌人,有个你在,不惜舍弃性命来护他。"

飞雨握紧了以眺剑柄,回忆"凭云以眺"的每招每势,这心中练剑的过程犹如一种重塑,她的体力心法慢慢复苏,她重回复了坚贞与斗志,无论前方有任何艰险,她都能勉力相对,坚强跨过。

上官浩枫在她瞧不见的地方,唇角微出一丝欣慰的笑。这时耳边风声索索,自盛京至苏州的一路之上,他已在深夜中无声无息地化解了无数次伏击和围剿。这一次看来她是逃不过了。

"出剑。"

飞雨一凛,虚空中铮然泠声,刀光剑影如雨纷乱,凝神片刻,心中万物已如远空幻外,她随之一笑,从容前进。黑紫两道弧光,在面对敌人时默契如一。

所谓知己,说的就是这般的默默相扶。

比起爱的人或不爱的人,静默的友谊是她更该珍惜的。

送君千里,终须一别。立在东海的渡船边上,飞雨对着上官浩枫绽放出最幸福的笑靥,叫他不要担心。仍是那片光射之海,仍是那烟波微茫的瀛洲海岛,仍是欲罢不能的爱恨纠葛,飞雨却难得的心头清澈起来,因为终于做出了自己的选择。

"照顾好死怪物啊。"她给了上官一个大大的拥抱,大声嘱托。

上官浩枫居然脸红了起来,抱一下就害羞了,哪像那个惯常冷面冷语的黑衣少侠。

第十七章 捕梦者·今夜未央

飞雨忍俊不禁，倒好像自己欺负了面前这身长七尺的美貌男子。她转念一想，殷令雪也在瀛国，于是道："若你想知雪雪的事，我一定飞鸽传书给你。"

"照顾好你自己。"上官浩枫也嘱托，面色有些尴尬，"别叫她雪雪。"

飞雨俏皮一笑，"因为只有你能叫？"

上官浩枫却摇头，"因为她不喜欢。"

飞雨跳上渡船，抱膝坐下，怔怔瞧着那沙岸上的颀长身影渐行渐远，即将消逝在碧空之际。她忽而忐忑了，站起身，朝他大喊道："上官哥哥——"

黑衣人抬头。

"是谁要杀我？"

绝巅与以眺合璧击退的敌人，是何人所派？尽管淑妃曾害过她，但一个宫妃怎可能在宫外派出杀手刺客？飞雨无可奈何地瞧着上官浩枫静默不语，渐渐懂得。

此事一定与世玛无关，而若上官浩枫还有其余的人不能违抗，她也猜得到是何人。

飞雨含笑瞧着上官转身而去，他是最忠诚的朋友，曾一次又一次救她于艰险之中，让她还能拔剑对敌，让她重又成为有勇气的自己。

至于以后……人生如同对弈，有人走一步可看到百步之遥，那是神仙姐姐；而她只是凡人，她只能走一步看一步，即便千百次绕回到原点。

天边传来一阵优雅勃勃的悦耳鸣声，飞雨举目远望，果然瞧见银色鳍翼轻划碧水，围拢而来。她最熟悉的那人的短笛音，大约也将听到了吧。

飞雨坚定地投目东边天际，晴空如洗，心绪澎湃。

是的，我回来了。

第十八章　云出岫·半世明君

　　相怜相念倍相亲，一生一代一双人。

　　宝帐流苏合欢，一百二十凤凰，罗列各含明珠。锦铺翠被，博山吐香。十七年前，几乎同时的光景，凝云也是这般依偎在龙胤怀中，端详着他熟睡的面容，用梅簪割开了自己的手腕，将二十年的生命终结在这永恒的温存美好之中。

　　她滞留原点，她也走出很远。

　　如飞雨一样，凝云也不约而同地这样想着。时光对她并无优待，她韶华不改，她才智如昔，可她却不知自己是死是活，更不知活能几多，死当何时。她后半生都必须与药为伴，才能勉强维持如今脆弱的性命。然而身有痼疾，迟早有药石罔效的一刻，那时就是她命中注定的死期，谁人也无力改变。

　　她的韶华容貌是多么可怕的事，如同看着爱着的他走远，她却不能跟上。后宫妃嫔俱在蜚短流长，贤妃娘娘莫不是个妖精，怎么能死而复生，更悚然的是还容颜不老？

　　昭阳殿一次家宴，凝云不甚被杯子割破手臂，长长一道伤痕，却不流血。侍女吓的跪在地上求饶，然而看到贤妃不流血，只那雪似的肌肤掀开一条，皮子连着丝儿，颤颤巍巍地摇晃。那侍女见了这恐怖至极的场景，惊吓得昏死过去。

　　彼时人们面上都是歇斯底里的骇然样子，他们坐实了她的罪名——她定是个妖精，魂兮归来迷惑了皇帝。她如怪物一般被人瞪视，她受不了这屈辱，离开昭阳殿，兀自躲在毓琛宫的屏风后面，任谁唤也不出去。

　　她想哭，却流不出眼泪。无泪无血，无感无觉，连她都不信自己是个活人。

夕阳西下,殿内渐渐阴霾。

服过休气散后,她已有些感觉,偶尔还能感受到微风的暖麻,但情况时好时坏,更伴有以前没有的一月到头两三次的晕厥,但她不能再拖累雨儿。试药是惨无人道的摧残,雨儿这蓓蕾般的年龄不该被试药折磨得苍白黯淡。她受不了雨儿为她受苦,为她试药。她怕拖累别人,这是心魔,比死还要紧地束缚着她。

若她能活,就活下去;若她不能活,能重回龙胤身边,有这短暂的相处时光已让她感激上苍神明。

雨儿曾问,若真相会使她得到世间最有权利男子的爱,却仍让她一生伤悲,她是否还接受。

她的第二次选择已经做出,无论多苦多难,她还是会走回龙胤身边,咬牙忍受。

那天凝云独自在屏风后坐着,烛焰将她纤细侧影投在屏风上,玉雕般静止。

龙胤来时,她真的快要坐成了玉雕。当他将手掌抚在她脸颊上时,她却感不到温热。这样的人生,真正生不如死。他将她从地上抱起来,这个夜晚,渐渐融化在爱抚与亲吻之中。他们不需要言语来打扰这劫后重逢的庆典。

他是那么努力地想要她感受到自己,每一次温存与交融,他那般急切地渴望和要求,她却不能回应。她的身体与一具冷硬的尸体无甚区别,她没有欲求,没有婉转君王床的曼妙可人。空有这副双十年华的绝代美貌,有什么用?从前不愿迎合他是她的清高,如今不能迎合他是她的无奈。

她生有何益?

龙胤依旧用他那宽大的龙袍覆住她身体,抱在怀中呵护。他可以装作不在乎,可她分明听得到他夜半时分轻轻的嗟叹。他是这世间最有权势的男子,他想要什么女人都可以得到,却要守着这样一个她。

那夜,龙胤用鼻梁摩挲着凝云香软的脸颊,轻声道:"云儿,朕要你做朕的皇后。"

凝云周身一颤,声音发抖,"不行。"

龙胤不悦,揽着她双肩的手紧了几分,"云儿,你不必怕任何人。朕受够了,如今我们算什么?倒像是在偷情。"

凝云睇他，苦笑道："怎会是偷情？偷情都是有乐趣的。"

龙胤一愣，为她无止境的自轻自弃而无奈起来。为何云儿总是觉得她不够好？如今的异状不是她的错，为何她硬要承担罪责？他什么都不顾，只想给她一个名分，一个她早就应得的名分。

龙胤回忆着儿子今日对他说的话。当飞雨决然而去，世玥终于肯承认是错爱了。可玥儿说——或许是错，但我不后悔。这便是巨大的不同，是这世间最最重要的不同。

龙胤哑然失笑，笑自己尚不如儿子看得透彻。他从来不惧怕有人与他分天下，若是时辰到了，何人能阻挡？即便为云儿覆了天下，也不过抹去一场前世的繁华，新纪元注定从此起步上路。

这该是个万马齐奔的时代，有玥儿这般的少年贤主，也有东方子昭那样的海上强者。这是年轻人的天下，是下一代的对弈相搏。他是一方帝王，也只是一方帝王，不是掌控九天的神祇。

瞧着凝云严肃的神色，龙胤忽而被逗笑。谁说没有乐趣？

他也肃清面容，定定道："云儿，朕若怕成王，就是怕东方子昭。朕怕东方子昭，就是天朝怕瀛国，你可要害得天朝汉土丢了大国威严了。"

凝云果然中招，摆出一副学究面孔，劝谏道："陛下此言差矣，退并不是怕，而是兵家之计——以退为进，方是大家风范、大国威严。所谓'一鼓作气，再而衰，三而竭'，总不如韬光养晦、厚积薄发、一次制胜的好。古史有鉴……"

龙胤很自然吻上她的唇，让那谏言全部退回她喉咙，化成一个含羞的声响。他闭上双目，断然道："这事朕说了算，着人预备些吧。"

凝云玉颜含霜，暗暗腹诽着陛下不讲道理。静默许久，她在龙胤耳边低声道："若陛下坚持，我就不再服凝血霜了。"

龙胤一惊，睁开眼却看到凝云丝毫不打诳语的神情。她是认真的，她实是个顽固又自大的女子，好认死理又不听劝。他无奈地摇摇头，苦笑道："也好，朕真想看看你四十岁是何样子的，定比二十岁还要美丽得多。"

凝云没料到这个答案，心头有丝凄凉在啃咬。若停服凝血霜，她或许会恢复为一个活人的正常体状，有血有泪，能感到他唇瓣落在肌肤上的温热与酥麻，能与他温存缠绵。然而她大概也会马上衰老衰竭，性命将绝，走回她

第十八章　云出岫·半世明君

本该走的那条黄泉路上去。

他,都不在乎吗?

龙胤轻轻掀开那宽大龙袍,抱拥住她。他满足地拥着那光洁无暇若初生婴孩的娇躯,温声出言,"云儿,你可知我们儿子与他的挚爱有过何样约定?玙儿说,他与飞雨荣辱与共。而朕这做父皇的,怎能连儿子尚且比不过?朕与云儿,不仅荣辱与共,也要生死与共。这辈子,朕再不许你抛下朕,独自离去。"

凝云兀地坐起,不可思议地瞧着那浅笑的帝王。

他在说什么?

龙胤平静道:"不错,你死的那日,也会是我死的那日。"

他不再以朕自称,此刻道出诺言的他只是个愿与心头至爱共生共死的男人。

"你不再服凝血霜,也好。到了那命定的时刻,我就与你同时上路。玙儿已可独当一面,他手下文臣武将个个精英,我的江山有人可托。我不负先祖不负百姓,同时,也绝不负你。"

凝云刹那泪如泉涌。走过苦难,熬得这一句"绝不负你",她生复何求?她短暂的复生,只为听龙胤这句话而来,听他下定决心与她同生同死。

龙胤刮刮她的鼻子,宠溺道:"傻孩子,哭什么?玙儿已准备好在这帝王宝座上舍己为人,朕也只好退而求其次,叫朕之爱妃全心如愿了。太上皇……"他细细咀嚼着这三个字,"朕可是要做天朝头一位'太上皇'。云儿,你不嫌弃朕老就好。"

世人皆道,汉皇痴情,一个是如此,两个还是如此。当圣帝为贤妃只做半世明君,自是段让后人津津乐道的旷世佳话,而其中多少悲欢离合、曲折跌宕,又有几人知晓?

帝王痴情并非一定坏,奈何天朝帝王一个两个都是要美人也要江山?

辉煌磅礴的大征海纪将要来临,却由一代明君的隐退而开启。

天圣帝将帝王玺印全部授予太子,指派太子监国,而他只与贤妃分享静好、厮守余生,作为儿子的一个高级参赞,偶尔点拨指导,仅此而已。凝云坚持推脱后位,龙胤也不再勉强,毕竟,能得一世相守已胜过任何虚浮名分。

然而，龙胤将世玛推上了征海纪的风口浪尖，不啻让儿子替他站上这世间最高也最清冷的九霄云端。何谓皇权？皇权者，黄泉也。捱得住种种无奈，才是帝策，才能舍己为人。

在世玛掌握大权后不过三个月有余，东方子昭随后登基为瀛王，正式揭开了天海对抗的大幕。征海纪，仍是这两个少年王者的对决，天洲太子光华锋芒，海国新王深邃筹谋，这朗朗乾坤究竟是何人的繁华如画？

当世玛拔剑四顾，心下最鲜明的浮现，仍是那个三次离他而去的女孩。

而东方子昭称王后的第一件事，便是封飞雨做了他唯一的王妃。瀛国习俗，女子出嫁后须冠夫姓。如今，他的雨儿终于摆脱那个不能言说的父姓，接过了她丈夫的姓。她是飞雨郡主，也是东方王妃。

言既曾道，这可不是和亲了一般吗？

见太子无动于衷，谋臣索性直言道，即便太子殿下将臣凌迟处死，臣也还是要说——只要她不死，天朝的征海大计，一定毁于此女身上。

日携星，云出岫，雨如潇，倾天下。

天潮洋惊涛排空，卷起千堆雪万顷石，今日亲吻西岸的湛蓝碧水，明日也可能依偎东岸。周而复始、瞬息万变都是自然定则，何况人乎。

门前若无南北东西路，此生可免悲欢离合情。

第十八章 云出岫·半世明君

番外·天纪

若日无尽，若夜无痕，苍茫而空起，豁然则地方。

旅人既至，淡梅易数，夭桃镶岸，幽兰无行，枝蔓娉婷。

旅人既憩，凝露南北，薄暮东西，唯见车辙遗矢，难识来者古人。幻境无声却有生，这一处兀然而生的镜空，无灯也有光，无垢也毕竟有瑕。

旅人既居，草长莺飞日浓，高楼广厦渐起，如有人迎着他，又不止迎着他。这绝美的境地，这富足的物事，因何凭空而起，又如何凭空而起？

三年乃合，树木不需灌溉撒肥便可参天，瓜果不需采摘摇动便会掉落。旅人想要金银珠宝，门前便有蓝田暖玉、沧海明珠；旅人想要锦绣罗裳，床上便有苏绣吴纺、繁色万千；甚至，他想天晴，天便万里无云，他想落雨，天便雨丝如帘。

他是这世界的王，久了，却是无边无际、咬噬人心的寂寞。

于是他召来了将他引入这空境的神，明诉寂寞之苦。

神婉然而笑，她轻合双手，自空中牵下一段清风，幻化成佳人。

神吟道："汝既名'风'，则予你清越，予你智慧，予你吹遍世间角落的凌厉之心与昂扬之步。你将无所畏惧，你将无往不利，而你也将被诅咒，因你是风，你走过任何地方，就算穷尽心力，就算毁灭一切，也将无痕无迹，注定留不下属于自己的半个脚印。"

风既起，云遂至。

神随即剪下一片柔云，亦幻化为佳人。

神吟道："汝既名'云'，则予你柔情，予你贤德，予你高居天空顶端的富贵之命与辅佐之能。你将遗世独立，你将清高从容，而你亦要踏艰险，因你是云，你注定与日相伴，也与日相绊；你既衬日之光，亦遮日之光；你们的爱，注定归宿在共同坠落九天，玉碎瓦全。"

云刹那成雨。

神斩断几根雨丝，亦幻化为佳人。

神吟道："汝既名'雨'，则予你轻灵，予你无暇，予你滋润人间万物的善良之念与至幸之遇。你将虚怀若谷，你将勇往直前，而你同会受折磨，因你是雨，你注定从天而降，东流入海。东边日出西边雨，你将用一生来找寻回家的路，最终，茫茫无索。"

仙境渐冷，雨水成冰凌，雪华纷纷。

神接落几片雪华，亦幻化为佳人。

神吟道："汝既名'雪'，则予你冷艳，予你冷静，予你抒写浮世梦幻的曼妙之姿与空灵之魂。你将细腻缜密，你将安然冷境，而你仍会有劫难，因你是雪，你注定远离旭阳，远离情热。雪狼如你慰藉，骏马如你同伴，你的真爱却似长街，待日出一到，彼此瓦解。"

风云雨雪俱全，神遂敬退。

旅途已近半程，祝福你们，我的每一个旅人。

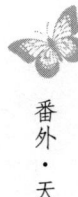